깊은 강

深い河

세계문학전집 160

깊은 강

深い河

엔도 슈사쿠

유숙자 옮김

민음사

깊은 강, 신이여, 나는 강을 건너,
집회의 땅으로 가고 싶어라.
— 흑인 영가

차례

1장
이소베의 경우

군고구마, 군고구마아, 따끈따끈한 군고구마아.

의사로부터 가망 없는 아내의 암을 선고받던 그 순간을 떠올릴 때, 이소베는 진찰실 창문 아래서 그의 당혹감을 비웃기라도 하듯 들려온 군고구마 장수의 목소리가 늘 되살아난다.

낭창낭창 늘어지는 남자 목소리.

군고구마, 군고구마아, 따끈따끈한 군고구마아.

"여기가…… 암입니다. 이쪽에도 전이되었습니다."

의사의 손가락은 천천히, 마치 그 군고구마 장수의 목소리에 맞추듯이 뢴트겐 사진 위를 더듬었다.

"수술은 이미 힘들 것 같습니다." 그가 억양 없는 목소리로 설명했다. "항암제를 투여하고 방사선을 쬐어 보기는 하겠지만."

"앞으로……." 이소베가 숨죽이며 물었다. "얼마나 남았나요?"

"석 달쯤." 하고 의사는 시선을 돌렸다. "길어야 넉 달."

"고통스러운가요?"

"모르핀으로 육체적 고통은 어느 정도 줄일 수 있습니다."

잠시 두 사람 사이에 침묵이 이어지고, 이소베가 말했다.

"마루야마 백신[1]을 사용해도 괜찮을까요? 그리고 한방(韓方)도."

"괜찮습니다. 좋다고 생각하시는 어떤 민간약이건 사용해도 괜찮습니다."

의사가 순순히 승낙해 주었다는 것은 더 이상 손쓸 방도가 없음을 암시했다.

다시 침묵이 이어진다. 참을 수 없어진 이소베가 자리에서 일어서자 의사는 뢴트겐 사진 쪽으로 한 번 더 몸을 돌렸는데, 언짢게 삐걱거리는 회전의자 소리가 이소베에게는 아내의 죽음을 예고하듯 들렸다.

(나는…… 꿈꾸고 있어.)

엘리베이터까지 걸어가는 동안 여전히 현실감이 없었다. 아내가 죽는다는 사실은 그의 상념에 한 번도 떠오르지 않았다. 한참 영화를 보는 도중에 느닷없이 전혀 엉뚱한 필름이 비쳐진 느낌이다.

겨울의 해거름, 납빛 하늘을 멍하니 보았다. 밖에선 또다시 군고구마 장수의 목소리가 들려온다. 따끈따끈한 군고구마아.

---

1) 불활성화한 결핵균을 이용해서 만든 암 치료 항원.

아내한테 뭐라고 거짓말을 할지 머릿속으로 궁리했다. 아내는 환자의 예민함으로 이소베의 마음 움직임을 한눈에 꿰뚫어 보리라. 엘리베이터 옆 의자에 걸터앉았다. 간호사 둘이 신나게 이야기하면서 지나갔다. 그녀들은 병원에서 일하면서도 병이나 불행과는 전혀 무관한 건강과 젊음으로 넘쳐난다.

숨을 깊이 들이마시고 병실 문손잡이를 꽉 쥐었다. 아내는 가슴에 한쪽 팔을 얹고 잠들어 있었다.

하나뿐인 둥근 의자에 걸터앉은 채, 머릿속에 짜 놓은 거짓말을 한 번 더 반추했다. 아내는 께느른하게 눈을 떠 남편을 보고는 힘없이 미소 지었다.

"의사 선생님은 만났어요?"

"음."

"의사 선생님…… 뭐라 하시던가요?"

"서너 달은 입원해야 한대. 하지만 넉 달 뒤엔 상당히 좋아질 거라 하시더군. 그러니까 이제 조금만 참으면 돼."

거짓말에 서툰 걸 스스로도 잘 아는 터라 이마에 살짝 땀이 배어 나오는 느낌이었다.

"그래요……."

아내의 시선이 젖은 그의 이마에 가 있다. 이소베는 환자의 민감한 직감을 경계했다.

"그럼 남은 넉 달도 당신한테 폐를 끼치겠군요."

"바보 같은 소리. 폐고 나발이고 무슨."

그녀는 미소 지었다. 이처럼 상냥한 말을 지금껏 남편한테서 들어 본 적이 없었기 때문이다. 아내 특유의 미소. 신혼 무렵, 인간관계에 파김치가 되어 회사에서 돌아온 이소베가 현관문을 열면 그녀는 이 푸근한 미소를 띠고 그를 맞아 주곤 했다.

"퇴원하면 잠시 요양하고, 완전히 좋아지면……." 지금까지 이 여자를 홀대해 온 뒤가 켕기는 느낌을 감추기 위해 이소베는 더욱 거짓말을 보탰다. "온천에라도 가자고."

"그런 돈 드는 일, 내겐 필요 없어요."

필요 없어요, 하는 말에는 멀리 바깥에서 들려오는 군고구마 장수의 목소리와 마찬가지로 미묘한 쓸쓸함과 슬픔이 섞여 있었다. 어쩌면 그녀는 죄다 알고 있는 건 아닐까? 아내가 갑자기 혼잣말처럼 말했다.

"아까, 저 나무를 보고 있었어요."

병실 창문을 향한 아내의 눈은 저 멀리 무언가를 품듯이 수많은 가지를 펼친 거대한 은행나무를 가리켰다.

"저 나무, 얼마나 살아왔을까요?"

"200년쯤 아닐까? 아무튼 이 언저리에서 가장 오래된 나무겠지."

"저 나무가 그러더군요. 목숨은 결코 사라지지 않는다고."

건강하던 무렵에도 아내는 매일 베란다의 꽃에 물을 주면서 소녀처럼 화분 하나하나에게 말을 건네는 버릇이 있었다.

"예쁜 꽃을 피우렴." "예쁜 꽃, 고맙구나." 이런 대화를 하는 것은 역시나 꽃을 좋아한 어머니한테 배운 습관으로, 결혼 후에도 달라지지 않았다. 그러나 늙은 은행나무와 그런 대화를 주고받는 것은 그녀가 본능적으로 자신의 생명의 그늘을 느낀 탓인지도 모른다.

"이번엔 나무와 대화했어?" 그는 불안을 감출 양으로 껄껄 웃어 보였다. "아무튼 좋은 일이야. 병은 이제 전망이 트였고, 은행나무와는 매일 이야기를 나눌 수도 있고."

"그래요." 아내가 심드렁하니 대답했다. 그리고 이를 알아챘는지 핼쑥한 뺨을 손으로 쓰다듬었다.

벨이 울린다. 면회 시간 종료를 알리는 병원의 신호이다. 그는 세탁물을 넣은 종이봉투를 손에 들고 둥근 의자에서 일어선다.

"이제 가 볼까."

그는 일부러 하품을 해 보이고 한쪽 손을 내밀어 아내의 손을 잡았다. 이런 멋쩍은 행동은 입원 전까지 한 번도 한 적이 없다. 대부분의 일본인 남편들처럼 그는 아내에게 애정을 구체적으로 표시하는 게 쑥스럽다. 확실히 가늘어진 손목은 죽음이 미묘하게 환자의 몸속에 퍼져 있음을 나타냈다. 그녀는 다시 그 미소를 남편에게 보냈다.

"식사는 제대로 챙겨 드세요. 빨랫감은 엄마한테 맡기고."

"그러지."

복도로 나왔으나 가슴은 납덩이를 얹은 듯하다.

병실 한 귀퉁이의 소리를 낮춘 텔레비전에서 시시한 게임이 방영되고 있다. 네 쌍의 젊은 부부가 제각기 커다란 주사위를 던져 합계 점수가 10이 되면 하와이로 2박 3일 여행을 떠나는 프로그램이다.

잠든 아내 곁에서 그저 멍하니 그 화면을 바라보았다. 합계 점수 10을 낸 한 쌍의 부부가 서로 손을 맞잡고 기뻐한다. 그들의 머리 위로 종잇조각들이 춤추며 떨어져 내린다.

이소베는 누군가가 방 어딘가에서 비웃는 소리를 들었다. 그 누군가는 그를 한층 괴롭힐 작정으로 일부러 행복한 다른 부부의 모습을 텔레비전에 여봐란듯이 내보이는 것 같았다.

오랜 세월을 일이며 인간관계에서 당혹스럽거나 낭패를 당한 일도 많은 이소베였지만, 지금 이 순간 그가 처한 상황은 그런 일상의 좌절과는 영 딴판에다 차원이 달랐다. 눈앞에 잠들어 있는 아내가 서너 달 후면 어김없이 죽는다. 이것은 이소베 같은 남자가 여태껏 한 번도 생각해 본 적 없는 사건이었다. 무거웠다. 그는 어떤 종교도 믿지 않았으나, 만약 신이나 부처가 존재한다면 소리치고 싶었다. (어째서 이 사람한테 불행을 주십니까? 마누라는 착하고 상냥한, 평범한 여자입니다. 살려 주세요. 부탁입니다.)

너스센터에서 낯을 익힌 다나카라는 주임 간호사가 진료 기록 카드에 뭔가를 적어 넣고는, 얼굴을 들어 동정 어린 눈길로 인사를 보냈다.

오기쿠보의 집으로 돌아오자 부엌에서는 근처에 사는 장모가 와서 냉장고에 저녁 식사거리를 막 집어넣는 참이었다. 그는 환자의 상태를 보고했으나 의사가 한 말은 얼버무렸다. 장모가 진실을 알고 나서 어떤 충격을 받을지 생각하면 용기가 나지 않는다.

"오늘은 자네가 일찍 돌아왔으니 난 가 보겠네."

"고맙습니다."

"그 애가 입원하니 어쩐지 이 집이 갑자기 썰렁해졌어."

"천성이 워낙 밝은 여자니까요." 그리고 그는 아까와 똑같이 마음속으로 신과 부처에게 호소했다. (그 사람은 평범하나 착한 여자입니다. 부디 그 사람을 살려 주세요.)

장모가 돌아가자, 그녀의 말대로 지금까지는 생각지도 못했던 집의 허허로움이 밀려들었다. 아내가 존재하지 않기 때문이다. 한 달 전까지 이소베는 아내가 집에 있는 걸 당연히 여겨 특별히 그 존재를 의식한 적도 없을뿐더러 용건이 없으면 먼저 말을 걸지도 않았다. 두 사람 사이에 아이가 생기지 않아서 한 번 수양딸을 데려온 적이 있다. 결국은 아이가 잘 따르지 않아 실패했다. 원래 말수가 적은 이소베는 아내와 양녀에게 다정스레 말을 걸거나 자신의 기분을 표현하는 데 서툴렀다. 식탁에서도 떠드는 이는 아내이고, 그는 그저 "으음." "그렇게 해." 정도로만 받아넘길 뿐이어서 그녀는 한숨을 내쉬며 "좀 더 저 애(양녀)랑 이야기해 보란 말이에요." 하고 자주 통박을 놓곤 했다.

그가 아내와 이야기를 주고받게 된 것은 그녀가 입원한 뒤부터이다.

의사의 예고는 잔혹할 만치 정확해서 예고받은 지 한 달도 채 못 되어 아내는 열이 나고 온몸의 통증을 호소하기 시작했다. 그럼에도 남편을 힘들게 하지 않으려고 열심히 미소를 지으려 애썼다. 방사선 치료 후 머리카락이 빠지고 조금만 움직거려도 번개처럼 격통이 몸을 훑고 지나가는 듯 희미한 신음소리를 냈다. 항암제 탓에 먹은 것도 금방 토한다.

"모르핀을 사용해 주시겠습니까?"

보다 못해 의사에게 간청하면,

"네, 하지만 적당히 사용하지 않으면 임종을 앞당기게 됩니다."

의사는 요전과 모순된 말을 했다. 연명(延命) 의학이 주류인 일본의 병원에서는 하루라도 환자의 생명을 연장시키는 것을 방침으로 삼고 있다. 이소베도 결국 이런 치료로는 살아날 가망이 없다는 걸 잘 알지만, 그의 마음에는 아내가 한 시간이나마 일 분이나마 더 살아 주기를 바라는 심정이 숨어 있다. 하지만 남편한테 미안하다고 생각해서인지 아프다는 말을 입 밖에 내지 않으려 이를 앙다물고 있는 게이코의 인내를 생각하면, 그는 "이제 그만, 그만 됐어."라고 말해 주고 싶어졌다.

그런데 어느 날, 퇴근길에 들러 여느 때처럼 병실 문을 열었는데 뜻밖에도 아내가 미소 띤 얼굴로 이쪽을 보며,

"오늘은 거짓말처럼 몸이 가벼워요. 특별한 링거를 맞았으니까."

들뜬 목소리로 말했다.

"기적 같아요. 무슨 약일까?"

"새로운 항생물질인지도 모르지." 모르핀을 사용하기 시작한 거라고 이소베는 느꼈다.

"나, 이 약이 잘 들으면 일찍 퇴원해도 돼요. 더구나 독실은 사치예요."

"걱정 말아. 기껏 한두 달 치 독실 비용 지불하는 것쯤 아무것도 아냐."

하지만 그는, 남편의 정년퇴직 후에 떠날 예정이었던 스페인, 포르투갈 여행을 위해 아내가 모아 둔 저금을 이미 써 버렸다. 아내는 이 여행이 예전에 못 간 신혼여행 대신이라며 지도를 펼쳐 놓고 아직 보지도 못한 리스본이며 코임브라의 도시들 위에 마치 행복의 징표인 양 붉은 동그라미를 그리고 있었다. 그리고 미국 출장소에 이 년가량 근무한 적이 있는 이소베에게 쉬운 영어회화를 가르쳐 달라고 말했다.

진실을 말 못 한 채, 오늘도 병원을 떠나오네
불현듯 잠이 깨어, 아내 없는 여생을 생각하네

이것은 그 무렵, 전차를 기다리는 동안 플랫폼 벤치 같은 데서 수첩에 끄적거린 이소베의 서툰 시구이다. 경마나 마작에 취미가 없는 그의 몇 안 되는 즐거움은 술 마시는 것과 서툰 하이쿠 단시(短詩)를 짓는 일, 바둑 두기였다. 하지만 그가 자신의 시를 아내에게 보인 적은 없었다. 그는 자신의 감정을 고스란히 말이나 얼굴에 드러내는 걸 쑥스럽게 여기는 남자였고, 아무 말 하지 않아도 아내가 이쪽을 헤아려 주는 관계를 바라는 남편이었다.

정맥 훤히 드러난 팔이 너무나도 가녀리다

어느 토요일, 일찍 병실을 방문한 그는 머리에 삼각 두건을
쓴, 이마가 넓고 눈이 큼직한 여성이 거기에 있는 걸 보았다.

"자원봉사하는 분이시래요."

모르핀 덕분에 통증이 사라진 아내는 그녀를 남편에게 기
쁜 듯이 소개했다.

"자원봉사하는 분은 처음이에요, 입원하고 나서."

"그렇군요." 하고 여성이 이소베를 물끄러미 보면서, "다나카
주임 간호사의 말씀을 듣고 제가 보살펴 드리게 되었습니다.
나루세라고 합니다."

"가정주부이신가요?"

"아니에요, 젊어서 이혼했습니다. 그래서 평일에는 어쭙잖은
직장인 흉내를 냅니다만, 토요일 오후에만 이렇게 병원의 자
원봉사 그룹에 참가하고 있습니다."

이소베는 네에, 하고 끄덕여 보였지만, 내심 불안하기도 했
다. 초보자인 그녀가 깜빡 잊고 병명을 사실대로 아내에게 발
설하지나 않을까, 그것이 두려웠다.

"환자를 어쩌나 익숙하게 다루시는지. 방금도 저녁 식사 하
는 걸 거들어 주셨어요."

"잘, 부탁드립니다."

'잘'이라는 단어에 힘을 주며 이소베는 머리를 숙였다.

"그럼 전 실례하겠습니다. 바깥분이 계시니까요."

나루세 미쓰코는 공손히 머리를 숙이고, 음식이 절반쯤 남

은 식기를 얹은 쟁반을 들고 병실을 나갔다. 그 말투며 조용히 문 닫는 조심성에서 그녀가 신뢰할 만한 자원봉사자라는 걸 이소베도 금세 알아보았다.

"좋은 분이죠?"

아내는 마치 그녀를 발견해 낸 게 자신의 공이라는 듯한 말투였다.

"그 사람, 당신하고 같은 대학을 나왔더군요."

"그런 사람이…… 어째서 자원봉사를 하는 건지."

"그런 사람이니까요. 정말 아는 것도 많던걸요." 아내는 여자 특유의 호기심을 물씬 드러냈다. "왜 이혼했을까?"

"알 바 아냐. 남의 일에 너무 끼어들지 마."

그가 화난 목소리로 말했지만, 진심은 여자들끼리 그런 허물없는 기분에서 이 자원봉사자가 아내에게 병명을 흘리는 것이 두려웠다.

"묘한 일이 있었어요."

무언가를 멀리 내다보듯 게이코가 남편에게 말했다.

"방금 링거를 맞은 뒤 잠이 들었는데, 꿈속에 우리 집 다실이 나오고, 당신의 뒷모습이 보이더군요. 글쎄, 당신이 부엌에서 물을 끓이고는 그대로 가스 불도 안 끈 채 잘잘 채비를 하지 뭐예요. 내가 주전자에서 연기가 나고 불이 난다고 필사적으로 소리치는데도…… 시치미를 뚝 떼시더군요. 몇 번이고 몇 번이고 외쳤어요. 그런데도 당신은 침실 등을 끄고는……."

이야기하는 아내의 입술이 열렸다 닫혔다 하는 걸 이소베는 똑바로 바라보았다. 꿈의 내용이 사실이었기 때문이다.

간밤에 침실의 전등을 끄고 막 잠이 들 즈음 그는 뭐라 말할 수 없이 가슴이 두근거리는 걸 느끼고 눈을 떴다. 그 순간 부엌의 가스를 켜 놓았다는 사실을 깨닫고 반사적으로 벌떡 일어났다. 부엌으로 뛰어 들어가니 주전자는 꽈리처럼 새빨갛게 달아 있었다.

"정말이야?"

"정말이에요. 왜요?"

그가 솔직히 고백하자, 게이코는 긴장된 낯으로 듣고 있다가,

"나, 아직 쓸모가 있나 봐요."

꿈에서 깬 듯한 표정으로 중얼거렸다.

"꿈은 현실과 똑같다더니, 그런 일이 있긴 하네요."

이소베는 아내가 나무와 이야기를 나눈다고 믿거나 이상한 꿈을 꾸는 것은 그만큼 죽음이 가까워졌다는 증거가 아닐까 싶어 불안을 느꼈다. 그는 어릴 적 할머니한테 사람은 죽기 전에 건강한 사람에게는 보이지 않는 걸 본다는 얘기를 들은 적이 있었다.

모르핀으로 통증이 가라앉기는 했어도 아내의 쇠약은 매일 병실을 찾는 이소베도 또렷이 알 수 있을 정도로 역력하다. 하지만 모르핀 때문인지 그녀의 정신은 아직 말짱하다.

"오늘 나루세 씨가 가르쳐 주었어요. 학자들도 꿈은 여러 가지 깊은 의미를 지닌다고 인정한다더군요. 뭐라더라. 드림 텔레파시래요. 그녀는 내 꿈으로 무의식에 있는 것을 알 수 있

대요. 한데 그 이상은 가르쳐 주지 않았지만."

아내한테서 이런 이야기를 들었을 때, 이소베는 어째서인지 눈이 큼직한 나루세라는 여성에게 불안한 무엇을 느꼈다. 그녀에게는 아내의 마음의 움직임을 물끄러미 지켜보는 듯한 무언가가 있었기 때문이다.

여름날 한순간 타오르는 저녁노을처럼 모르핀으로 얻은 기력도 급속히 떨어졌다. 이후 아내는 하루 종일 산소마스크를 한 채 거친 숨을 몰아쉬며 잠을 잤다. 그가 토요일 저녁 무렵 소리 안 나게 조심스레 문을 열자, 링거 바늘을 팔에 꽂고 괴로운 듯 눈을 감은 아내 곁에서 그 자원봉사 여자가 발을 주무르고 있었다. 아내는 남편을 보고는 께느른하게 눈을 뜨고 있다가 더 이상 그녀의 습관인 미소도 띠지 않고,

"땅 깊숙이…… 꺼져 드는 것 같아요."

희미하게 중얼거리더니 다시 혼수상태가 되고 만다. 그러나 자원봉사 여성은 낯빛도 바뀌지 않은 채 환자를 응시하고 있다. 그는 이 냉정한 시선이 마치 "이젠 절망이네요."라고 말하는 것 같아 형언할 수 없는 고통을 느꼈다.

"상태가 어떤가요, 오늘은?"

"네, 조금은 대화도 하셨습니다."

"그 일을 본인은 모를 테지요." 목소리를 낮춰 이소베가 그녀에게 속삭였다. "저도 잠자코 있습니다. 잘 부탁드립니다."

"알고 있습니다. 하지만……." 나루세 미쓰코가 차분한 목소리로 말했다. "하지만 사모님은 눈치채셨을지도 모릅니다. 말기 암 환자분들은 주위에서 상상하는 이상으로 자신의 죽음

을 알고 계십니다."

"이 사람은 그런 거 한 번도 입 밖에 낸 적이 없습니다."

이소베는 아내가 깊이 잠든 걸 확인하면서 항의했다. 하지만 미쓰코는 어디까지나 냉정한 목소리로,

"그건…… 배려겠지요."

"잔혹한 말씀을 하시는군요, 당신은."

"죄송합니다. 하지만 전 자원봉사자로서 비슷한 경우를 지금껏 많이 보아 왔습니다."

"제 아내가 오늘 당신한테 무슨 말을 하던가요?"

"자기가 없으면 이소베 씨가 얼마나 불편하실까 걱정하셨습니다."

"그랬나요."

"묘한 말씀도 하셨습니다. 몸에서 의식이 빠져나가 천장에서 침대에 누워 있는 자신의 송장이 보인다더군요."

"약의 부작용일까요?"

"그럴지도 모릅니다. 하지만 말기 암 환자들 중엔 더러 같은 경험을 하는 분이 계십니다. 의사 선생님도 간호사도 믿지 않습니다만."

이소베는 이런 현상이 아내의 죽음의 전조라는 느낌마저 들었다. 오늘도 창밖은 잿빛이고, 병원 바깥에서 군고구마 장수의 낭창낭창한 목소리가 들려온다. 군고구마 장수는 낭창낭창한 자신의 목소리가 듣는 이에게 어떤 기분을 갖게 하는지 깨닫지 못한다. 창문마다 꽃이 만발한 화분을 내다 놓은 리스본 풍경. 새하얀 모래사장에서 검은 옷을 휘감은 여성이 그물

을 손질하는 나자레의 해안. 환각을 본다면, 침대에 가로누운 송장이 아니라 적어도 그런 풍경이라도 보았으면 싶었다.

의식이 몸에서 빠져나간다는 현상은 역시 임종의 전조였다.

"앞으로 네댓새라고 생각됩니다."

의사가 그를 너스센터로 불렀다.

"친척분들을 부르신다면."

"네댓새라고요?"

의사는 안경 뒤에서 눈을 감았다. 더러워진 진찰복 주머니에 볼펜이며 체온계며 여러 가지를 잔뜩 쑤셔 넣은 그는 그럴 때 환자 가족의 표정을 보고 싶지 않았던 거다.

"그렇게 빨리."

이소베는 안타까움에 무의미한 말을 내뱉었으나, 의사가 정확히 수명이 서너 달이라고 예고한 것은 하루도 잊지 않았다.

"의식은 마지막까지 있습니까?"

"분명히 말씀드릴 순 없어도, 이삼 일 전부터는 혼수상태겠지요."

"고통스러워하면서 숨을 거두는 건 아닐 테지요?"

"가능한 한 고통스러워하시지 않도록 최선을 다하겠습니다만."

마침내 그날이 눈앞에 다가온 거다. 이때의 마음은 적요하다기보다는 달 표면에 홀로 오도카니 서 있는 공허감이었다. 그 공허감을 견디면서 그는 병실 문손잡이를 살짝 잡았다. 주임 간호사인 다나카가 젊은 간호사를 한 사람 더 조수로 삼아 산소호흡기를 준비하고 있었다.

"자아, 남편분이 오셨습니다."

베테랑 다나카가 격려했다.

"여보."

아내가 손을 움직여 남편을 머리맡으로 가까이 부르더니 침대 옆 테이블을 가리켰다.

"나중에…… 이 안의 수첩을 봐요."

"알았어."

두 간호사가 눈치 빠르게 방을 나가자 아내는,

"오랫동안, 고마워요……."

"바보 같은 소리." 이소베는 얼굴을 돌렸다. "당신 말투가 무슨 위독한 상태라도 된 것 같잖아."

"미안해요. 하지만 다 알아요. 내일이면 말도 할 수 없게 될지 몰라요."

이젠 창피도 쑥스러움도 없었다. 삼십오 년을 함께 산 상대가 내일 세상을 뜰지도 모른다.

침대 곁 둥근 의자에 걸터앉아 그는 아내의 얼굴을 묵묵히 응시했다. 그도 그랬지만 그녀의 얼굴은 한층 지칠 대로 지쳐 보였다. 께느른하게 눈을 반쯤 떠 남편을 바라보다, 바라보는 것조차 힘든 듯 눈을 감는다.

다나카 주임 간호사가 들어와 아내의 입에 새로 산소마스크를 갖다 대고,

"거북하면 떼어도 괜찮습니다. 하지만 이러는 게 편하실 거예요."

아내는 대답하지 않았다. 눈을 감은 채 어깨로 숨을 내쉬고

있다.

그날 밤부터 그녀는 혼수상태에 들어갔다. 때때로 뭐라고 헛소리를 한다. 이소베는 곁에 앉아 환자의 손을 잡아 주는 것 말고는 아무것도 할 수 없다. 의사와 간호사가 연신 교대로 아내의 혈압을 재고, 주사를 놓고, 맥을 짚는다. 이소베는 도쿄에 사는 그녀의 아버지, 어머니, 남동생에게 연락을 취했다.

"바깥분을…… 부르십니다."

공중전화를 끊고 돌아가려는 참인 그에게 젊은 간호사가 복도를 뛰다시피 와서 알려 주었다.

"어서 가 보세요."

그가 병실에 들어가자 다나카 주임 간호사가 산소마스크의 덮개를 열고 긴박한 목소리로 말했다.

"뭔가 말씀을 하십니다. 귀를 입가에 바싹 갖다 대세요."

"나야, 나. 알겠어?"

이소베는 아내의 입술에 귀를 갖다 댔다. 숨이 끊어질 듯 말 듯한 목소리로 필사적으로 띄엄띄엄 뭔가를 말하고 있다.

"나…… 반드시…… 다시 태어날 거니까, 이 세상 어딘가에. 찾아요…… 날 찾아요…… 약속해요, 약속해요."

약속해요, 약속해요라는 마지막 목소리만은 아내의 필사적인 소망이 담겨서일까, 다른 단어보다 강했다.

꿈이라도 꾸는 듯 며칠이 지났다. 아내가 사라졌다는 사실이 도무지 실감 나지 않는다. 아내는 친구와 여행을 떠났고 머잖아 돌아온다, 하고 몇 번이고 스스로를 타이른다. 사흘 뒤,

고슈 가도 근처 화장장에 검은색 차들이 빽빽이 주차하고, 무리를 지은 몇몇 유족들이 마치 컨베이어 작업처럼 화장장으로 빨려 들어가고, 다음 그룹이 순서를 기다리고 있을 때조차 이소베는 대기실에서 똑같은 생각에 잠겨 있었다. 대기실 창문으로 보이는 화장장의 높다란 굴뚝에서 피어오르는 연기가 병실에서 자주 보았던 찌푸린 하늘을 떠올리게 했다. (마누라는 여행을 떠났어.) 이소베는 그 연기를 향해 중얼거렸다. (여행에서 돌아오면, 모든 게 예전과 다름없는 생활이 시작될 거야.) 그럼에도 그의 입술만은 조문객들에게 답례 인사를 했다.

담당자가 와서 화장이 시작된다고 알렸다. 이윽고 이소베의 눈앞에서 제복과 제모를 갖춰 입은 중년 남자가 아궁이 스위치를 누르니 신칸센이 철교를 달리는 듯한 소리가 울렸다. 무슨 일이 일어나고 무슨 일이 벌어지고 있는지, 망연자실한 이소베는 여전히 알 수 없었다. "지금부터 그 젓가락으로 뼈를 집어 단지에 넣어 주십시오." 제복 입은 남자가 무표정하게 알리고, 커다란 검은 상자를 꺼냈다. 거기에 흩어져 있는 묘하게 푸르스름한 뼛조각을 이소베는 도저히 아내의 것이라고 믿을 수 없었다. (이게 대체 뭔가. 우리가 무얼 하고 있나.) 그는 울고 있는 장모와 여자들 옆에서 혼자 중얼거렸다. (이건 마누라가 아니야.)

뼈 단지가 하얀 천으로 덮이고, 그걸 든 이소베와 친지들은 스님과 함께 집으로 돌아왔다. 돌아온 집에는 그가 아내와 함께 사용한 가구, 그녀가 아끼던 물건들이 생전 그대로 놓여 있었다. 여자들은 음식을 담은 접시며 사발, 맥주를 거실로 나르기 시작했다.

"초칠일 다음은 사십구재지."

친척 누군가가 맥주 거품을 입에 묻힌 채 말했다. 이 남자는 장례식의 모든 사무를 떠맡은 터여서 추후의 일 처리만이 머리에 가득한 모양이었다.

"사십구재는 다음 달 무슨 요일입니까?"

"수요일입니다."

"여러분도 다들 분주하실 테고, 식구들끼리 조촐하게 치를 거니까 아무쪼록 양해바랍니다."

"한데 주지 스님." 또 다른 남자가 주지에게 물었다. "불교에선 어째서 사십구 일에 모이는 건가요?"

"그건 말입니다." 머리를 깎은 주지가 염주를 무릎 위에서 만지작거리며 다소 득의에 차서 말했다. "불교에서는 인간이 죽으면 그 혼백이 중유(中有) 상태가 된다고 여깁니다. 중유란 아직 환생하지 않은 상태로, 인간 세상을 훨훨 떠도는 것입니다. 그리고 칠 일마다 남녀 한 쌍의 몸 안에 스며들어 새로운 생명으로 다시 태어납니다. 그러니까 우선 초칠일이 있는 거지요."

"호오."

처음 들어 보는 이야기에 남자들은 맥주 컵을 손에 쥔 채 주지를 주목했다.

"칠 일마다 말인가요?"

"그렇습니다. 그리고 아무리 환생이 늦는 분이라도 사십구 일째에는 어김없이 어느 분인가의 자식이 되셔서 새롭게 다시 태어나지요……."

"호오."

한숨인지 날숨인지 알 수 없는 소리를 저마다 냈지만, 이 이야기를 누구 한 사람 진심으로 믿는 건 아니었다.

"역시나 그래서 사십구재, 사십구재 하고 장례를 마친 다음 절에서 말하는군."

누군가가 끄덕였으나 그들은 마음속으로 어차피 절의 돈벌이 수단이라고 생각했다. 그때 "반드시…… 다시 태어날 거니까." 이소베의 귀에 아내의 그 헛소리가 들렸다. "이 세상 어딘가에. 찾아요…… 날 찾아요."

그 목소리를 떠올리며 멍하니 있는 이소베에게,

"제 역할은 끝났으니 이만 실례하겠습니다."

온후한 주지가 머리를 숙였다.

모두 떠난 뒤, 병원에서 갖고 온 보스턴백 두 개를 열었다. 입원 중에 아내가 사용하던 유품들이다. 가운, 잠옷, 속옷, 타월, 세면도구, 시계, 이런 물건에 섞여 그녀가 입원 중에 메모한 수첩이 들어 있었다. M 은행이 연말에 선전용으로 손님에게 나눠 준 까만색 작은 가죽 수첩이다. 가슴이 미어지는 심정으로 그 첫 페이지를 펼쳤다.

당신의 옷, 동복(벽장의 오동나무 상자 A에 있음), 춘추복, 하복, 예복(다른 오동나무 상자 B에 있음).

옷은 반드시 솔질하고, 계절마다 클리닝할 것.

스웨터와 카디건(오동나무 상자 C에 있음).

이는 전부 어머니에게 일러두었습니다.

저금통장과 인감, 증권, 부동산 권리증 등은 은행에 맡겨 놓았습니다.

일이 생기면, M 은행의 이노우에 지점장과 스기모토 변호사와 의논할 것.

눈이 침침해져 이소베는 다음 페이지로 넘기는 걸 망설였다. 자신이 죽은 뒤 남편이 곤란을 겪지 않도록 모든 페이지에 일상생활의 지침을 하나하나 기록해 두었다. 잠들기 전 반드시 가스를 점검하는 것이나 욕실 청소법까지, 이런 것들은 지금껏 이소베가 죄다 아내에게 내맡긴 일이다. 그것을 아내는 손에 잡힐 듯 가르치고 있었다.

"이런 일을 하란 말이야?"

그는 다실에 있는 그녀의 위패와 영정 사진 앞에서 소리 질렀다.

"언제까지 집안을 내팽개칠 셈이야…… 어서…… 돌아와."

수첩에는 죽기 이십 일 전쯤의 일기인지 메모인지 알 수 없는 기록도 있었다.

1월 22일 흐림

오늘도 링거주사. 팔의 혈관은 이미 너덜너덜, 내출혈로 검푸른 흔적이 여기저기 나 있다. 나는 창문 너머 은행나무를 향해 이야기를 건넨다.

"나무님, 전 죽어요. 당신이 부러워요. 벌써 200년이나 사셨네요."

"나도 겨울이 오면 시들지. 그리고 봄이 되면 다시 살아나."

"하지만 인간은."

"인간도 우리와 마찬가지야. 한 번 죽지만, 다시 살게 되지."

"다시 산다고요? 어떻게요?"

언젠가 알게 돼, 하고 나무는 대답했다.

1월 25일

내가 떠난 뒤, 아무도 보살펴 주지 않아 궁상맞을 남편을 생각하면…… 마냥 안절부절못한다.

1월 27일

저녁 무렵까지 괴로웠다. 통증은 약으로 얼추 누그러뜨릴 수 있지만, 마음이…… 죽음의 공포로 지쳤다.

1월 30일

자원봉사자 나루세 씨가 와 주셨다. 늘 냉정하고 자제력을 갖춘 분이라서 나는 남편에게도 털어놓지 못한 고민이나 마음의 비밀을 말해 버렸다.

"난, 더 이상은 힘들다는 거 잘 알아요. 남편한텐 아무 말 않지만……."

나루세 씨는 고개를 끄덕였다. 입에 발린 위로나 부정도 하지 않는 게 그녀다웠다.

"나루세 씨, 다시 태어나는 걸 믿나요?"

"다시 태어난다……?"

"인간은 한 번 죽으면, 다시 이 세상에 새로 태어난다는데 정말일까요?"

나루세 씨는 이때 한순간 나를 똑바로 보았으나 수긍하지는 않았다.

"난, 다시 태어나 한 번 더 남편을 만날 수 있을 것 같은 느낌이, 자꾸만 들어요."

나루세 씨는 말없이 창밖으로 눈길을 주었다. 매일매일 익숙한 풍경. 아름드리 은행나무.

나루세 씨가 중얼거렸다. "전 잘 모르겠어요." 그러고는 식판을 들고 방을 나갔다. 그녀의 등이 차갑고 단단한 물질처럼 보였다.

허허로운 날들이 이어졌다. 마음의 공동을 메우기 위해 그는 되도록이면 회사에 남아 집으로 돌아가는 시간을 늦추었다. 잔업에 열중하는 부하를 데리고 나가, 일부러 식사며 술을 사 주는 걸로 울적한 기분을 대충 얼버무렸다. 괴로운 건 귀가해서 아내가 쓰던 물건을 보는 일이다. 슬리퍼, 찻잔, 젓가락, 가계부나 전화번호부에 남아 있는 사소한 필적. 이런 것들이 눈에 띄는 순간, 날카로운 송곳에 찔린 듯 가슴에 통증이 일었다.

한밤중에 잠이 깰 때도 있다. 어둠 속에서 그는 애써 아내가 옆 침대에 있다고 믿으면서,

"이봐, 이봐."

말을 걸어 본다.

"이봐, 이봐, 자는 거야?"

결국 되돌아오는 건 검은 침묵과 검은 공허감, 검은 쓸쓸함이었다.

"언제 여행에서 돌아올 셈이야? 언제까지 집을 마냥 비워 둘 작정이냐고."

그는 어둠 속에서 눈을 감고, 눈꺼풀 뒤로 아내의 얼굴을 떠올린다. 어디에 있나, 이 멍청아. 당신은 남편을 내버려 두고 무얼 하고 있어…….

"반드시…… 다시 태어날 거니까, 이 세상 어딘가에."

찾아요…… 날 찾아요, 하는 아내의 마지막 헛소리는 생생한 잔상처럼 귓속에 남아 있다.

하지만 이소베는 그런 불가능한 일이 일어나리라고 생각지 않았다. 거의 대부분의 일본인과 마찬가지로 종교가 없는 그에게 죽음이란 모든 게 소멸되는 일이었다. 다만 그녀가 생전에 사용한 일상의 물건들이 여전히 이 집 안에 남아 있다.

(당신이 살아 있는 동안…….) 이소베는 생각했다. (죽음은 저 멀리 내 건너편에 있는 것 같았지. 그런데 당신이 두 손 벌려 막아 주던 죽음은, 당신이 없어지자마자 바로 눈앞에 나타난 것 같아.)

그가 할 수 있는 거라곤 이 주에 한 번 아오야마의 묘지를 찾아 이소베가(家)의 묘표에 물을 끼얹고 꽃을 바꾸고 합장하

는 일뿐이었다. 그것이 "찾아요…… 날 찾아요."라는 아내의 간청에 대한 최소한의 응답이다.

워싱턴에서 생활하는 질녀가 미국에서 휴가를 보내지 않겠느냐고 편지로 물어 왔다. 부산하게 움직여도 여전히 지속되는 쓸쓸함을 떨쳐내 버리고 싶어 이소베는 그 초대에 응했다.

워싱턴은 독신 시절 그가 주재했던 도시이다. 질녀의 차로 여기저기 달렸는데, 달라진 건 거의 아무것도 없었다. 조지타운 대학 의학부 연구원인 그녀의 남편에게 유럽의 대학 같은 고풍스러운 건물로 데려다 달라고 부탁해, 19세기가 고스란히 남아 있는 듯한 대학가를 걸었다. 질녀 집의 식당에는 유명한 영화배우 셜리 매클레인이 쓴, 그녀의 사진이 표지에 인쇄된 베스트셀러가 놓여 있었다.

"흐음, 매클레인이로군. 이 여배우를……." 이소베가 말했다. "옛날에 무척 좋아했지. 일본에 관심이 많다던데."

"요즘 화제 만발인 책이죠."

질녀가 대답했다.

"어떤 내용이지?"

"그녀가 자신의 전생을 찾아가는 내용이에요."

"집사람은 그런 시시한 이야기를 믿지 뭡니까. 책장에는 그런 종류의 책에다 뉴사이언스 책들이 빽빽하답니다."

질녀 남편은 사뭇 빈정거리는 쓴웃음을 지어 보였다. 의사인 그는 최근 미국에서 유행하는 초능력이나 임종 체험에 대한 과대평가는 일종의 사회적 패닉 현상이라고 설명했다.

"이 사람은 뭐든 합리주의만으로 생각한다니까요." 질녀는 불만스러운 듯 볼이 불룩해졌다. "합리주의만으로 밝힐 수 없는 게 이 세상엔 수두룩하잖아요."

"아직 밝힐 수 없을 뿐이지. 어쨌건 과학으로 전부 해명될 거야."

"한데……."

잠자코 있던 이소베가 끼어들었다.

"셜리 매클레인의 그 책이 뭐, 분명히 말해, 전생 같은 건 나도 믿지 않지만 어째서 베스트셀러가 되었을까. 이 점이 흥미롭군."

"그렇다니까요." 질녀는 이소베가 제 편을 들어 준 걸로 잘못 생각해 "베트남 전쟁 이후부터 그런 연구가 진지하게 미국 대학에서 이루어졌다네요."라고 했다.

"비과학적인 심리학자나 뉴에이지 사상가들뿐이죠." 질녀 남편이 쓴웃음 지었다. "전생 연구를 버지니아 대학에서 하고 있다던데요."

"하고말고요. 버지니아 대학의 스티븐슨이라는 학자가 쓴 책은 근처 서점에서 3위로 잘 팔리고 있어요."

"그 학자는 어떤 사람이지?"

"아직 읽어 보진 않았는데, 스태프들과 같이 전생의 기억을 가진 전 세계 아이들의 사례를 수집해서 그 보고가 정확한지 어떤지 철저히 조사하고 있대요."

그녀가 만들어 준 물 탄 위스키를 마시면서 질녀 남편은 어깨를 들썩여 보였다. 어처구니가 없고 말도 안 된다는 제스처였다.

컵을 한 손으로 돌리며 이소베는 이때 다시금 아내의 마지막 목소리를 귓전에서 들었다.

아내는 진심으로 전생이나 내세를 믿었던 것일까? 아내에게는 꽃이며 나무와 이야기를 나누거나 예지몽을 믿기도 하는 유치한 부분이 있었으니 그 헛소리도 그녀의 필사적 소원에서 나온 거라고 이소베는 해석하고 있었다.

단지 이렇게 생각하니 아내가 그토록 그를 소중한 존재로 생각하며 살았던가 싶어 가슴이 꽉 조여 오는 기분이다.

그에게는 내세니 환생 따위를 긍정할 마음은 털끝만큼도 없다. 이소베 역시 질녀 남편과 마찬가지로, 푹 빠져서 매클레인의 책 이야기를 하는 질녀에게 쓴웃음을 짓기도 하고 끄덕여 보이기도 했지만, 물론 진심은 아니었다.

"여자들은 어째서 그런 이야기를 좋아하는지."

질녀 남편이 하품을 하며 마무리 지었다.

"죽은 우리 마누라도……."

말하려다 이소베는 입을 다물었다. 믿지는 않아도 아내의 마지막 말은 남한테 발설할 수 없는 그의 소중한 비밀이었다. 아내가 자신에게 준 귀중한 유품이나 다름없었다.

귀국 날 워싱턴 공항에서 비행기 시간을 기다리는 동안, 질녀가 이야기한 셜리 매클레인의 『너무도 위태로운(Out on a Limb)』과 이언 스티븐슨 교수의 『삶 이전의 삶(Life before Life)』이 베스트셀러라는 팻말 아래 서점 쇼윈도에 비스듬히 장식되어 있는 걸 발견했다. 그것은 우연이라기보다는 눈에 보이지 않는 어떤 힘의 작용 같아서, 질녀가 말한 기이한 이야기는 여전히 믿지 않았음에도 세상을 뜬 아내가 그의 등을 떼밀어 쇼윈도로 다가가도록 만든 느낌이 들었다. 자신도 모르게 그 책들을 샀다.

비행기 안에서 책을 펼쳤다. 음료수를 갖다 주는 팬암 항공의 스튜어디스가 매클레인의 책 표지를 슬쩍 보더니 말했다.

"아주 흥미로운 책이죠. 저도 푹 빠져 읽었답니다."

질녀의 이야기는 거짓이 아니었다.

실은 매클레인의 책보다 스티븐슨 교수의 연구 발표 쪽이 이소베는 마음에 들었다. 다양한 현지 조사를 언급하면서도 교수가 "이러한 현상은 확실히 존재하지만, 그렇다고 해서 전생이 인간에게 있다고는 단정할 수 없다."라고 신중히 객관적으로 말하는 것도 신뢰할 만했다. 설득력 있는 그 책을 읽고 그는 아내의 마지막 말을 조금은 믿어 볼 마음까지 생겼다.

5월 25일 자 서신은 잘 받았습니다. 문의하신 건에 대해 답변을 드립니다.

저희 버지니아 대학에서는 분명히 이언 스티븐슨 교수를 중심으로 1962년부터 사후 생존에 관한 조사를 실시하고 있습니다. 저희는 스티븐슨 교수를 중심으로 전생의 기억을 갖고 있다고 주장하는 세 살까지의 유아를 각 나라에서 찾아내 본인의 고백, 부모 형제의 객관적 증언, 또한 육체적 특징에 대해 사례를 수집해 왔습니다. 이것은 베트남 전쟁 이후 미국에서 연구 성과가 진척된 임종 체험, 영육 이탈 현상, 초능력 등의 해명에 호응하는 연구의 일환입니다.

현재 저희가 연구 대상으로 삼는 '다시 태어나기'의 조건은 다음과 같습니다.

(1) 투시, 텔레파시, 잠재된 기억으로는 설명할 수 없는, 사실로 확인될 만한 증거가 상당히 있을 것.

(2) 현세에서는 분명히 학습되었을 리 없는 복잡한(외국어를 말하거나 악기 연주를 하는 등) 능력을 지닐 것.

(3) 본인이 기억하는 전생 시절에 입은 상처에 대응하는 똑같은 위치에 모반(반점)이 있을 것.

(4) 기억이라는 것이 나이를 먹어도 현저히 감소되지 않고, 최면 트랜스 상태에서 유발될 필요가 없을 것.

(5) 본인이 과거 인생에서의 유족이나 친구 대부분에게 그 인물이 다시 태어난 것이라고 오랜 시기에 걸쳐 인정받을 것.

(6) 과거 인격과의 동일시가 부모 및 여타 인물의 영향으로는 설명할 수 없는 사례일 것.(세 살까지의 유아를 특히 중시하는 것은, 그 이후의 연령에서는 어른들의 엉터리 이야기를 본인의 기억과 혼동하거나 착각할 가능성이 있기 때문입니다.)

이상과 같은 엄격한 조건을 덧붙이는 것은 저희 연구가 소위 주술적인 것 혹은 정체불명의 종교나 투시자의 그것과 동일하지 않고, 어디까지나 학문적인 객관적 조사이기 때문입니다.

따라서 현재도 저희는 인간의 '다시 태어나기'가 존재한다고는 결코 단정하지 않습니다. '다시 태어나기'를 암시하는 듯한 현상이 세계 각국에 있다고 발표하는 것입니다.

현재까지 '다시 태어나기' 사례는 1600건 이상 수집되었습니다만, 이 가운데 전생에 일본인이었다는 사례는 유감스럽게도 하나밖에 없습니다. 그 예는 다음과 같습니다.

미얀마의 나투르 마을에 1953년 12월에 태어난 마 틴 아웅 미요라는 소녀는 네 살 무렵부터 줄곧 전생에 관해 이야기하기 시작했습니다. 어느 날 아버지와 산책하고 있을 때, 비행기가 날아가는 걸 보고 마구 울음을 터뜨리며 무서워하는 기색을 나타냈습니다. 그 후 비행기를 볼 때마다 엄청난 공포감을 보이는 탓에 아버지가 원인을 캐묻자, 폭격 맞으니까, 하고 대답했습니다. 그 후 그녀는 우울해졌고 "일본에 가고 싶어."라고 호소했습니다.

시간이 흘러 그녀가 이야기하기 시작한 것은, 전생에 자신은 일본의 북부 출신으로 결혼해 아이가 있었고(그 수는 이야기할 때마다 달라지곤 했습니다.) 군대에 소집되어 미얀마의 나투르에 주둔했을 때, 장작더미 옆에서 막 취사 준비를 하려는 참에 적의 비행기 한 대가 날아왔습니다. 그때 자신, 즉 그 일본 병사는 반바지에 복대 차림으로 서 있었는데, 적기가 급강하해서 기총소사를 퍼붓기에 도망치려고 장작더미에 숨었으나, 탄알이 샅 부위에 명중되어 즉사했다는 것입니다.

이상이 마 틴 아웅 미요의 고백입니다만, 그 후 자신은 입대전 일본에서 작은 가게를 꾸렸던 느낌이 들고, 군대에서 취사병으로 전사할 당시는 일본군이 미얀마에서 퇴각할 무렵이었다고 말했습니다.

다만 그녀의 이야기에는 그 일본 병사의 이름도 가족의 이름도 지명도 전혀 나오지 않습니다. 하지만 그녀는 미얀마풍의 식사를 즐기지 않고, 달콤한 것이나 당분이 강한 야자가 들어간 카레를 좋아합니다. 그녀는 아이가 있는 일본으로 돌아가고 싶다거나 어른이 되면 일본에 가겠다고 줄곧 말했다 합니다. 가족들 이야기로 마 틴 아웅 미요는 가족조차 전혀 알아들을 수 없는 말로 혼잣말을 했다고 하는데, 그것이 일본어인지 단순한 유아어인지는 알 수 없습니다. 신기하게도 그녀가 전생에서 총격을 입었다는 살 부위에 모반이 있는 점도 조건과 일치합니다. 자세한 것은 스티븐슨 교수의 조사 보고를 읽어 보실 것을 권합니다.

또한 앞으로 전생에 일본인이었다고 이야기하는 저희 연구 대상의 예가 나올 경우에는 기꺼이 연락드리겠습니다.

버지니아 대학 의학부 정신과 인격 연구실
존 오시스
오사무 이소베 귀하

2장
설명회

"성스러운 강, 갠지스가 마음을 씻어 주고, 사람과 동물이 북적대는 미로 같은 시장을 헤맨다. 그 옛날, 인더스 부근에 문화를 꽃피운 인도."

스크린에는 하얀 사발을 엎은 듯한 타지마할 궁전과 이마에 붉은 도장을 찍은 브라만 노승의 모습, 성적인 손짓을 하는 인도 무용 비디오가 잇달아 비쳤다. 보름 후에 떠날 인도 불교 유적 여행의 설명을 듣기 위해 스무 명 남짓한 남녀가 모였는데, 대부분 중년층이다.

기침 소리며 몸을 뒤척이는 나직한 소리 가운데, 스크린에는 엇비슷한 풍경이나 엇비슷한 힌두 사원이 나온다. 군중의 땀과 체취가 물씬한 뭄바이나 콜카타의 큰길, 룸비니와 카필라바스투, 부다가야, 사르나트 같은 불교 유적. 일본은 이미

가을이 완연하건만 앞으로 석 주도 채 지나지 않아 자신이 이 무더운 빛의 땅을 밟게 된다는 게 마냥 신기하다.

전등이 켜졌다. 장내의 공기에 섞인 사람들의 숨 냄새를 느낀 미쓰코는 가방에서 손수건을 꺼냈다. 손수건에 뿌린 향수 냄새를 맡고 앞줄의 남자가 뒤를 돌아다보았다. 그리고 깜짝 놀라는 기색을 보였다.

"즐거운 여행을 위해서 여러분과 동행할 안내원인 에나미 씨가 여행 중 알아 두셔야 할 주의 사항을 말씀드리겠습니다. 들고 있는 종이를 봐 주세요."

그러자 동그란 안경을 쓴 서른네다섯 살쯤 된 남자가 좀 전의 스크린 앞에 서서 인사했다.

"안내원 에나미라고 합니다. 인도에서 사 년 정도 유학을 했습니다. 그동안에도 이 코스모스 회사의 손님분들을 안내해 드린 적이 있는데, 제 경험상 손님들께 세 가지 주의 사항을 말씀드립니다. 세 가지란, 우선 물입니다. 현지에서 생수는 절대로 마시지 말아 주세요. 반드시 끓인 물을 드시거나, 콜라나 주스를 마실 것을 권합니다. 호텔에서 아이스 워터나 얼음을 넣은 위스키를 주문하셨다가 그 얼음 때문에 배탈이 난 분도 계십니다."

인도에서 독특한 변소 사용법, 왼손은 부정하다고 알려져 있으니 왼손으로 아이의 머리를 쓰다듬지 말 것, 특별히 요구하지 않는 한 팁은 필요 없다는 것, 도난에 대비한 주의법 등을 그는 인쇄된 종이에 적힌 대로 하나하나 설명했다.

"인도에는 카스트라는 종교적 신분제도가 있습니다. 바르나·자티라고도 합니다. 이것은 상당히 복잡해서 간단하게 설명할 수 없습니다. 다만 가장 낮은 바르나에도 속하지 못하는, 즉 아웃 카스트 혹은 불가촉천민(不可觸賤民)으로 불리는 사람들이 있다는 점은 알아 두시는 편이 좋을 것 같습니다. 불가촉천민이란, 현재는 하리잔이라 하여 형식적으로는 신의 아이라는 존칭까지 붙여 놓았는데, 실제로는 옛적부터 특별한 감정으로 취급받는 사람들입니다. 이러한 차별을 여행 중에 목격하시고, 일본인으로서는 불쾌한 기분이 드실지도 모르겠습니다만, 여기에는 오랜 종교적 역사적 배경이 있다는 사실을 유념하시기 바랍니다."

여행 중 여러 가지 주의해야 할 사항을 일러 주고 나서 그는 질문을 재촉했다.

"죄송하지만, 서로 빠른 시일 내에 낯을 익힐 수 있도록 질문하실 때 성함을 말씀해 주십시오."

두세 사람이 손을 들었다.

"누마다라고 합니다. 야생 조류 보호구역에 가고 싶습니다. 그래서 아그라 혹은 바랏푸르에 혼자 잠시 남고 싶습니다만."

"이 여행은 불교 유적 방문 여행이지만, 방문지 한 곳의 도시에 남으셨다가 나중에 일행과 합류하실 거라면 상관없습니다. 동물을 좋아하시나요?"

"예."

"인도 자체가 자연 동물원이나 마찬가지입니다. 도처에 원숭이나 몽구스, 호랑이가 살고 있습니다. 코브라까지도."

에나미가 모두를 웃긴 다음 덧붙였다.

"하지만 한 군데서 특별 체재를 하실 때는 저희가 지정한 호텔에 묵으시기 바랍니다. 밖에서 식사하시는 건 특별 요금입니다."

"알고 있습니다."

이 무렵의 인도 기후나 복장에 대해 질문하는 여성에 뒤이어 나이 지긋한 한 사람이 손을 들었다.

"그쪽 절에서 법요를 부탁드릴 수 있을까요?"

"절이라 하시면, 힌두교 사원이 아니라 불교의 절 말씀이군요. 실례지만, 성함은?"

"기구치라고 합니다."

"기구치 씨, 무슨 특별한 법요인가요?"

"아니, 저는 전쟁 중에 미얀마에서 많은 전우를 잃었고, 인도 병사하고도 싸웠기 때문에, 그…… 적과 아군 모두의 법요를 그쪽에서 부탁드리고 싶어서……."

이때는 다들 한순간 잠잠했다.

"확답은 못 드리지만, 가능하리라고 봅니다. 덧붙여 말씀드리자면, 인도는 현재 힌두교도가 압도적으로 많고, 다음이 이슬람교도로, 불교는 거의 사라졌다고 할 수 있을 정도입니다. 공식적으로는 300만 불교도가 있다고들 하는데, 사실 아까 말씀드린 불가촉천민들이 대부분입니다. 다시 말해, 아무런 카스트에도 속하지 못하는 최하층 사람들이 인간의 평등을 가르치는 불교에 구원을 청하는 셈이지요. 어쨌든 카스트 제도가 힌두교를 떠받치고 인도 사회를 지탱하는 기둥이었던 탓에 불교는 이 나라에서 쇠퇴하고 말았습니다."

이것은 여기에 모인 사람들에게는 뜻밖의 이야기였다. 인도 여행에서 불교 유적 방문을 첫째 목적으로 삼은 그들에게 인도는 붓다의 나라, 석가모니의 나라라는 이미지가 강했다.

"그러면 힌두교도는 무얼 믿는 거지요?"

노부인이 순진하게 물었다. 그녀는 남편과 같이 불교 유적 답사를 할 모양이었다.

"성함을 우선."

"오쿠보입니다."

"고맙습니다. 힌두교는 아주 복잡해서 한마디로 설명할 수 없습니다. 현지에서 그들의 여러 신(神) 조각상을 보시는 게 빠릅니다. 그들이 모시는 신도 다양한데, 잠깐 슬라이드로 설명드릴까요?"

스크린에 괴상한 여성의 모습이 비쳤다. 한쪽 발로 남자의 시체를 짓밟고 네 개의 손 가운데 하나로 목걸이 대신 온갖 인간의 목을 어깨에 걸치고 있었다.

"이것은 인도의 사원이나 가정에서 흔히 장식해 두는 여신 칼리의 그림입니다. 기독교의 성모 마리아는 부드러운 모성애의 상징이지만, 인도의 여신들은 대개 지모신(地母神)이라 하여 부드러운 신과 더불어 무서운 존재입니다. 딱 하나, 인도의 고통을 고스란히 죄다 떠맡은 듯한 차문다 여신이 있는데, 저는 여러분께 이것을 꼭 안내해 드리고 싶습니다."

실내가 환해지자 아까의 오쿠보 부인이 "아이, 무서워." 하고 말해 다들 웃었다.

"그럼 예정된 시간도 지났으므로 모임을 끝마치겠습니다.

수고 많으셨습니다."

에나미는 거듭 두툼한 안경을 손가락으로 끌어올리며 엉거
주춤 머리를 숙였다. 홀을 나서는 일동에 섞여 자리에서 일어
선 미쓰코에게 앞줄 남자가 말을 걸었다.

"나루세 씨 아닌가요?"

"네, 그런데요."

"잊으셨습니까? 아내의 간병을 신세 졌던 이소베입니다."

기억 밑바닥에서, 그 참을성 많던 말기 암 여성과 매일이다
시피 병실을 찾아오던 이 남편이 떠올랐다.

"그때는 여러 가지로 신세 많았습니다. 한데 이런 장소에서
다시 뵙게 될 줄은 미처 몰랐습니다."

아내의 추억을 더듬는 듯한 이소베의 눈길이 미쓰코에게는
부담스러웠다.

"함께 인도에 가게 됐으니 잘 부탁드립니다. 우연이네요."

그녀가 화제를 바꾸려 하자 이소베는 고개를 끄덕였다.

"그런데 나루세 씨가 불교 유적에 관심이 있으신 줄은 몰랐
습니다."

"굳이 불교에 흥미가 있는 건 아니지만."

미쓰코는 애매한 웃음을 지었다. 눈꺼풀에는 아까 보았던
피의 제물을 원하는 여신들의 모습이 아직도 잔상처럼 남아
있다. 그녀는 인도에서 무얼 보고 싶은지 실은 스스로도 알지
못했다. 어쩌면 선과 악, 잔혹함, 사랑이 혼재된 여신들의 모습
을 자신과 겹쳐 보고 싶은 것인지도 몰랐다. 아니, 그뿐만 아
니라 또 한 가지, 그녀에게는 찾고 싶은 게 있었다.

"나루세 씨라면 프랑스에나 흥미 있을 거라 생각했습니다."

"어째서죠?"

"아내가 그렇게 이야기하던 걸 떠올렸습니다."

"한 번 간 적은 있어도 전 그런 나라 별로 좋아하지 않아요."

이소베는 미쓰코의 딱 부러진 말투에 머쓱해져서 입을 다물었다. 미쓰코는 자신의 쌀쌀맞은 어조를 깨닫고는,

"죄송해요, 건방지게 굴어서. 이소베 씨는 관광으로 인도에 가시는 건가요?"

"아니, 그렇기도 합니다만……."

이소베는 난처한 표정을 지었다.

"어떤 걸 찾으러 갑니다. 정말 보물찾기 같은 여행입니다."

"다들 이런저런 심정으로 인도로 향하는군요. 동물을 좋아하는 분도 계시고, 전우의 법요를 위해 가는 분도 계시고."

보도에는 갈색으로 지저분해진 가로수 낙엽이 벌써 나뒹굴고 있다. 출구 앞에는 택시들이 줄을 서고, 미국인 부부가 노점의 완구를 흥미롭게 들여다보고 있었다. 미쓰코는 계속 이야기를 나누려는 이소베가 부담스러웠다.

"이만 실례하겠습니다. 그날 나리타 공항에서 뵐게요."

"10시 30분 집합이었지요?"

"네, 출발 두 시간 전."

가볍게 인사하고 그녀는 줄지어 선 택시에 몸을 실었다. 택시 창문으로, 우두커니 서 있는 이소베의 모습이 뒤편으로 사라져 갔다. 아내를 잃은 그지없이 고독한 남자의 어깨와 뒷모습이었다.

택시는 그녀가 졸업한 대학 옆을 달려 벽오동 잎이 누르스름해진 요쓰야 교차로를 향했다. 신호등에서 멈췄을 때, 학생 시절 자주 다닌 아로아로라는 주점이 예전 그대로 있는 게 보였다. 그 순간 미쓰코는 간사이 지방의 고향을 떠나 우쭐거리며 매일매일을 보내던 추억 속으로 끌려 들어갔다. 친구들로부터 '모이라'라는 별명으로 불린 시절. 이 주점에서 "원샷, 원샷!"해 가며 남자 친구들과 술을 마시던, 친구들과의 그런 나날을 '청춘'이라 착각했던 멍청한 학생. 미쓰코는 그런 또래들과 어울리면서도 마음 한구석에서 그들을 경멸했다. 그 무렵부터 그녀는 통속적인 앞날의 생활밖에 생각할 줄 모르는 동급생과 달리 인생을 원했다. 그러나 이 두 가지의 차이를 미처 깨닫지 못했을 때, 그 피에로가 그녀 앞에 나타났던 것이다. 그녀가 희롱한 오쓰가······.

3장
미쓰코의 경우

그 대학의 불문과에 다닐 때, 미쓰코는 같이 어울려 다니는 또래로부터 '모이라'라는 묘한 별명을 얻었다. 이 별명은 당시 강의에서 프랑스어 텍스트였던 쥘리앵 그린의 소설 『모이라 (Moira)』의 여주인공 이름을 농담 삼아 붙인 것이다.

모이라는 자기 집에 하숙한 청교도 학생 조지프를 장난삼아 유혹한 아가씨이다. 미쓰코가 다닌 대학은 가톨릭 남자 수도회가 운영하는 학교라 숫자는 많지 않아도 세례를 받은 학생들이 더러 있었다. 그들 가운데는 보통 남학생이 보기에 '이야기가 안 통하는' '죽이 잘 안 맞는' 숙맥 같은 녀석들이라고 경멸당하는 이들이 있었다. 차별까지는 당하지 않았어도 어쩐지 거북스러운 상대라 여겨지는 치도 있었다.

단합 모임에서 남자 후배 두세 명이 미쓰코를 부추겼다.

"엄청 재미있을 것 같은데요. 오쓰라는 녀석을 한번 구워삶아 보실래요?"

"무슨 과?"

"철학과. 딱 보기만 해도 곯려 주고 싶어지는 타입이죠. 여자한테 말도 못 거는 녀석. 틀림없이 아직 동정일 거예요."

"그렇게 겁쟁이야?"

"그러니까 나루세 씨, 녀석을 설탕 조림처럼 녹여 버리세요."

"뭣 때문에?"

"만날 웃는 얼굴로 사람들한테 잘 보이려고 애쓰거든요. 근데 그 녀석을 보면, 나루세 씨도 분명 곯려 주고 싶어질걸요. 아시죠?"

그 무렵은 이 대학을 한때 뒤흔들던 학생운동도 마침내 시들시들해져 학생들 대부분이 공허감에 휩싸여 있던 시절이었다. 그리고 미쓰코도 발돋움을 하고 있던 나이였다. 지방에서 도쿄로 나온 콤플렉스까지 있던 그녀는 딸의 어리광을 받아 주는 아버지를 졸라 학생치고는 사치스러운 맨션을 빌려 친구들을 불러 놓고, 당시의 그들로는 엄두도 못 낼 꼬냑을 나눠 마시거나 스포츠카를 몰기도 했다. 그런데도 마음은 늘 허전했다. 나루세 씨는 술도 세, 차도 끝내줘, 하고 남학생들이 말하면, 가슴 밑바닥에서 자신에 대한 분노인지 쓸쓸함인지 도무지 알 수 없는 감정이 치밀었다.

"그렇게, 마음 내키면."

"아무튼 모이라가 조지프를 유혹하듯이 유혹해 보시라니까요. 열쇠라도 사용해서……."

소설『모이라』에는 조지프의 방 열쇠를 그녀가 일부러 젖가슴 사이에 넣는 장면이 있다. 열쇠를 꺼내려면 조지프는 어쩔 수 없이 모이라의 가슴을 만져야만 한다. 이 장면을 남학생들이 농담 삼아 이야기한 것이다.

그것은 대학 2학년 무렵, 서로 무책임하게 나눈 대화의 하나였다. 술을 마시는 것도, 담배를 피우는 것도, 여학생이 그런 이야기를 입에 담는 것도 도쿄의 학생들 사이에서는 아무 일도 아니었다.

그러나 그뿐, 그녀는 오쓰를 잊고 있었다. 단합 모임에서의 농담은 그녀에게 그 자리에서 끝난 일로, 이를테면 소녀 시절 축제 날에 산 솜사탕처럼 금세 녹아 버렸다.

그리고 보름쯤 지났다. 도서관의 거의 한복판 자리에서 다음 날 수업 때 번역해 읽어야 할『모이라』의 결말을 사전을 뒤적여 가며 씨름하고 있던 미쓰코의 등을 누군가가 느닷없이 손끝으로 떠밀었다. 뒤돌아보니 후배 둘이 마치 중대한 비밀이라도 털어놓는 양 얼굴을 바싹 갖다 대고 속삭였다.

"오쓰예요."

"오쓰? 누구? 아아, 알겠어."

"기둥 옆에서 지금 뭔가를 되게 진지하게 끄적이는 녀석이 보이지요? 저 녀석이에요."

오랜 세월이 흐른 지금도 미쓰코는 그때 오쓰의 옆모습을 떠올린다. 대부분의 학생이 더 이상 교복 따위는 입지 않는 시절이었건만, 오동통한 그는 촌스러운 목닫이 학생복 웃옷을 벗고 하얀 와이셔츠 소매를 걷어붙인 모습으로 의자에 앉아 있었다. 흡사 카운터에 앉아 소중한 지폐 다발을 한 장 한 장 세고 있는 성실한 은행원 같았다.

"나더러 저런 후줄근한 사람을 사귀라고?"

"그래도 어쩐지 꼬셔 주고 싶은 거, 알 만하잖아요?"

확실히 대학 내에는 꼬셔 주고 싶은 충동을 불러일으키는 남학생이 어김없이 있는 법이다. 오쓰의 촌스러운 차림도 여학생을 그런 기분으로 만드는 요소였다.

"단합 모임 때 한 약속 잊은 건 아니죠? 저 녀석, 저녁에는 꼭 채플에 가서 기도를 올린다니까요."

"그런 사람을 악의 길로 끌어들인다 이거지. 생각해 볼게."

그녀는 자신의 등을 허물없이 떠민 후배가 갑자기 성가셔져서 매정하게 말했다. 이때도 미쓰코에게는 장난삼아 오쓰와 접촉해 보려는 마음이 없었다.

하지만 후배들이 오쓰를 골탕 먹일 셈으로 이미 선수를 쳐 놓았다.

폐관 시간이 되어 그녀가 자리에서 일어나 계단을 내려가는데, 꾀죄죄한 보퉁이를 가슴에 그러안은 오쓰가 출구에 서 있었다.

"미안합니다, 저어…… 제가 오쓰인데요."

그가 머뭇머뭇 그녀에게 말을 걸었다.

"네?"

"무슨 용건이 있으시다고. 곤도 군이 그러더군요."

곤도란 아까 그녀에게 오쓰의 자리를 가르쳐 준 후배의 이름이다.

"용건 따위, 없어요." 미쓰코가 쌀쌀맞게 대답했다. "다들 당신을 속여 먹은 거라고요."

"나를? 곤도 군이?" 오쓰가 끄덕였다. "나 참, 그랬군."

"화나지 않아요?"

"익숙한걸요, 어릴 적부터. 놀림당하는 건."

오쓰는 선하디 선한 웃음을 보름달처럼 동그란 얼굴에 띠었다.

"너무 고지식해서 그래요."

"그런가요. 저는 극히 평범한 사람이라 생각합니다."

"숙맥 같다잖아요, 당신이."

미쓰코는 그의 얼굴을 유심히 보면서 불현듯 심술궂은 기분에 휩싸였다. 모이라라는 처녀가 청교도 학생인 조지프를 꼬셔 주고 싶어진 심정을 그녀는 금방 이해했다.

"다들 그렇게 말해요."

"그런가."

"그래요, 우선 여름인데도 그런 학생복을 입는 사람, 요즘 드물잖아요?"

"미안합니다. 워낙 습관이 돼서. 굳이 일부러 이러는 게 아닙니다."

"혹시 신자(信者)세요?"

"예, 집안이 그렇다 보니, 어릴 적부터."

"진심으로 믿으시나요?"

얼결에 그녀는 지금껏 생각도 못 한 질문을 던졌다. 이 대학에 들어오면서 미쓰코는 그런 걸 믿으려 마음먹지도 않았고, 오히려 그런 이야기를 싫어했다.

"미안합니다만, 그렇습니다." 오쓰가 잘못을 저지른 소년처럼 말했다.

"나 같은 사람은 도저히 이해할 수가 없네요. 이상한 사람이야."

그녀는 등을 돌리고 오쓰를 무시한 채 계단을 내려갔다. 오쓰는 뒤로 보나 앞으로 보나 여학생의 호기심도 관심도 자극하지 않는 남자였다. 그런데 그런 오쓰와 어째서 관계를 갖게 되었는지, 미쓰코는 지금 생각해도 신기할 따름이다. 구태여 말하자면 처음에는 그가 아니라 그가 믿는 신을 놀려 주고 싶은 사뭇 유치한 기분에서 모든 게 시작되었다.

도서관에서 우연히 만난 며칠 후, 여름방학 직전의 무더운 어느 날 미쓰코는 109번 강의실이 있는 건물에서 나와 같은 불문과 여학생과 그늘진 벤치에 앉아 종이컵으로 콜라를 마시고 있었다. 눈앞을 지나가는 남녀 가운데 단 한 사람, 숨 막히게 더운 검정 학생복 웃옷을 입고 걸어가는 오쓰의 모습이 기이하게 보였다.

"저 사람 촌뜨기 같아."

미쓰코가 여자 친구에게 말했다.

"저 사람? 늘 저런 차림이야." 여자 친구가 대답했다. "그래도 플루트 솜씨는 제법이던걸."

"플루트를 분다고?"

"언제던가 대학 콘서트 때 모차르트를 불었어. 처음이라 다들 깜짝 놀랐다니까."

"안 믿겨."

"저 사람 할아버지, 옛날에 정치계에 있던 훌륭한 분이래."

"왜 저런 학생복을 입을까?"

"본인한테 물어보셔."

전혀 관심이 없던 오쓰에 대해 미쓰코의 호기심이 동하기 시작한 것은 그때였다. 불문과의 고약한 패거리는 미쓰코와는 다른 심리에서 오쓰를 뒤흔들려 했지만.

"그 사람 플루트를 잘 분다던데 너희 알고 있었어?"

따지는 미쓰코에게 곤도 등이 웃으며 대답했다.

"알고 있었죠. 그러니까 이상하잖아요? 이상한 남자니까 나루세 씨가 굶려 주십사 하고."

"관둬. 흥미 없어."

"그 녀석 매일 방과 후에 쿠르톨 하임에 간다는 얘기가 있던데."

"쿠르톨 하임에?"

"학교 안쪽에 있는 신부님들의 오래된 채플 말이에요."

"거기서 뭘 해?"

"기도나 하겠죠."

그래. 그런 녀석이었어. 미쓰코가 본능적으로 혐오감을 느끼는 세계의 남자.

"나루세 씨, 그런 타입 좋아요? 싫어요?"

"싫어."

그들은 사오 년 전의 세대를 몰아세운 학생운동 같은 목표를 잃은 나머지 허탈한 생활을 뭔가 자극적인 일로 얼버무리고 있었다. 더구나 그러한 행동이 허무 위에 한층 허무를 쌓는다는 것도 알고 있었다.

싫다고 말했을 때 미쓰코의 기분은 절반은 진심이고 절반은 거짓이었다. 아직 어렴풋해도 오쓰가 보통 학생들과 다른 방식으로 살아가는 남자라는 느낌과 함께 그런 남자에게 흔히 볼 수 있는 위선적 냄새를 동시에 느끼고는 "싫어."라고 말해 버렸다.

소문이 진짜인지 확인하기 위해 미쓰코는 곤도 등에게 방과 후에 대학의 신부들이 사는 건물에서 가까운 쿠르톨 하임을 탐색하러 가자고 재미 삼아 제안했다.

쿠르톨 하임은 대학 내에서 가장 오래되고 그윽한 건물 중 하나로, 벽 절반을 담쟁이덩굴이 뒤덮고 있었다. 1층에는 집회실이 여럿 있고, 2층이 채플이었다. 계단을 오를 때 몇 단째인가 끼익 소리가 난 걸 지금도 기억하고 있다. 입학 무렵 딱 한 번 여자 친구와 구경하러 갔는데, 계단이 끼익 울렸던 게 인상에 남았기 때문이다. 그때는 채플 안에서 외국인 신부가 무릎을 꿇고 한 손으로 이마를 받친 채 기도하고 있었다.

방과 후의 채플은 수목이 우거진 여름 정원에서 비쳐 드는 강렬한 햇볕을 받고 있었다. 죽은 듯 고요한 건물에는 사람 모습이 보이지 않고, 시계의 차임만 멀리서 울렸다. 그 울림은 왠지 『모이라』에 나오는 미국 남부의 대학을 연상시켰다.

"없잖아!"

미쓰코가 일행을 나무랐다.

"순 엉터리, 그만 좀 해."

"그냥 소문을 전했을 뿐인데…… 이런 일에 괜히 발끈한다니까, 나루세 씨는."

곤도 등은 미쓰코의 성격을 알면서도 방금 전 목소리의 강한 어조에는 움찔했다. 그러나 자신이 뭔가에 열중하고 있다는 사실에 당황한 것은 미쓰코 자신이었다.

"남자가 이런 곳에 와서 무릎을 꿇고 기도 따위를 하다니, 기분 나빠."

그녀가 내뱉듯이 말했다. 다들 미쓰코의 감정의 움직임을 지켜보듯 침묵했다.

오륙 분 지났을 때, 계단에서 발소리와 끼익 하고 삐걱거리는 소리가 났다. 오쓰의 발소리임을 직관적으로 알았다. 그는 마치 빛에 감싸여 거기에 나타난 망령처럼 일동의 시선을 받고 입구에 섰다.

"오오."

그는 눈이 휘둥그레지며 곧바로 어색한 웃음을 띠었다.

"너희가 여기에."

"오쓰 씨." 미쓰코가 조금 전보다 몰라보게 상냥한 목소리를 냈다.

"매일 이곳에 기도하러 온다던데 정말이에요?"

"미안합니다만 그런데요. 한데 너희는?"

"단합 모임에 같이 가자고 왔어요. 요쓰야 교차로 근처에 있는 아로아로라는 가게 알죠?"

"모퉁이에 있는 중앙출판사 뒤?"

"맞아요, 이따가 올 마음 없어요?"

"하지만, 방해가 안 될까요?" 오쓰가 곤혹스러운 듯 말했다. "나는 노는 데 익숙지 못해서⋯⋯."

"걱정도 많으셔. 올 거예요, 말 거예요?"

"미안합니다. 가겠습니다."

미쓰코가 먼저 일어나 채플을 나갈 때, 또다시 계단 밑의 시계가 다섯 번 울렸다. 그녀를 둘러싸고 학생들은 예기치 못한 전개에 들썩이기 시작했다.

"녀석, 진짜로 올까?"

"오고말고. 너희는 그 사람 놀리면 안 돼. 그 대신 그 사람을 취하게 만들어."

"당장, 오케이."

미쓰코 등 학생 그룹의 집합소이기도 한 아로아로는 폐점 시간이 늦은 가게인 데다, 이곳에 오면 미쓰코가 술값의 절반을 도맡아 주는 터라 곤도 일행은 마냥 신이 났다.

그런데 삼십 분이 지나고 한 시간이 흘러도 오쓰의 모습은 보이지 않았다.

"내뺐군."

다들 혀를 차면서 문 쪽을 연신 주시했다.

"아냐, 올 거야."

어째서인지 미쓰코만은 확신에 차서 단언했다. 그녀는 자신의 초대에 선한 웃음을 띤 오쓰가 "가겠습니다." 하고 약속할 때의 표정을 떠올렸다. 그리고 그가 조지프와 마찬가지로, 어쩔 수 없이 덫에 빠질 운명(모이라)에 있는 듯한 느낌이 들었다.

올 거야, 하고 단언한 순간, 주점 문이 쿠르톨 하임의 계단과 똑같은 끼익 소리를 냈다. 그리고 한쪽 손에 가방을 든 오쓰가 선량 그 자체인 얼굴을 문 뒤에서 주뼛주뼛 내밀었다.

"단숨에 한 잔, 원샷이야."

곤도가 컵을 들어 오쓰에게 내밀었다.

"단숨에 한 잔, 원샷이야."

"그렇게 못 마시는데, 난."

"마셔야 해."

"원샷!" "원샷!" 하는 모두의 장단 속에 오쓰는 헐떡헐떡 호박빛 액체가 담긴 컵을 비웠다. 그 뜻밖의 품새에 다들 조금은 얼떨떨해져 서로 얼굴을 마주 보았다.

"나루세 씨, 잔을 받아 주시겠습니까?" 오쓰가 사근사근 그녀에게 그 컵을 내밀었다. "여자니까 절반만 하실래요?"

"어째서? 여자라서요? 찰랑찰랑 따라 봐요."

자존심에 상처 입은 미쓰코는 컵을 냅다 내밀고 "원샷, 원샷!" 외치는 환성을 받으며, 타는 듯한 액체를 목구멍에 흘려 넣었다. 불현듯 뼛속까지 싸늘해지는 공허감이 치밀어 올랐다. 이런 멍청한 짓거리로 난 대체 무얼 찾고 있는 걸까, 모두에게 부추김당해 오쓰를 곯려 주고, 이것이 나의 삶일까?

차가워진 감정을 억누르기 위해 그야말로 단숨에 컵을 비우고 "한 잔 더." 하고 오쓰에게 맞섰다.

"그만합시다." 오쓰가 고개를 저으며 말했다. "미안합니다. 내가 나빴어."

"어째서? 뭐가 나빠요?" 그녀가 물고 늘어졌다. "당신, 이상한 말을 다 하네."

"졌습니다. 미안합니다."

"미안합니다, 미안합니다, 분위기 깨지잖아."

미쓰코가 화내는 건 자신에 대해서였다. 자신 속에 있는 이 공허감. 오쓰는 아마도 이런 감정을 품은 적이 없으리라.

"오쓰 씨, 당신 정말로 쿠르톨 하임에 가서 매일 기도해요?"

"미안합니다, 저어." 오쓰가 말을 흐렸다.

"당신, 그거 본심이에요?"

"미안합니다." 뜻밖에도 오쓰는 "믿는 건지 안 믿는 건지, 별로 자신이 없습니다."

"자신이 없으면서 무릎은 잘도 꿇는군요."

"오랜 습관 탓인지 타성인지, 우리 집안은 다들 그렇고, 돌아가신 어머니께서 독실한 신자였기 때문에, 어머니에 대한 집착이 남아 있는 건지도⋯⋯. 제대로 설명이 안 됩니다."

"타성이라면, 그런 거 당장 내다 버려요."

"⋯⋯."

"내가⋯⋯." 미쓰코는 유혹하듯 오쓰를 응시했다. "버리게 해 줄게요."

곤도 일행 가운데 누군가가 "드디어 모이라로군." 하고 중얼거리는 소리가 들렸다. 그녀는 그때 떠올렸다. 모이라와 함께 이브를. 아담을 유혹해 인간을 낙원에서 영원히 추방시킨 여자를. 여자 안에는 스스로를 파괴하려는 충동적인 힘이 있다.

"좀 더 마셔요."

"예."

오쓰는 순순히 컵에 입을 갖다 댔다. 그가 분위기를 깨지 않으려고 애쓰고, 고분고분 따르려 하는 걸 미쓰코는 쉬 알 수 있다. 잘 아는 만큼 더없이 화가 난다.

"정말로 신 따위 내다 버려요. 버린다고 우리한테 약속할 때까지 오쓰 씨에게 술을 먹일 테니까. 버리겠다면, 더 이상 마시는 거 봐줄게요."

학생들에게는 허튼 장난에 불과했다. 그러나 미쓰코만은 거의 농담처럼 내뱉는 자신의 말이 오쓰의 마음에는 얼마나 중대한지를 직관으로 느꼈다.

"선택해요. 마셔요? 관둬요?"

"마시겠습니다."

오쓰의 얼굴은 귀까지 발개졌다. 필시 그는 술을 마시면 힘들어지는 체질인 게 분명했다. 미쓰코는 신도들에게 후미에[2]를 밟도록 강요한 기리시탄 시대의 관리 이야기를 문득 떠올렸다. 한 인간에게서 그가 믿는 신을 버리도록 만들었을 때, 그 관리는 어떤 쾌감을 맛보았을까.

어깨로 숨을 쉬면서 오쓰는 그래도 컵의 3분의 1가량을 비웠다. 그러고는 갑자기 자리에서 일어나 비틀비틀 화장실로 달려갔다.

"그만해요." 역시나 학생들은 심드렁해져 미쓰코에게 부탁했다. "저 녀석, 토하러 갔어요. 이 이상 먹였다간 고꾸라진다고요."

---

2) 에도 시대에 기독교 신자인지 아닌지를 식별하기 위해 밟게 했던 그리스도상, 마리아상 등을 새긴 널쪽.

"안 돼." 미쓰코는 오기가 나서 고개를 저었다. "그가 맹세할 때까지 먹여야 해."

"너무 잔인해."

"나한테 모이라 역을 시킨 건 너희잖아."

"그야 그렇지만…… 그래도 정도가 있지……."

이윽고 새파래진 오쓰가 큼직한 싸구려 흰 손수건으로 입을 닦으면서 손으로 벽을 짚고 자리로 돌아왔다. "물 주세요." 그가 애원했다. "토하고 말았습니다."

"물이 아니라 술을 마셔요. 그게 아니면 아까 한 약속을 지키든가."

팔짱을 낀 채 기둥에 상반신을 기댄 미쓰코를, 오쓰는 원망스럽다는 듯 눈을 치떠 올려다보았다. 이제 그만 용서해 달라고 애원하는 개처럼. 이것이 그녀의 잔혹한 기분을 한층 부추겼다.

"하지만……."

그가 호소했다.

"하지만, 뭔데?"

"내가 신을 버리려 해도…… 신은 나를 버리지 않습니다."

얼떨떨해진 미쓰코는 금방이라도 울 것 같은 남자의 얼굴을 주시했다. 오쓰는 다시 입을 틀어막고 비틀거리며 화장실로 갔다.

"나 참. 저 녀석, 전혀 마실 줄도 모르면서."

곤도 등이 자신들의 뒤 켕기는 기분을 변명하듯 중얼거렸다. 분위기는 오쓰의 노력에도 불구하고 완전히 썰렁해져 버렸다.

"이만 가 볼까? 재미없어."

미쓰코가 일어섰다. 그러나 그녀는 화장실로 달려간 숙맥 같은 남자가 여태껏 그녀가 만나 본 적 없는 존재라는 것만은 알 수 있었다.

시간이 흘러 그 무렵의 자신을 생각할 때면 미쓰코는 언제 나 자신도 모르게 얼굴을 돌리고 만다. 자기혐오에 사로잡힌 다. 처음으로 도쿄에 와서 대학 생활을 하게 된 시골 처녀가 있는 힘껏 자신을 과시하려고 했던 것이다. 혐오와 동시에 어 떤 불가해한 실오리도 느낀다. 눈에 보이지 않는 뭔가가 오쓰 와 자신을 연결한 듯한 느낌이다. 그런 가능성은 전혀 있을 수 없었건만.

화장실에서 토하는 오쓰를 낡은 걸레처럼 내버려 둔 채 미 쓰코 일행은 자리를 떴다. 다음 날 학교에 갈 때까지 그의 존 재를 털끝만큼도 의식하지 않았던 그녀는 학생회관 옆 벤치에 후줄근하게 앉아 있는 오쓰를 보고 나서야 비로소 어젯밤 자 신의 매정함을 떠올렸다.

"오쓰 씨."

이때도 그는 시궁창에 빠진 들개처럼 원망스러운 눈길로 미 쓰코를 올려다보았다. 조금은 후회스러워 그녀의 가슴이 욱신 거렸다.

"미안해요, 어제는. 당신이 술에 약한 줄 몰랐어요."

"미안합니다. 모처럼 초대해 주었는데……." 오쓰가 의외로 머리를 숙였다. "난 늘 이렇습니다. 열심히 어울려 보려고 애쓰는데도 결국은 실패해서 모두를 썰렁하게 만들고 말아요."

사람 좋은 오쓰에게 연민과 경멸을 느끼며 옆에 걸터앉았다. 그리고 그를 빤히 들여다보듯 얼굴을 가까이 대고 속삭였다.

"친구를 사귈 수 있는 방법이 있어요."

"예?"

"간단해요. 그런 갑갑한 학생복, 입지 말아요. 저녁에 쿠르톨 하임에 가서 무릎 꿇고 기도 따위 하지 말아요. 당신 어머님은 믿었을지 모르겠지만, 당신은 그런 거 믿지 말아요."

"그런 거……."

"나도 멍청한 여학생이지만, 종교에 관해 마르크스가 한 말 정도는 알고 있어요. 서양의 기독교가 포교의 이름을 빌려 많은 토지를 빼앗고, 사람을 죽인 것도 알아요. 그런데도 당신이 그런 거에 어정쩡하니 매달려 있으니까 다른 학생들은 썰렁해지잖아요. 우선 당신부터 자신 없으면서."

"자신은 없습니다. 그렇지만 나루세 씨처럼 딱 잘라 말할 용기도 없습니다. 나는 어릴 적부터 그런 분위기에서 자랐고……."

미쓰코는 갑자기 지루해졌다. 어째서 이런 시시한 남자와 벤치에 앉아 실랑이를 벌이고 있는 걸까. 관심도 없는 남자 옆에서…….

"오늘부터 그 쿠르톨 하임에 가는 거 그만둬요. 그렇게 하면 당신을 내 남자 친구 중 하나로 삼을게요."

지루함을 떨칠 셈으로 미쓰코는 거품처럼 얼핏 떠오른 생각을 말했다. 그리고 그걸 입에 담았을 때 그녀는 고지식한 조지프라는 학생을 유혹한 모이라도 지금의 자신과 똑같은 공허감으로부터 도망치기 위해서였던가 싶었다.

"좋아요." 그녀는 우연인 양 그의 바지에 자신의 허벅지를 밀어붙였다. "오늘부터 기도 따위 하러 가면 안 돼요."

한 남자로부터 그가 믿고 있는 걸 빼앗는 기쁨. 한 남자의 인생을 뒤틀리게 만드는 쾌락. 허벅지에 힘을 주면서 미쓰코는 침울해져 가는 오쓰의 표정을 쾌감을 느끼며 응시했다.

그리고 그녀는 수업이 있는 강의실로 뛰어갔다.

오전 중에도 오후 수업에서도 그녀는 자신의 발상을 떠올리며 혼자 배시시 웃음 지었다. 오후, 뜨거운 햇살 아래서 17세기 문학을 가르치는 프랑스인 신부의 탁한 목소리를 들으며, 그녀는 믿지도 않는 신에게 말을 걸었다. 아이가 공상으로 지어낸 친구에게 말을 걸듯이.

"하느님, 그 사람을 당신에게서 빼앗아 볼까요?"

이 생각이 미쓰코를 지루한 수업에서 구해 주었다. 마침내 백발의 신부가 교과서를 그러안고 교실에서 나가자, 가슴속에서 치밀어 오르는 기대감과 호기심이 한데 뒤섞인 감정으로 쿠르톨 하임으로 향했다.

담쟁이덩굴이 엉킨 오래된 건물에는 습기와 회반죽 냄새가 희미하게 풍긴다. 2층으로 오르는 낡은 계단이 요전처럼 끼익하고 울렸다.

채플 안에는 아무도 없다. 그녀는 가장 깊숙이, 출입구에서는 시선이 닿지 않는 자리에 앉아 이십 분만 여기에 앉아 있자고 결심했다. 계단 아래 있는 큼직한 시계가 십오 분마다 장중한 차임 소리를 내며 시각을 알린다는 걸 알고 있었다.

기도대에는 오래 써서 닳은 성가집이며 기도서, 성경이 여기저기 놓여 있다. 그녀는 하품을 하면서 자신의 기도대에 놓인 커다란 성경의 한 페이지를 골라 읽어 본다.

그는 아름답지도 않고 위엄도 없으니, 비참하고 초라하도다
사람들은 그를 업신여겨, 버렸고
마치 멸시당하는 자인 듯, 그는 손으로 얼굴을 가리고 사람들의 조롱을 받도다
진실로 그는 우리의 병고를 짊어지고
우리의 슬픔을 떠맡았도다

미쓰코는 입에 손을 대고 다시 하품했다. 실감 나지 않는 표현. 오쓰는 어째서 실감도 안 나는 이런 말들을 읽고 또한 믿을 수 있는 걸까. 바로 그 순간, 그녀는 아까 그가 했던 자기혐오로 가득 찬 말을 떠올렸다. "난 늘 이렇습니다. 열심히 어울려 보려고 애쓰는데도 결국은 실패해서 모두를 썰렁하게 만들고 말아요." 오쓰는 성경의 이 페이지를 읽은 적이 있을까.

그것이 신호인 양 계단이 삐걱거렸다. 모습을 나타낸 이는 오쓰가 아니라 여름용 하얀 수도복을 입은 이 대학의 신부였다. 그는 미쓰코를 보지 못한 채 제단 가까운 기도석에서 무

룹을 꿇고 손을 맞잡았다. 기이한 외계인이라도 보는 심정으로 그녀는 잠시 그 뒷모습을 바라보다 곧 싫증이 나서, 시선을 제단 오른쪽 끝에 있는 깡마른 남자의 나체와 그 십자가로 돌리고 말을 걸었다.

"안 와요, 그 사람은. 당신은 그에게 버림받는 거예요."

믿지도 않는 못생긴 남자에게 그녀는 말을 걸었고, 십오 분이 경과되었음을 알리는 시계 소리를 들었다.

자리에서 일어나 채플을 나왔다. 정적 그 자체인 쿠르톨 하임의 문을 열자 느닷없이, 클럽 활동을 하는 학생들의 밴드 연습 소리, 운동부원들의 고함 소리가 파도처럼 귓속으로 밀려들었다. 그리고 그녀는 좀 전의 벤치에서 오쓰가 책 꾸러미를 무릎에 올리고 풀 죽어 앉아 있는 걸 발견했다.

"오쓰 씨." 미쓰코가 약속 장소에서 애인을 발견할 때처럼 들뜬 목소리로 말했다. "나와 한 약속을 지켰군요."

"예." 하고 오쓰는 얼굴을 들어 괴로운 듯한 억지웃음을 지었다. "하지만……."

"나도 약속을 지킬게요. 당신을 남자 친구 중 한 사람으로 삼을 테니까. 자, 가요."

"가다니…… 어딜?"

"내 방."

미쓰코는 가학적인 기분으로 자신의 사냥감을 보았다. 뭐든 시키는 대로 하는 남자, 나를 위해 하느님조차 버리는 남자, 그런 남자이기에 더욱더 곯려 주고 싶다. 오쓰의 무릎 위에 놓인 책을 빼앗듯이 냉큼 집어 들었는데, 나카무라 하지

메[3]의 저서였다.

"어머, 이런 걸 읽어요?"

오쓰가 느릿느릿 벤치에서 일어나 곤혹스러운 듯 뒤따라온다.

"빨리 좀 걸어요. 당신은 불교에도 흥미 있나 보죠?"

"그렇진 않습니다. 철학과의 벨 선생님이 이 책에 대해 리포트를 쓰라고 하셔서."

"벨 선생님이라면 좌선을 하는 신부님이죠? 한데 그 신부님은 본심이 유럽풍으로 똘똘 뭉쳐진 사람이잖아요. 그 외국인이 그런 말을 다 하다니."

"그렇습니다."

"그래서 싫어. 여기 신부님들은 불교나 신도(神道)에 엄청 깊은 이해심이 있어 보이는 말들을 하고선, 마음속으로는 유럽의 기독교만이 단 하나의 종교라고 생각한다니까."

입학 이래, 조금은 제대로 된 학생들과 자주 나누던 이야기를 미쓰코는 꺼냈다. 제대로 된 학생이란 이 기독교 대학에 입학하고도 세례 같은 걸 받지 않는 치들을 그녀 또래들 사이에서 부르는 말이었다.

"그렇습니까? 그럴지도 모릅니다."

소심한 오쓰는 애매하게 대답하면서 이따금씩 뒤를 돌아다보았다. 무의식적으로 그가 무얼 찾고 있는지 미쓰코는 알아차렸다.

---

3) 인도철학자.

"나 혼자만인가요?" 하고 오쓰는 망설이는 눈빛을 띠었다. "나루세 씨 방에 가는 건."

"그래요, 혼자예요. 곤도 군도 다나베 군도, 다들 오늘은 없어요."

당신은 이미 내 남자 친구잖아요, 하고 말하려다 가슴 깊숙이 묻었다. 이것은 좀 더 나중에 이 남자를 놀려 먹을 때 사용하기 위한 저금이었다. 당신은 이미 내 덫에 걸린 사냥감이에요.

고지마치 2가의 맨션 문을 열고, "자아." 하고 재촉했다.

"무얼 꾸물거려요? 구두, 어서 벗어요."

오쓰의 어깨를 가볍게 밀쳤다. 오쓰는,

"미안합니다."

헐떡이는 소리를 냈다.

"조지프랑 꼭 닮았어."

"누구, 입니까?"

"쥘리앵 그린의 『모이라』에 나오는 학생. 당신과 똑같은 숙맥에, 여학생 앞에서 벌벌 떠는 학생."

"나는 무섭습니다. 처음이라서."

"하지만 결국 조지프는 모이라라는 여자한테 유혹당했어요."

"……."

오쓰는 사팔뜨기 같은 눈초리로 미쓰코를 물끄러미 응시했다. 늘상 애써 억지웃음을 짓는 그와는 전혀 딴사람인 듯한 표정이었다.

"그래서……." 그가 침을 삼키고 나서 물었다.

"그 조지프는 어떻게 되었습니까?"

미쓰코는 이때 비로소 그린의 소설 결말 부분을 선명하게 떠올렸다. "조지프는 자신을 유혹한 모이라를 죽였죠."

오쓰에게 그런 용기가 없다는 걸 물론 알고 있었다. 알고 있었기에 쾌감이 있었다.

잠시 침묵이 이어졌다.

"진심입니까?"

오쓰는 다시 눈을 치떠 그녀를 더듬듯이 살폈다. 남자란 어째서 결국은 다들 똑같을까. 그녀는 자신이 이 오쓰에게 다른 학생들과 다른 무엇을 기대하고 있었음을 깨달았다. 다른 남성들에게 없는 것. 나무의 꿈, 물의 꿈, 불의 꿈, 사막의 꿈.

그녀는 냉장고에서 캔 맥주를 꺼내 오쓰에게 건넸다. 건넬 때 일부러 휘청거리며 걸려 넘어지는 시늉을 했다. 하지만 오쓰는 미쓰코의 몸을 떠받칠 뿐 손가락 하나 까딱하지 않았다. "겁쟁이잖아." 하고 그녀가 말했을 때, 비로소 그는 오래도록 억누르고 있던 욕정이 한꺼번에 터져 나오듯 그녀의 몸에 와락 달라붙었다. 그가 내쉬는 숨결에는 학생식당에서 먹었을 게 분명한 카레 냄새가 났다. 미쓰코는 자기 자신을 엉망진창으로 만들고 싶은 충동에 휩싸였다.

"기다려요."

미쓰코는 그를 두 손으로 밀쳐 냈다.

"샤워 정도는 해야잖아."

거기에는 혐오감과 더불어 자신을 더럽히고 있다는 쾌감이 뒤섞여 있었다. 땀내 나는 그의 체취, 카레 냄새 나는 그 숨결, 처음으로 젊은 여성의 젖가슴을 만지는 어색하고 서툴기 짝이 없는 손길. 대학생이 되고 나서 몇몇 학생들과 관계한 미쓰코는 여느 때처럼 쌀쌀맞게 오쓰의 움직임을 응시했다.

"정말로 아무것도 모르는군요, 당신."

그녀가 자신의 가슴을 오르내리는 오쓰의 머리를 보면서 말했다.

"미안합니다."

그녀는 초조해지면서도 마음 깊숙이 식어 버린 자신을 의식한다. 어떤 남자 친구를 상대로 하건 다른 여자 애들처럼 도취되지 않는다.

맨션 어디선가 텔레비전의 야구 중계 소리가 들린다. 그녀는 오쓰의 애무를 받았지만 입맞춤이나 진짜 섹스는 결코 허락하지 않았다. 그러고는 일부러 묻는다.

"이번 일요일, 교회에 갈 거예요?"

"……."

"안 가요?"

"안 갑니다."

그녀는 눈을 감고 가슴을 더듬는 오쓰의 입술을 견뎠다. 꽃샘추위 같은 공허감이 섞인 감각. 감은 눈 깊숙이 쿠르톨 하임의 제단에 있던 깡마른 남자의 볼품없는 나체가 되살아난다.

(어때요?) 그녀가 그 깡마른 남자에게 말했다. (당신은 무력해. 내가 이겼어. 그는 당신을 버린 거야. 버리고 내 방으로 왔어.)

그는 당신을 버리고……라고 마음속으로 말하려다 미쓰코는 돌연 자신이 오쓰를 버릴 날이 올 것을 생각했다.

이때, 그녀는 이미 알고 있었다. 오쓰로부터 받는 쾌락은 결코 육체적인 것에서가 아니라, 그가 그 남자를 버렸다는 사실에서 오는 것임을.

이윽고 썰물처럼 사라져 가는 만족감. 포획물의 숨이 거의 끊어질락 말락 하는 순간, 사냥에 나선 미쓰코의 희열은 급속히 싸늘해져, 끝난다.

(나중에 그를 어떻게 달래야 하나?)

그 순간 그녀의 눈에는, 깜짝 놀라며 매달려 우는 오쓰의 얼굴이 보이는 듯했다. 풋내기에다 고지식하고, 처음 느낀 애욕인 만큼, 그는 다른 남학생들처럼 이것을 대학 시절의 놀이로는 받아들이지 않으리라. 『모이라』의 주인공 조지프는 그때 분노에 사로잡혀 자신을 악의 길로 유혹한 처녀의 목을 졸라 죽였다.

"그만해요. 지겨워."

저녁 무렵, 그녀는 심드렁해져 여전히 엉겨 붙는 오쓰의 몸을 밀쳐 냈다. 해거름이라 아까까지 들려오던 오토바이 소리며 소음이 정적으로 바뀌었다. 그리고 한 소녀가 창문 아래서 노래를 부르고 있었다.

흔들흔들 흔들어요 꿈의 나무를
푸르른 들판 한가운데
한 그루 심긴 꿈의 나무를

미쓰코는 그 노랫소리를 듣고 먼 옛날 잃어버린 소녀 시절을 떠올렸다.

"돌아가요."

"내가…… 무슨 잘못이라도?"

"그래요. 피곤해요."

오쓰는 결코 거스르지 않는다. 등을 돌린 채 맥없이 옷가지를 챙겨 입는 그를 보면서,

"당신은 졸업논문 주제 정했어요?"

미쓰코는 아무래도 가여워져 예의상 말을 걸었다.

"음, 현대 스콜라 철학."

"뭔데, 그게?"

그녀는 방금까지 자신의 가슴에 소년처럼 마구 달려들던 남자의 입에서 제법 젠체하는 제목이 나온 데에 피식 웃음이 터질 뻔하면서 물었다.

"그것도 벨 선생님의 지시예요?"

"미안합니다. 벨 선생님이 스콜라 철학을 조금이나마 알지 못하고선 유럽을 이해할 수 없다고."

"그런 건 유물 아닌가요? 신부들이 곰팡내 나는 자신의 종교를 지키려고 줄곧 써먹는 무기예요. 난 잘 모르겠지만, 그런 케케묵은 연구 따위를 하는 사람은 일본엔 없잖아요."

"유럽을 아는 일본인이 적으니까 해 보라고 벨 선생님은 말씀하십니다."

"별일이네, 여학생 방에 와 있는 사람한테 기독교 철학을 쓰라고 하다니."

썩은 무화과의 악취가 나는 일요일이 그 후로 세 번 이어졌다. 오쓰의 머리가 오르내리는 것을 보면서 미쓰코는 딴 생각을 하고 있었다. 정신없이 푹 빠져 엎디어 있는 건 오쓰일 뿐, 그녀는 방에 걸린 달력을 멍하니 바라보고 있었다. 어디론가 가고 싶다, 무언가를 찾아서 어디론가 가고 싶다. 확실하고 뿌리 있는 것을. 인생을 붙잡고 싶다. 일본 각지의 풍경 사진이 담긴 달력은 어느 틈엔가 도호쿠 지방의 겨울 눈 풍경이 있는 12월 페이지가 되어 있었다.

"겨울방학, 방콕에라도 갈까."

그녀는 훤히 드러난 가슴께에 얼굴을 묻고 있는 오쓰에게가 아니라 자신을 향해 중얼거렸다.

"응?"

오쓰는 얼굴을 들었다. 이마에 땀이 배고, 입술 언저리가 침으로 지저분해져 보기 흉했다.

"당신은 겨울방학 어디서 보낼 거예요?"

충혈된 그의 눈에 선량 그 자체인 웃음이 번졌다. "난 도쿄에 있을 겁니다. 집이 도쿄니까."

"스키 타러 안 가요?"

"운동신경이 둔해 스키는 잘 못 탑니다. 나루세 씨는?"

"방콕이나 괌에 갈까 하고."

"혼자서?"

"농담 말아요. 곤도 군들도 가겠다 했으니까."

"곤도 군들하고."

오쓰의 표정이 괴로운 듯 일그러지는 것을 미쓰코는 즐겼다. 이때도 그를 이 방으로 데려온 첫날의 저녁 무렵처럼 창문 아래서 소녀가 노래를 부르고 있었다. 그걸 듣고 있자니, 그녀는 오쓰를 버릴 때가 왔음을 느꼈다.

"곤도랑 같이 가면 안 돼요?"

"그를 좋아합니까, 나루세 씨는?"

"난 그 누구의 것도 아녜요. 곤도이건, 당신이건."

"곤도 군하고 섹스 한 적이 있습니까?"

"했어요."

그녀가 도전적으로 대답했다. "고등학생이 아니잖아요, 우린."

"그럼……." 하고 그가 겁먹은 듯 물었다. "나를 좋아하는 게 아닌가요?"

"어린애 같은 소리 말아요. 당신도 충분히 즐겼으니까. 이런 짓거리, 슬슬 끝내요."

몸을 일으킨 오쓰는 굴욕감에 가득 찬 눈으로 미쓰코의 표정을 살폈다.

"나는 나루세 씨를…… 조만간 아버지와 형한테 소개할 참이었습니다."

"부모님? 아아, 역시 신자겠죠?"

"하지만 내겐 좋은 아버지입니다. 나루세 씨 사정도 이해해주실 거라 생각합니다."

"오쓰 씨, 난 당신과 결혼할 마음 따윈 없어요. 당신뿐만 아니라 지금 사귀고 있는 사람들 어느 누구와도."

앉음새를 고치며 그녀는 딱 잘라 선언했다.

"하지만 나루세 씨가 나를 남자 친구로 삼겠다고……."

"말했어요. 하지만 남자 친구 한 사람 한 사람과 다 결혼할 수는 없잖아요?"

"너무해!" 오쓰가 목청을 높였다. 그로서는 드물게 분노가 깃든 목소리였다. "너무해. 난 당신을 죽이고 싶을 정도야."

"죽여 보시지."

조지프는 분노에 자신을 내맡긴 채 모이라의 목을 졸랐다. 그러나 오쓰에게는 그럴 용기조차 없다는 걸 미쓰코는 꿰뚫어보고 있었다.

"돌아가요." 그녀가 냉정한 목소리로 말했다. "이젠 싫어."

아무 말 없이 오쓰는 고개를 떨구고 있었다.

  흔들흔들 흔들어요 꿈의 나무를
  푸르른 들판 한가운데
  한 그루 심긴 꿈의 나무를

창문 아래서 소녀가 언젠가 들었던 동요를 노래하고 있다.

"돌아가요."

오쓰의 선량 그 자체인 동그란 뺨이 일그러졌다. 그리고 몸을 돌려 희미한 소리를 내며 구두를 신고, 희미한 소리를 내며 문을 열고, 모습을 감추었다.

며칠 뒤, 오쓰한테서 애원하는 편지가 왔다. 미쓰코는 그걸 한 번 읽자마자 쓰레기통에 버렸다. 전화도 걸려 왔는데, 목소리를 듣고는 말없이 수화기를 내려놓았다. 학교에서 혼자 시도 때도 없이 무작정 기다리고 서 있는 그에게 "안녕하세요?"

하고 아무 일 없었다는 듯 말을 건네고, 또래들과 어울려 그대로 스쳐 지나갔다.

예전의 학교 친구들이 깜짝 놀랐을 정도로, 미쓰코의 결혼 상대는 착실하고 평범한 남자였다.

"노는 거랑 결혼은 달라."라는 것이 그녀의 입버릇이었는데, 호텔 오쿠라의 피로연에 초대받은 친구들은, 선을 봐서 정했다는 신랑이며 부모, 중매인 그리고 금빛 병풍 앞에 서서 손님들에게 다소곳이 인사하는 그녀를 보고 소곤거렸다. "어쩜, 요령도 좋아." "신랑 된 이는 쟤가 처녀인 줄 알 테지."

맞선으로 정한 남편은 도쿄에 잇달아 고층 빌딩을 짓는 건축업자의 아들로, 아직 스물여덟 살이지만 벌써 중역 자리를 맡고 있었다. 그래서 축하연이 끝난 뒤 같은 호텔의 술집에서 열린 2차 파티에 모인 사람들은 대개 비슷한 유명 실업가나 정치가 2세들이어서 화젯거리는 골프나 새로 구입한 스포츠카 또는 청년회의소 관련 일들뿐이었다. 그리고 그녀의 남편도 그 가운데 서서 짧은 약혼 기간 때와는 영 딴판으로 활기 넘치는 표정을 지었다. 곁에서 얌전히 미소 지으며 귀 기울이는 척하는 쪽은 미쓰코였다.

약혼 직후부터 미쓰코는 자신과 남편 될 사람의 감각이 너무나 다르다는 것을 짐작하고 있었다. 처음에 그녀는 그에게 루오 판화전이나 비엔나 실내악단의 연주회를 권했는데, 그가 마지못해 따라온다는 걸 금세 알아차렸다.

"글렀어. 그림엔 자신 없어."

모리시타 요코의 발레를 보러 갔을 때는 몸을 그녀 쪽으로 쓰러뜨린 채 꾸벅꾸벅 졸면서 작게 코까지 골아 마음이 조마조마했는데, 그것을 솔직하게 고백하는 이 남자의 선한 구석이 그 오쓰를 절로 떠올리게 했다.

(내가 이 사람과 결혼하는 건…….) 그때 미쓰코는 진지하게 생각했다. (종잡을 수 없는 나의 충동을 지워 버리기 위해서야.)

대학 시절에 몸속을 마냥 치달았던, 자신을 더럽히고 싶다는 그 충동이 얼마나 어리석은 것이었는지 그녀는 사회인이 되고서야 깨달았다. 마음 깊숙이 뭔가 파괴적인 것이 숨죽이고 있다. 그것이 분명한 형태를 취하기 전에 미쓰코는 칠판지우개로 글씨들을 모조리 지우듯 소멸시키고 싶었다. 그런 파괴적인 무엇을 자극할 만한 것,──바그너의 오페라나 르동[4]의 그림──이런 것들과는 통 인연이 없고 무관심한 남자와 결혼해 평범한 주부로서, 남편과 비슷한 남녀들 속에 자신을 시체처럼 묻어 버리고 싶다고 진심으로 진지하게 바랐다.

"이봐, 자네 벤츠를 딴 걸로 바꾸지 그래?"

2차 모임 자리에서 남편은 친구들에게 연신 이런 인사를 들었다.

"요즘 벤츠 몰고 다니는 건 야쿠자들이라니까. 국산 신형도 좋은 게 있지."

---

4) 오딜롱 르동(Odilon Redon, 1840~1916). 프랑스 화가. 상징주의 미술의 선구자로 평가받는다.

자동차 회사에 근무한다는 친구가 미쓰코에게 시선을 돌렸다.

"요담에 우리 회사 차를 시승해 주시죠, 미쓰코 씨."

"전 차에 대해 잘 몰라요."

"그건 그렇고." 그 남자가 갑자기 생각났다는 듯이, "미쓰코 씨는 오쓰라는 남자를 아십니까?"

"네, 제가 다닌 대학에 오쓰라는 사람이 있었죠." 그녀가 좀 전과 똑같은 낯빛으로 대답했다. "그 오쓰 씨라면……."

"제 누나가 그의 형과 결혼했거든요. 누나 말로는, 시동생이 나루세 씨라는 여학생한테 푹 빠졌었다고."

"정말이에요? 하지만 그는 같은 과가 아닌걸요."

이때도 미쓰코의 목소리는 전혀 흔들림 없이 모두를 웃겼다.

"까맣게 몰랐어요. 그런 줄 알았으면, 야노라는 사람하곤 결혼 안 했을 텐데."

남편도 여럿 앞에서 쓴웃음을 지어 보였는데, 표정은 자신 만만했다.

"힘들걸요, 이젠." 친구가 되받았다. "그 오쓰 씨는 프랑스 리옹의 신학교에 들어갔습니다. 신부가 되려고요."

"신부란 평생 여자를 안을 수 없을 테지?" 누군가가 거들었다. "그 사람 일생 내내 동정이려나."

고개를 숙인 그녀는 테이블의 샴페인 잔을 들어 입술에 갖다 댔다. 오쓰가 신학교에 들어갔다. 그리고 신부가 된다. 자신의 가슴에 갓난아기처럼 매달려 머리를 아래위로 들썩이던 그 남자가. 그녀는 단숨에 술을 들이켜던 예전처럼 술잔을 비웠다.

"엄청 센데요, 미쓰코 씨는." 야노의 친구들이 놀라워했다.

"세고말고." 남편이 의기양양하게 말했다. "심지어 내가 질 정도야. 드라이 마티니를 넉 잔이나 마시고도 말짱하다니까."

"친정아버지가 술고래셨거든요."

오쓰 이야기에서 화제를 돌리려 애쓰며 그녀는 오후의 쿠르톨 하임을 떠올렸다. 하얀 수도복을 입은 외국인 신부가 기도하던 그 채플. 계단 아래서 들려오는 시계의 차임 소리. 제단의 십자가를 향해 그녀가 대들듯 내뱉은 말, "그 사람을 당신한테서 빼앗아 볼까요?"

그러나 두 팔을 벌린 무력하고 깡마른 그 남자는 어느 틈엔가 오쓰를 되찾았다. 하지만 내가 이겼다는 사실은 변함이 없어. 신은 내가 버린 남자를 탐욕스레 다시 주웠을 뿐이야.

야노는 아내의 마음의 동요를 알아차리지 못하고 친구가 소유한 크루저 이야기에 빠져 있었다. 미쓰코는 그 옆모습을 보며 자신이 이 남자와 보내게 될 생활의 이미지를 생각했다. 이걸로 됐어. 저렇게 흡족스럽고 단순한 얼굴에 나를 매몰시키면 돼.

신혼여행은 미쓰코의 제안으로 프랑스에만 가기로 했다. 야노는 여러 번 가 본 미국의 서해안을 원했으나 그녀는 자신의 생각을 실행에 옮겼다.

"프랑스뿐이야?" 야노가 맥 빠진 듯 말했다. "런던에도 로마에도 스위스에도 안 가는 거야?"

"프랑스만 차근차근 보고 싶어요. 이게 전부터 제가 바라던 거였어요."

호텔은 센강에서 가까운, 남편 취향인 아메리칸 스타일의 인터컨티넨탈이었다. 미쓰코는 보다 프랑스적인 고풍스럽고 아담한 호텔을 고르고 싶었지만, 이번엔 타협했다.

콩코르드 광장이 가까운 이 호텔에서는 마들렌 교회도, 인상파 미술관도, 루브르도 걸어서 갈 수 있었다.

그런데 미리 각오하긴 했어도, 실망은 파리에 도착한 다음 날부터 시작되었다.

"이 광장이 혁명 광장이었어요. 혁명 때, 마리 앙투아네트도 루이 16세도 여기서 단두대에 올라야 했죠."

그녀가 들뜬 목소리로 설명해도 남편은 "그런가." 하고 끄덕이는 시늉만 할 뿐 프랑스 혁명도 마리 앙투아네트도 관심의 대상이 아니었다. 출발 전, 그가 친구들로부터 얻어들은 파리 관광에 대한 지식은, 리도 쇼와 설카 넥타이를 사 모으는 것과 에펠탑에 오르는 것, 몽마르트르의 샹송 주점에 가는 것 정도였다.

루브르에서 일본서 갖고 온 파리 안내서를 펼친 채 이 미술관에서 꼭 봐야 할 그림만을 골라 분주히 돌아다니면서 "모나리자, 으음 과연." 하고 만족스레 끄덕이는 남편을 보고 미쓰코는, 불문과 졸업 때 논문에 인용한 소설에 이와 거의 똑같은 장면이 나오는 걸 떠올렸다.

그것은 프랑수아 모리아크라는 노벨상 수상 작가의 『테레즈 데케이루(Thérèse Desqueyroux)』였다. 주인공 테레즈는 보르도가 가까운 랑드 지방의 지주 딸로, 같은 마을에 사는 역시나 지주 아들인 베르나르와 결혼한다. 베르나르는 이 지방의 청년으로는 드물게 파리 대학 법과를 나왔고 그녀의 집과 마찬가지로 가톨릭이어서 더할 나위 없는 사위였다.

그러나 지방 풍습에 따른 성대한 결혼식 후, 신혼여행차 파리로 올라온 그녀는 미쓰코처럼 남편한테 금방 피로를 느끼기 시작했다.

테레즈의 남편은 결코 나쁜 남자가 아니다. 매사에 평범한 사고방식을 지닌, 굳이 말하자면 극히 상식적인 보통 사람이다. 세상 일반의 도덕이나 상식에서 벗어나지 않도록 늘 조심하며, 궤도 이탈을 두려워하는 심리를 지닌 자로서 그저 무난한 일생을 바라는 사람들 가운데 하나다. 그리고 바로 이렇듯 별 탈 없는 남자인 탓에 테레즈는 그 옆에 있으면 이유를 알 수 없는 피로를 늘 느꼈다.

그런 베르나르의 모습을 잔혹하리만큼 냉정하게 묘사한 모리아크는, 신혼여행에서 테레즈 부부가 루브르 미술관을 찾는 장면을 그려 낸다. 베르나르는 미슐랭 가이드북을 펼쳐 가며 '놓칠 수 없는 명화'만을 보기 위해 이 방에서 저 방으로 바삐 돌아다녔다. 그 그림들 중에 「모나리자」도 있었다.

"너무 넓군. 지쳤어. 난 그림이 어려워."

야노는 도중에 포기하고 미술관 내 찻집에서 기다리겠노라고 말했다. 혼자가 되자 미쓰코는 해방된 듯한 즐거움을 맛보았다. 그리고 베르나르와 남편을, 유부녀 테레즈와 자신을 자신도 모르게 겹쳐 보았다. 자신이 어째서 졸업논문으로 『모이라』가 아닌 『테레즈 데케이루』를 골랐는지를 생각하고, 마치 그것이 무서운 예고처럼 느껴졌다.

그날, 그녀는 호텔에서 가까운 팔레 루아얄의 서점에서 반가운 그라세[5] 판 『테레즈 데케이루』를 샀다. 대학 시절, 사전을 뒤적여 가며 쥘리앵 그린의 작품보다도 난해한 이 프랑스어 원서를 읽던 날들을 떠올렸다. 오쓰와 헤어진 다음, 자신의 어리석은 행동을 깨닫고 제대로 공부에 매진하던 무렵의 일이었다.

옆에서 잠에 곯아떨어진 남편을 보면서 그녀는 테레즈의 신혼여행 날 밤 부분을 다시 읽어 본다. 베르나르는 밥통에 주둥이를 처박은 돼지나 다름없는 몸짓으로 테레즈의 육체를 원한다. 미쓰코의 남편도 예전의 오쓰도 그랬다.

"아직 안 자는 거야?" 몸을 뒤척이던 야노가 졸린 눈으로 바라보았다. "책 따위 그만 읽고 자라고."

"네."

그 오쓰가 신부가 된다. 그리고 지금, 이 나라의 리옹에 있다. 그녀가 버린 것을, 말라깽이 남자가 도로 주웠다. 어린아이가 시궁창에 빠져 울고 있는 진흙투성이 강아지를 줍듯이.

"파리는 이제 지겨워!"

다음 날 아침, 호텔에서 아침 식사를 하고 있을 때, 남편이 거의 비명을 지르다시피 말했다.

"매일매일 미술관 아니면 연극 순례뿐이잖아."

"당신은 리도나 몽마르트르의 쇼를 보러 가고 싶은 거죠?"

5) 출판사명.

"그야 모처럼 파리에 왔으니 이야깃거리 삼아 구경하고 싶지."

"어떡하죠? 난 여자이고, 그런 장소엔 흥미가 없어요. 누군가, 신사 양반들이 좋아할 만한 곳을 당신한테 안내해 줄 사람이 없을까?"

"있지, 회사 거래처의 파리 지점도 있고."

"그럼 거기 사람한테 안내를 부탁해요. 난 전혀 개의치 않으니까."

커피 잔을 내려놓고는,

"그 대신 난 혼자서 지방으로 네댓새 여행을 갔다 올 테니까, 그동안 당신은 맘에 드는 곳에서 실컷 놀도록 하세요."

"당신 혼자서? 지방이라니, 어딜 가는데?"

"오래전부터 가 보고 싶었던 곳이 있어요. 여기 와서 밤에 침대에서 읽는 소설을 보셨죠? 내가 졸업논문을 쓴 책이에요. 모처럼 프랑스에 왔잖아요. 그 배경이 된 지역을 한번 보고 싶어요. 보르도 근처예요."

"신혼여행인데 네댓새나 행선지가 따로라니, 이상하지 않아?"

"그게 더 재미있잖아요." 그녀는 이 아이디어에 신이 난 듯 눈을 커다랗게 떴다. "우리 서로 이 여행을 즐기도록 해요. 당신은 파리에서 맛있는 걸 먹고, 재미난 쇼를 구경해요."

"보르도 근처 어디지?" 야노는 역시 마음에 걸렸다.

"랑드라 불리는 지방. 모래밭과 소나무 숲이 기다랗게 펼쳐진 황무지예요. 그런 풍경을 보고 싶어요, 난."

야노는 그녀 혼자 보내는 게 선뜻 내키지 않았으나, 결국은 신부한테 눌리고 말았다. 이렇게 결정되자 미쓰코는 루브르 미술관에서 그랬듯이, 그때보다 더 큰 해방감이 가슴 가득히 퍼지는 걸 느꼈다.

(너는……) 미쓰코는 자신을 나무랐다. (아직도 네 마음을 못 버렸어. 이 사람 안에 매몰시킬 작정 아니었어?)

그리고 그녀는 입술을 달싹거리는 남편에게서 시선을 돌리고 마음속으로 중얼거렸다. (나의 마지막 어리광. 딱 한 번만. 그런 다음엔 평범한 주부가 될 거니까.)

파리를 떠나는 날은 약간 흐렸다. 보르도행 열차의 같은 칸에는 뜨개질하는 노부인과 중년의 아버지와 어린 딸이 타고 있었다. 딸이 말똥말똥 미쓰코를 쳐다보고 "마담은 중국인?" 하고 묻는 통에 아버지가 대신 그 무례함을 사과했는데, 짐짓 시치미 떼는 그의 시선은 연신 미쓰코의 무릎 사이와 그녀가 펼친 『테레즈 데케이루』로 쏠렸다.

잊어버린 단어는 있어도 대강의 줄거리가 머리에 박혀 있는 터라 별로 어렵잖게 페이지를 넘길 수 있었다. 베르나르는 흔히 말하는 나쁜 남편이 결코 아니다. 일요일 미사도 거른 적이 없는 그는 아내를 배반하는 행위 같은 건 생각조차 못 했으리라. 랑드 지방의 자그마한 마을에서 부르주아로 자란 그는, 마을 사람들로부터 험담을 들을 만한 행동은 절대 하지 않는다. 세상 체면을 무엇보다 중시하는 프랑스의 시골 마을에서 베르나르는 모범적인 남편이었다.

그럼에도 테레즈는 남편 곁에 있으면 피곤했다. 신혼여행 때부터 느꼈던 그 피로감은 여행에서 랑드의 생생포리앙 마을로 돌아와 새로운 생활이 시작되자, 눈에 보이지 않는 먼지가 내려앉듯 그녀의 마음에 쌓여 갔다. 특히 임신의 징후를 보이면서, 물론 무더운 여름 날씨 탓도 있었지만 몸에 납덩이를 매단 듯한 묵직함을 느꼈다.

여기까지 읽고 얼굴을 들자, 맞은편에 앉은 중년의 남자가 황급히 눈길을 돌렸다. 창밖은 뒤늦게 푸른 하늘이 언뜻 보이고, 갈색 지붕의 농가며 소가 풀을 뜯는 목장, 교회가 있는 동네를 여럿 스쳐 지나갔다.

남편은 지금 파리에서 무얼 하고 있을까, 하고 문득 생각했다. 그러나 남편에 대한 그리움은 전혀 일지 않는다. 미쓰코는 유리창에 비친 자신의 조금은 험상궂은 표정과 큼직한 눈을 응시하고, 테레즈의 마음을 아프도록 이해했다. (예전엔 모이라, 지금은 테레즈.) 머리 깊숙이 누군가의 목소리가, 예전 남자 친구들의 목소리가 그렇게 노래하고 있었다. 미쓰코는 자신이 다른 여자들과 달리 누군가를 진정으로 사랑할 수 없다고 생각했다. 모래밭처럼 바싹 메말라 고갈되어 버린 여자. 사랑이 다 타 버린 여자.

(대체 넌 무얼 원해?)

여전히 마냥 신기한 듯 자신을 바라보는 같은 칸의 소녀를 향해 미쓰코는 마음속으로 중얼거렸다. 그러나 그것은 미쓰코가 자신에게 던진 질문이기도 했다. (대체 넌 무얼 찾고 있니?)

보르도에서 하룻밤. 다음 날 아침, 호텔에서 샌드위치를 먹고 나서 프런트의 남자 직원이 가르쳐 준 대로 랑곤행 버스를 탔다. 그리고 그 직원이 친절하게 건네준 안내 팸플릿을 뒤적여, 테레즈가 살았던 생생포리앙의 철도는 폐지된 지 까마득하고 그 대신 버스가 다닌다는 걸 알았다.

사람 그림자 없는 대낮 한길에 태양이 내리쬐는 랑곤 마을.

"철도는 없어졌나요?"

그녀가 버스를 기다리는 중년 여성에게 물어보았다.

"철도?" 하고 그녀가 어깨를 들썩였다. "오래전에 소나무 목재를 나르는 화물 트럭 선로는 있었는데, 그건 사람을 태우진 않았어요."

미쓰코는 테레즈를 어둠의 숲속으로 데려가는 소설 속 기차가 모리아크의 창작임을 알았다. 그러고 보면 테레즈는 현실 속 어둠의 숲을 지나간 게 아니라, 마음 깊숙이 어둠을 더듬은 것이다. 그랬구나.

그랬구나, 하고 깨달은 미쓰코는 파리에 남편을 남겨 둔 채 이런 시골을 애써 찾아온 것도, 실은 자신의 마음속 어둠을 더듬어 찾기 위해서였음을 알아차렸다.

버스는 울창한 소나무 숲에 둘러싸인 길을 계속 내달렸다. 거대한 양치식물이 우산처럼 쭉쭉 펼쳐지고, 소나무가 군중처럼 늘어선 숲.

여름에 이 숲은 화창한 날이 너무 오래 지속되면 건조한 나뭇가지들끼리 서로 맞부딪쳐 산불을 일으키고, 그 연기가 하얀 원반 같은 태양을 흐리게도 만든다. 숲속에서 이따금 눈에 띄는 판잣집은 산비둘기 사냥에 나선 남자들이 하룻밤을 묵는 장소이다. 처음 보는 랑드 지방의 풍경인데도 미쓰코는 『테레즈 데케이루』 덕분에 이런 것까지 훤히 다 알고 있었다.

생생포리앙 마을의 사막처럼 메마른 광장에, 미쓰코는 몇몇 손님들과 함께 내렸다. 그 광장에 있는 레스토랑 호텔에 들어섰을 때 게임을 하고 있던 젊은이들이 겁먹은 듯한 눈으로 일본인 여자를 응시한 것은, 관광거리라곤 아무것도 없는 이런 마을을 찾아올 동양 사람이 좀체 없었기 때문이다. 그녀는 식사를 주문하고 방을 잡았다.

"일본 분인가요?" 앞치마를 두른 여주인이 그녀의 여권을 보고 말했다. "오 년 전에 일본 사람이 한 분 묵었죠. 네, 기억해요. 리옹의 유학생이라더군요."

리옹이라는 지명을 들었을 때, 오쓰의 이름이 떠올랐다. 파리로 돌아가는 도중에 리옹에 들러 볼까, 그녀는 건네받은 열쇠로 방문을 열면서 장난스럽게 생각했다.

저녁 햇살이 여전히 따가운 마을을 땀 흘리며 걸었다. 테레즈는 이 광장을 더없이 정숙한 약혼자인 양 베르나르와 팔짱을 끼고 지났고, 광장 근처의 교회에서 결혼식을 올렸다. 체념과 피로가 뒤섞인 생활. 그 존재만으로도 그녀를 피곤하게 하는 선량한 남편. 세속적으로 말하자면 이 남자는 무엇 하나 비난받을 구석이 없다. 없는 까닭에 테레즈는 그에게도 자신에게도 초조함을 느낀다. 초조함은 그녀의 의식 아래 쌓여, 이윽고 랑드의 삿갓소나무 숲처럼 언젠가 불타오를 순간만을 가만히 기다린다.

그날 밤 오토바이 소리가 간간이 들렸다가 사라진 뒤, 작가가 "땅 끝의 침묵"이라 썼던 생생포리앙의 밤이 찾아왔다. 어둑한 등이 켜진 방의 침대에서 그녀는 눈을 크게 뜨고 천장을 응시한 채 자신에게 물었다.

(정말로 무얼 원하니? 어째서 혼자 이런 델 온 거야?)

전화기에 손을 뻗어, 파리의 호텔 번호를 돌렸다. 야노의 목소리를 갑자기 듣고 싶어져서가 아니다. 랑드의 어둠 속에서 자신마저 테레즈가 될 것 같아 두려워졌기 때문이다. 야노와 결혼한 것은 자신 속의 공허감을 지워 없애기 위함이 아니었던가. 일과 골프와 자동차 이야기밖에 할 줄 모르는 그의 친구들 틈에서 인간다운 생활에 몸을 묻어 버리기 위해서가 아니었던가. 호텔 교환수는 몇 차례 벨을 울려도 응답이 없다고 대답했다. 남편은 파리 탐방에서 아직 돌아오지 않은 모양이다.

테레즈는 현실에 존재하지 않는 기차를 타고 마음의 어둠 속으로 들어갔다. 미쓰코도 의미 없는, 아무것도 발견하지 못한 랑드 여행을 마치고 리옹으로 향했다.

오후 2시, 리옹에 도착. 벨쿠르 광장을 마주한 호텔에 방을 잡았다. 여기서도 프런트 직원한테 리옹 내에 미쓰코와 오쓰가 나온 대학의 수도회가 있는지 조사해 달라고 부탁했는데, 어이없을 만치 손쉽게 주소며 전화번호를 알아냈다. 리옹에서 가장 오래된 구역인 푸비에르 근처를 시내 지도에서 손가락으로 가리키며, 콧수염을 기른 프런트 남자가 가르쳐 주었다. 그 수도원이라고 미쓰코가 곧장 생각해 낸 것도, 그녀와 오쓰가 다닌 대학을 이 수도회에서 경영했기 때문이다.

전화를 걸자 남자는 "오쓰, 오쓰." 하고 오쓰의 이름을 되풀이하더니, 간신히 알아채고는 "아아, 오귀스탱 오쓰!" 하고 목청을 높였다. 한참을 기다린 뒤에야 수화기 저쪽에서 잊지 못할 오쓰의 가녀린 목소리가 들려왔다. 그 목소리를 듣자마자 미쓰코는 그 남자의 동그란 얼굴이며 카레 냄새 나는 숨결을 떠올렸다.

"저예요. 나, 루, 세."

그녀가 일부러 명랑한 어조로 말했으나, 상대는 잠시 침묵했다.

"오쓰 씨, 나 프랑스에 와 있어요. 남편과 함께. 그리고 지금, 나만 리옹에 도착했어요. 여긴 호텔 벨쿠르예요."

"정말입니까?"

"정말이에요. 당신이 리옹에 계신다는 소문을 듣고 전화한 건데, 역시 그랬군요. 폐가 되지나 않을지?"

"아닙니다."

"신부님이 된다면서요?"

또다시 침묵. 대답을 망설이고 있다. 그 주뼛주뼛하는 표정이 눈에 선하여 미쓰코는 일부러 애교 띤 목소리를 냈다.

"그럼 나 같은 여자를 만나선 안 되나요?"

"그런 건 아닙니다."

"내일 파리로 돌아갈 생각이에요. 오늘 밤은?"

"미안합니다. 밤엔 곤란합니다. 하지만 내일이라면 오전 중에 프라 마을의 가톨릭 대학에 갑니다. 11시에 수업이 끝나니까 그쪽 호텔 벨쿠르로 찾아가겠습니다."

"아세요?"

"압니다. 리옹에선 유명한 호텔입니다."

전화를 끊고 미쓰코는 가이드북을 보면서 손강을 따라 걸었다. 강물은 거무스름하고, 짐 실은 배 위를 물새가 날고 있었다. 그다음에 찾아간 푸비에르 언덕에는 고대 로마의 극장이 복원되어 있었다. 푸비에르 언덕은 리옹에서 가장 오래된 지역인 탓인지, 벽이 너덜너덜한 집이 여기저기 충치에 좀먹힌 입처럼 서 있었다. 그녀는 언덕에서 시내를 내려다볼 수 있는 돌계단에 올라섰다. 찌푸린 하늘처럼 잿빛으로 웅크린 리옹 시내를 멀리 바라보았다. 예정도 없이 이렇게 우연히 잠시 들러 본 리옹은 미쓰코의 눈에 파리 같은 활기가 없는 슬픈 도시였다.

계단을 내려가 그녀는 오쓰가 살고 있는 수도원을 찾았다. 푸비에르의 다른 집들과 마찬가지로 오래되고 거무튀튀하고 비바람에 지저분해진 건물이었다. 잠시 그 모습을 보고 있는데, 베레모를 쓰고 옛날 구제 고등학교 학생 차림 같은 망토를 걸친 신학생 두세 명이 출구에서 나와 언덕을 내려갔다. 그들은 그녀에게 이해할 수 없는 다른 인종들처럼 보였지만, 오쓰는 그런 다른 인종 속에서 지금, 살아가고 있다.

다음 날 11시 30분쯤, 오쓰는 약속대로 호텔로 찾아왔다. 프런트의 연락을 받고 로비로 내려간 미쓰코는 멋 부린 신사들과 여성들 한 귀퉁이에서 어젯밤의 신학생과 똑같은 베레모에 빈티 나는 검은 수도복으로 몸을 감싼 오쓰를 발견했다. 시궁창에서 기어 올라온 들개 같은 그의 모습은 이 호텔의 로비에는 어울리지 않았다.

"오랜만이에요." 미쓰코가 말을 걸자 오쓰는 주뼛거리는 미소를 지으면서 예의 입버릇인 "미안합니다."로 답했다.

"그런 차림으로…… 변했군요."

"나루세 씨도…… 미안합니다, 이젠 이름이 바뀌었지요?"

"야노라 하는데, 아무래도 좋아요, 그런 건. 밖으로 나갈래요? 아니면 여자랑 걷는 거 신학생한텐 금지되어 있나요?"

"괜찮습니다. 수도원장님께 사정을 얘기하고 왔습니다."

두 사람은 벨쿠르를 가로질러 검은빛으로 탁하게 고인 손강가로 나갔다. 오늘도 손강은 음산하고, 짐 실은 배가 북쪽을 향해 천천히 올라갔다.

"안됐지만, 파리에 비해 활기가 없는 도시로군요, 리옹은."

"파리 사람은 다들 그렇게 말합니다. 보수적이라고."

"앞으로 쭉 이 도시에 계실 건가요?"

"졸업까지 아직 이 년 남았습니다. 하지만 나 같은 사람이 졸업을 할 수 있을지."

강가의 난간에 기대어 두 사람은 짐배와 물새를 바라보았다. 미쓰코도 오쓰도 과거의 관계에 대해서는 이야기를 피했다. 꾀죄죄한 베레모 아래, 허약한 병사 같은 오쓰. 옛날, 그얼굴이 그녀의 가슴을 갓난아기처럼 갈구했다.

"대학 시절 당신한테 억지로 술을 마시게 한 적이 있었죠."

"……."

"당신은…… 그때 신을 버렸잖아요?" 미쓰코가 오쓰의 옛상처를 휘저었다. 그녀의 사악한 마음은 오쓰의 주뼛거리는 얼굴을 보면 촉발된다. "그런데도 어째서 신학생이 되었을까."

오쓰는 눈을 깜빡거리며 거무스름한 손강의 물 흐름에 시선을 던지고 있었다. 수면에는 비누 거품 같은 것이 몇 군데 둥둥 떠다니고 있다.

"모르겠습니다. 그렇게 되었습니다."

"그 이유를 난, 알고 싶어요."

"당신한테 버림을 받았기 때문에, 나는…… 인간에게 버림받은 그 사람의 고뇌를…… 조금은 알게 되었습니다."

"아니, 그런 번지르르한 얘긴 말아요." 미쓰코는 상처 입었다. 오쓰를 몰아세우고 싶은 심정이 한층 강렬해졌다.

"미안합니다. 하지만 정말로 그렇습니다. 난 들었습니다. 나루세 씨에게 버림받고, 너덜너덜해져…… 갈 곳도 없이 어떡하면 좋을지 알 수가 없었고, 도리 없이 다시 그 쿠르톨 하임에 들어가 무릎 꿇고 있는 사이, 나는 들었습니다."

"듣다니? ……무얼?"

"오라, 하는 목소리를. 오라, 나는 너와 다름없이 버림받았도다. 그러니 나만은 결코 너를 버리지 않겠노라, 하는 목소리를."

"누구?"

"모릅니다. 하지만 분명히 그 목소리는 내게 오라, 하고 말했습니다."

"그래서 당신은?"

"가겠습니다, 하고 대답했습니다."

돌연 그녀는 창문으로 오후의 햇살이 비쳐 드는 쿠르톨 하임을 떠올렸다. 계단 아래서 시계의 차임이 울리고, 아무도 없는 제단 위의 깡마른 남자와, 기도대에 펼쳐진 성경에 적혀 있던 그 말.

"그는 아름답지도 않고 위엄도 없으니, 비참하고 초라하도다."라는 그 말.

"그럼, 오쓰 씨가 신학생이 된 것도…… 내 덕분이군요."

이렇게 말하고 미쓰코는 웃어 보였다. 그러나 억지웃음을 지은 얼굴이 파르르 떨리는 걸 느꼈다.

"그렇습니다."

비로소 오쓰의 뺨에 기쁜 미소가 떠올랐다.

"나는 그 후로, 생각합니다. 신은 마술사처럼 뭐든 활용하신다고. 우리의 나약함이나 죄도. 그렇습니다. 마술사가 상자에 지저분한 참새를 넣고 뚜껑을 닫고는, 신호와 더불어 뚜껑을 열잖습니까? 상자 속 참새는 새하얀 비둘기로 바뀌어 날아오릅니다."

"당신이 그 지저분한 참새?"

"예, 비참했던 내가…… 말입니다. 나루세 씨한테 버림받지 않았더라면…… 나는…… 이런 삶을 살지는 않겠지요."

"과장이 심하네요, 기껏 여자와 헤어진 정도로 그런 의미를 갖다 붙이다니."

"미안합니다. 하지만 내 경우, 정말로 그렇게 되었습니다."

오쓰의 옆모습은 굴뚝 달린 허름한 갈색 지붕들을 향해 있었다. 그 집채 덩어리 가운데 리옹의 명소 중 하나인 산장 대성당의 거무스름한 첨탑이 거인처럼 우뚝 솟아 있었다. 공연한 오기에서 오쓰가 과거를 변명하고 있다고는 여겨지지 않았다. 다만 신 따위를 믿지 않는 미쓰코에게 그의 술회는 어거지로 앞뒤를 꿰어 맞춘 것으로밖에 생각되지 않았다. 이해할 수 있었던 건, 이 초라한 남자가 지금의 미쓰코나 예전의 벗들, 미쓰코의 남편의 세계와는 전혀 동떨어진 차원의 세계로 들어가 있다는 사실이었다.

"당신은 변했군요."

"그럴지도 모릅니다. 하지만 내가…… 변한 게 아니라 마술사인 신께서 변하게 만드신 거지요."

"근데 그 신이라는 말 좀 그만해 줄래요? 짜증이 나고 실감도 안 나요. 나한텐 실체가 없단 말이에요. 대학 때부터 외국인 신부들이 쓰던 그 신이라는 단어와는 인연이 멀었어요."

"미안합니다. 그 단어가 싫다면 다른 이름으로 바꾸어도 상관없습니다. 토마토건 양파건 다 좋습니다."

"그럼 당신한테 양파란 뭔가요? 예전엔 그저 자신도 잘 모르겠다고 그랬잖아요. 신은 존재하느냐고 누군가가 당신한테 물었을 때."

"미안합니다. 솔직히 그 무렵에는 잘 몰랐습니다. 하지만 지금은 내 나름으로 이해하고 있습니다."

"말해 봐요."

"신은 존재라기보다 손길입니다. 양파는 사랑을 베푸는 덩어리입니다."

"점점 기분이 언짢아지네요, 진지한 표정으로 사랑 같은 낯부끄러운 단어를 쓰시다니. 손길이란 게 뭐죠?"

"글쎄, 양파는 한 장소에서 버림받은 나를 어느 틈엔가 다른 장소에서 되살려 주었습니다."

"그런 것쯤……." 하고 미쓰코는 비웃었다. "딱히 양파의 힘이 아니에요. 당신의 마음이 자신을 그쪽으로 향하게 한 거죠."

"아니, 그렇지 않습니다. 그건 내 의지를 넘어, 양파의 손길이 있었습니다."

이때만큼은 오쓰도 단호한 어조로 말하면서, 그때까지 딴데 두었던 시선을 미쓰코에게로 향했다. 그는 그녀가 알고 있던, 어쩐지 소심하고 다만 선량함이 유일한 장점이었던 남자와는 달라 보였다.

"언제까지 나를 여기 세워 둘 셈이에요?"

그녀가 화제를 돌렸다.

"벌써 정오를 한참이나 지난걸요. 모처럼 리옹에 왔으니 어디서 식사라도 해요."

"미안합니다. 난 신학생이라 그런 델 잘 모릅니다."

"알고 있어요. 내가 대접할게요. 더 이상 원샷은 안 시킬 테니까."

그는 산책을 따라 나온 강아지처럼 마냥 순진하고 기뻐하는 표정이었다.

벨쿠르 광장까지 되돌아온 것은, 루이 14세 동상이 있는 광장의 한 모퉁이에 적당한 레스토랑이 있는 걸 그녀가 호텔 창문으로 보아 두었기 때문이다. 거울을 붙인 붉은 벽에 둘러싸여 마치 자그만 피라미드처럼 놓인 테이블 냅킨. 그 앞에 앉은 꾀죄죄한 수도복 차림의 일본인 신학생을 웨이터들은 당황스러운 눈길로 멀찍이서 보고 있었다.

그 닳아 해진 수도복에 오쓰는 뚝뚝 두어 방울 수프를 떨어뜨려 묻혀 가며 한숨을 내쉬었다.

"아아, 맛있다. 몇 년 만인지."

"지금 같은 인생을 택하지 않았으면 좋았을 텐데. 도쿄에도 이 정도 요리를 먹을 수 있는 식당은 얼마든지 있어요. 안됐지만, 자신을 그런 생활로 내몬 것도 양파의 손길인가요?"

오쓰는 아이처럼 스푼을 꼭 다잡은 채 미소를 지었다.

"이상한 사람. 일본인이잖아요, 당신은. 일본 사람인 당신이 유럽의 기독교를 믿다니, 난 오히려 아니꼬운 느낌마저 드는 걸요."

"하나도 안 변했군요, 나루세 씨는."

"그래요, 하지만 진심이에요."

"나는 유럽의 기독교를 믿는 게 아닙니다, 난……."

수프 방울이 다시 그의 옷을 더럽혔다. 스푼을 꼭 쥐고 오쓰가 미쓰코에게 아이처럼 호소했다.

"나루세 씨, 프랑스에 와서…… 위화감을 느끼지 않았나요?"

"위화감? 난 아직 이 나라에 온 지 열흘밖에 안 된걸요."

"난 말이죠, 삼 년째입니다. 삼 년간 이곳에 살면서 나는 이 나라의 사고방식에 지쳤습니다. 그들이 손으로 주물러 그들 마음에 맞도록 만든 사고방식이…… 동양인인 내겐 무겁습니다. 한데 어울릴 수 없습니다. 그래서…… 매일이 힘겹습니다. 프랑스인 상급생이나 선생님들한테 털어놓았더니, 진리에는 유럽도 동양도 없다고 훈계를 들었습니다. 모든 게 너의 노이로제 혹은 콤플렉스일 거라면서. 양파에 대한 사고방식도……."

"당신은 여전히 숙맥이군요. 여자 앞에서, 모처럼 함께한 식사 자리에서, 그런 짜증 나는 이야기밖에 할 줄 모르네요, 당신은."

"미안합니다. 하지만…… 오랜만에 만난 나루세 씨한테…… 삼 년 동안 나를 울적하게 했던 이야기들을 털어놓고 싶어서."

"그렇다면, 실컷 얘기해 봐요, 당신의 양파에 대해."

"나는 이곳 사람들처럼 선과 악을 그다지 확실히 구분할 수 없습니다. 선 속에도 악이 깃들고, 악 속에도 선한 것이 잠재되어 있다고 생각합니다. 그렇기에 신은 요술을 부릴 수 있는 겁니다. 나의 죄마저 활용해서 구원으로 이끌어 주셨지요."

포크와 나이프를 양손에 꼭 쥔 채 무엇에 씌인 듯이 이야기하는 오쓰. 학생운동을 하는 무리가 술집에서 얼토당토않은 논쟁을 벌일 때와 똑같은 표정이다. 대학 시절 미쓰코는 그들을 얼마나 바보 취급 했던가.

"하지만 내 생각은 교회에선 이단적입니다. 나는 야단맞았습니다. 넌 아무것도 구분하지 않아. 분명히 식별하지 않아. 신은 그런 게 아냐. 양파는 그런 게 아니라고."

"그럼 내다 버리면 되잖아요, 그렇게 까다로운 거."

"그리 간단치가 않습니다."

"얘기만 말고 좀 드세요. 웨이터가 다음 요리를 가져오지 못해 난감해해요."

"미안합니다."

순순히 입을 우물거리는 그를 물끄러미 관찰하는 미쓰코에게 오쓰는 아이처럼 웃음을 보냈다.

"이 양파 수프…… 맛있네요."

이 남자와 결혼했다면 행복했을까, 아니면 야노 이상으로 지루했을까, 하고 미쓰코는 생각한다.

"게다가 나는 양파를 신뢰하고 있습니다. 신앙이 아닙니다."

"당신은…… 파문 안 당해요?" 그녀가 놀렸다. "지금도 파문 같은 건 있을 테죠?"

"수도회에선 나한테 이단적인 경향이 있다고들 하는데, 아직 쫓겨나지는 않았습니다. 하지만 난 자신에게 거짓말을 할 수는 없고, 나중에 일본으로 돌아가면……." 그가 스푼을 빨 듯이 입에 넣었다. "일본인들의 마음에 맞는 기독교를 생각해 보고 싶습니다."

"알았어요. 그보다도 어서 식사를 마저 끝내요."

솔직히 미쓰코는 그의 끝없는 이야기에 진저리가 났다. 마치 독선적인 작곡을 듣는 것만 같았다. 아무 쓸모없는 환영을 위해 인생을 허비하는 남자. 그녀와는 너무도 인연이 먼 세계. 미쓰코가 이해하는 건, 그 『테레즈 데케이루』의 아내가 선량한 남편에게 품은 말할 수 없는 피로와 어렴풋한 증오심이었다. 그 피로와 증오심은 가슴 깊숙이 묻어 두고, 앞으로는 베르나르를 닮은 야노 곁에서 살아가리라.

레스토랑을 나오자 그녀는 프랑스인처럼 오쓰의 손을 잡았다.

"잘 가요, 일본에서 다시 만나요."

"미안합니다." 오쓰가 고개를 숙였다. "잘 먹었습니다."

"파문만은 당하지 말아요, 오쓰 씨." 미쓰코가 놀렸다. "조금은 능숙하게 살아 봐요."

저녁 무렵, 파리로 돌아와 역에서 택시를 타고 호텔 이름을 일러 주었을 때, 그녀는 마치 먼 데서 고향에 돌아온 기분마저 들었다. 불빛 은은한 센 강변도, 환한 조명을 받는 노트르담 교회도, 거뭇거뭇 음산한 콩시에르주리도 어쩐지 오래도록 눈에 익은 것들 같았다.

(프랑스에 와서…… 위화감을 느끼지 않았나요?)

느닷없이 오쓰의 호소가 머리에 되살아났다.

"전혀, 위화감 따윈 없어. 일본으로 돌아가기 싫을 만치."

담배꽁초를 입에 문 운전사가 돌아볼 정도의 목소리로 그녀는 혼자 중얼거렸다.

호텔에 도착했지만 예상대로 야노는 외출 중이라 그녀는 목욕 후 화장을 하고 남편이 돌아오기를 기다렸다. 침대에서 텔레비전을 보는 사이 여행의 피로가 몰려왔는지 어느새 잠들고 말았다.

문 여는 소리에 눈을 뜨자, 술기운이 도는 야노가 들어왔다.

"돌아왔어? 온다고 알려 줬으면 호텔에 있었을 텐데."

"미안해요. 신혼여행인데 어리광을 받아 주시고."

"즐거웠어?"

"네, 보르도에서 리옹으로 둘러봤어요. 리옹의 대성당하고 고대 로마 극장이 멋있었어요."

그녀는 일부러 남편의 흥미를 돋우지 않는 장소를 잇달아 말했다. "보고 싶었던 랑드 지방도 보았고요. 소나무 숲과 가난한 마을뿐인 지방인데, 당신이 갔더라면 한 시간도 못 버텼을 거예요. 그런데 당신은?"

"M 상사의 다카바야시 씨를 따라다녔지."

"신사 양반들의 파리?"

"글쎄, 몽마르트르도 리도도…… 뭐, 예상만큼 재미가 없던걸. 그런데 이런 신혼부부는 보기 드물다고 다카바야시 씨가 막 웃더군."

말은 그래도 야노는 별로 불만스러운 표정은 아니었다. 단순한 남편은 아내한테 질질 끌려 다니면서 예비지식 없는 미술관 순회나 도통 알 수 없는 음악회에 따라가기보다는 '신사 양반들의 파리'를 일본인들과 향락한 것을 기뻐하고 있었다.

그러고도 그날 밤, 밥통의 먹이를 탐하는 돼지처럼 그는 미쓰코의 육체를 탐했다. 여자를 안을 때의 남자들 표정은 지금까지 미쓰코의 경험으로는 하나같이 서로 닮아 있었다. 충혈된 눈과 거친 숨결. 마음이 식어 버린 건 미쓰코였다. 도취될 수 없는 그녀는 자신이 본질적으로 사람을 사랑하지 못하는 여자인가 싶었다. 하지만 사랑이란 뭘까. 오쓰는 양파란 무한한 부드러움과 사랑의 덩어리라고 했는데.

이때 신기하게도 마음에 되살아난 것이, 초라한 수도복에 큼직한 목달이 구두를 저벅거리면서 벨쿠르 광장을 걷던 오쓰의 모습이었다. 상대방의 기분은 아랑곳없이 온통 양파 이야기만 늘어놓는 오쓰. 골프와 신형 자동차밖에 화젯거리가 없는 남편과 마찬가지로 지루하기는 해도 대학 시절의 친구들이나 야노와는 전혀 대조적인 남자.

(대체 무얼 원하는 걸까, 난…….)

그녀는 신혼여행 내내 이 생각뿐이었다.

4장
누마다의 경우

델리행 일본 항공의 기내에서 면세품 판매가 시작되자 좀 전까지만 해도 요조숙녀다운 표정을 짓고 있던 스튜어디스가 갑자기 백화점 여점원 같은 낯으로 왜건 수레에 실은 술이며 담배를 팔기 시작했다. 누마다는 집에 남은 아내를 위해 향수를 사야겠다 싶었으나, 그녀가 좋아하는 것이 어떤 건지 알 수 없어 옆자리의 이소베에게 물었다.

"향수에 대해 아십니까?"

"향수라." 이소베가 쓴웃음을 지었다. "모르는데요."

"마누라를 두고 혼자 인도 여행을 떠나는 거라서…… 그냥 속죄용으로."

누마다가 변명했다.

"그렇군요, 사모님께 드릴 선물이군요. 잘하셨습니다. 스튜

어디스와 의논하시는 게 어떨까요?"

"이소베 씨도 사모님께 뭔가 사 드릴 겁니까?"

"집사람은 세상을 떠났습니다."

"실례했습니다." 누마다가 사과했다. "그런 줄도 모르고."

스튜어디스는 누마다에게 아내의 나이를 묻고 앰배서더라는 제품을 권하면서 직업적인 미소를 띠었다.

"엔으로 지불하시겠어요? 아니면 달러로?"

향수를 구입한 누마다는 이소베를 배려해 살짝 손가방 안에 넣었다. 이소베는 눈을 감고 잠이 들었다. 뒷좌석에서는 신혼여행 중인 산조 부부가 전혀 거리낌 없는 목소리로 물건들을 마구 사들이고 있었다.

"브랜디를 두 병이나 사요?"

"인도에선 술을 좀체 구하기 힘들다잖아."

"그럼 나도 향수를 하나 더."

스튜어디스가 누마다에게 말을 걸었다.

"혹시 동화를 쓰시는 누마다 선생님이신지요?"

누마다가 멋쩍게 고개를 끄덕였다.

"전 대학 때 아동문학과를 다녔어요. 그래서 선생님의 동화를 몇 권인가 읽었습니다."

"내 책은…… 아동문학이라기보다 개나 새를 주인공으로 한 이야기지요."

"전 고양이 마니아예요."

이소베는 눈을 감은 채 이 대화를 듣고 있었다. 그리고 만약 아내가 살아 있다면, 자신은 결코 인도 같은 곳에 가지 않을 거라고 생각했다.

　누마다는 유년 시절을 당시 일본의 식민지였던 만주의 다
롄에서 보냈다. 그가 기억하는 다롄은, 그곳을 일본보다 앞서
점령했던 러시아의 냄새가 도처에 남아 있는 곳이었다. 일본
에서는 좀처럼 보기 힘든 벽돌 건물과 주택이 늘어서 있고,
광장을 중심으로 도로가 방사선 형태로 뻗어 있고, 홋카이도
가 아니면 쉽사리 볼 수 없는 아카시아나 포플러 가로수가 심
겨 있고, 그 속에서 벼락부자의 천박함과 난폭성을 지닌 일본
인들이 예전부터 이곳에서 살아온 중국 사람들을 깔보며 생
활하고 있었다.
　중국 사람들이 사는 구역은 어린 누마다가 보기에도 가난
하고, 비참했다. 부모를 따라 그들의 시장에 가면 독특한 마늘
냄새로 퀴퀴했고, 돼지 머리와 털 뽑힌 닭이 매달려 있었다.
　아침이면 광주리를 둘러멘 중국 여자나 소년이 일본인 집
으로 행상을 나온다. 광주리 속에는 비명을 지르며 야단법석
인 메추라기가 들어 있거나, 때깔 고운 참외와 수박이 가득했
다. 그런 무거운 걸 여자나 소년이 저울처럼 생긴 멜대에 어깨
가 패도록 날라 왔다. 그것을 일본인 주부들이 당연하다는 듯
이, 값을 깎을 대로 깎아 겨우 사 준다.
　누마다의 어머니는 그런 중국인 소년 하나를 일꾼으로 고
용했다. 다롄에서 일본인은 굴뚝 달린 러시아풍 주택에 살면
서 가사나 잡일을 거드는 중국인 아이를 고용했다. 그런 소년

들을 가리켜 보이라고 불렀다.

누마다네 집에 고용된 보이는 리라는 열다섯 살 소년으로, 더듬더듬 일본 말을 할 줄 알았고 서툰 솜씨지만 어머니의 부엌일을 거들고, 늦가을에는 스토브에 석탄을 지폈다. 심성이 착해서 여섯 살 어린 누마다가 부모님한테 꾸지람을 듣게 되면 열심히 감싸 주기도 하고, 학교에서 귀가 시간이 늦어지면 누마다를 염려해 저만치 마중을 나와 주었다.

어느 날, 누마다는 학교에서 돌아오는 길에 눈곱이 잔뜩 낀 진흙투성이 개를 주웠다. 털은 새까맣고 혀까지 자줏빛인 만주 개였는데, 하도 지저분해서 어머니는 버리고 오라고 명했다. "딱 하루만." 누마다가 거의 울먹이다시피 애원했고, 리에게 개를 씻기게 하여 짚을 깐 나무 상자에 넣어 부엌 토방에 두었다.

그날 밤, 강아지는 쓸쓸했는지 비명 같은 소리를 지르며 연신 울어 댔다. 누마다가 머리를 쓰다듬어 주려고 부엌으로 갔더니 잠옷 바람의 아버지가 호통을 쳤다.

"시끄러워 못 살겠다. 내일은 내다 버려!"

다음 날, 누마다는 학교 수업 중에도 오로지 강아지 생각뿐이었다. 수업이 끝나자마자 집으로 내달렸다. 마당에서 장작을 패고 있던 리가 그를 보고는, 입술에 손가락을 대고 따라오라는 신호를 보냈다. 리를 따라 누마다는 담가에 있는 석탄 창고까지 갔다. 검게 빛나는 석탄 더미 뒤에서 끈으로 묶인 강아지가 누마다를 보고는 자그만 꼬리를 한껏 흔들어 대다 한바탕 오줌을 지렸다.

"이거, 도련님, 마님한테 말 안 해."

리는 교활함과 상냥함이 뒤섞인 미소를 지으며 누마다에게 일렀다.

"도련님하고 리만 알고 있어."

"알았어."

그날부터 석탄 창고는 둘만의 비밀 장소가 되었다. 학교에서 돌아오면 누마다는 리가 깡통에 넣어 둔 밥찌꺼기를 개한테 먹이려고 슬쩍 갖다 날랐다. 이름은 검둥이라 지었는데 이윽고 검둥이의 눈곱이 다 낫고 혼자서 얌전히 잠잘 줄도 알게 되었을 때, 리는 검둥이를 마당으로 데리고 나와 누마다의 어머니에게 말했다.

"마님, 그 개, 돌아왔어요. 이제 안 울어, 괜찮아요."

어머니는 리의 거짓말을 알아챈 듯했으나, 누마다가 끈질기게 졸라 대는 통에 결국 한풀 꺾여 키우도록 허락했다.

반년 남짓 지나 리는 해고당했다. 석탄 창고의 자물쇠가 열리고 석탄이 어느 틈엔가 절반이나 사라져 버렸기 때문이다. 일본인 순사가 와서 리가 한 짓이라고 의심했다. 리가 석탄 창고 근처에서 다른 중국인 소년들과 의논하는 걸 목격한 사람이 있다는 것이다.

"아무튼 사모님, 열쇠를 멋대로 사용할 수 있는 건 저 녀석뿐이니까요."

순사가 현관 입구에서 후루룩 야단스레 소리 내어 차를 마시면서 어머니에게 설명했다.

"저 녀석들을 신용해선 안 됩니다. 아무리 온순하게 보인다

해도 저 녀석들, 무슨 짓을 꾸미는지 알 수 없습니다."

아버지의 질책에도 리는 고개를 내젓고 부정했다. 누마다
는 장지문 뒤에서 고함치는 아버지와 여기에 횡설수설 변명하
는 리의 모습을 훔쳐보면서 숨이 막힐 지경이었다.

결국 리는 누마다네 집에서 쫓겨났다. 그 자리를 대신할 보
이나 식모는 다롄에 얼마든지 있었기 때문이다.

헤어지는 날, 리의 소지품은 정말이지 꾀죄죄한 작은 보통
이뿐이었다.

"도련님, 안녕. 도련님, 안녕."

리는 나갈 때, 부엌문을 열고 누마다에게 되풀이했다.

"도련님, 안녕. 도련님, 안녕."

그때의 체념한 듯한 리의 미소를, 누마다는 오랜 세월이 흐
른 지금도 떠올린다.

검둥이는 큼직하니 자랐다. 꼬리가 찢어져라 흔들어 댔다.
강아지 시절과는 달리 투실투실한 다 큰 만주 개가 되었다.
투실투실할 뿐만 아니라 누마다가 친구들과 놀고 있으면 아
카시아 나무 아래서 점잖게 그 놀이가 끝나기를 기다렸다. 누
마다의 등하교 때에도 어슬렁어슬렁 뒤따라왔다.

"공부는 싫어. 학교 같은 거 없어져 버려." 누마다가 이렇게
말을 걸면, 검둥이는 먼 데를 바라보는 눈길로 그의 얼굴을 물
끄러미 쳐다보았다.

초등학교 3학년 가을, 부모님의 사이가 나빠져서 헤어지자
는 이야기까지 나왔다. 누마다가 상상도 하지 못한 느닷없는
사건이었다. 그때까지 그는 아버지와 어머니와 자신이 서로 다

른 세계에서 살아간다는 건 생각해 본 적이 없었다.

밤에 술이 거나해서 돌아온 아버지는 응접실에서 어머니와 한참 동안 말다툼을 벌였다. 이따금 아버지의 고함 소리나 어머니의 울음소리가 들려와, 그 소리를 듣지 않으려고 누마다는 이불을 머리까지 뒤집어쓰고, 어떤 때는 귀에 손가락을 넣은 채 잠들었다.

그 무렵은 학교에서 집으로 돌아오는 것이 괴로웠다. 해가 저물어 다소 으스스해진 방에서, 그토록 밝았던 어머니가 홀로 앉아 창밖을 보면서 골똘히 무슨 생각에 잠긴 모습을 지켜봐야 했기 때문이다. 학교에서 집까지 그리 멀지 않은 거리를 누마다는 시간을 들여 느릿느릿 걷고, 거미줄에 가을 매미가 죽어 뒤엉킨 채 대롱대롱 매달린 걸 바라보거나, 붉은 벽돌담에 하얀 분필로 낙서를 하면서 일 분이라도 귀가를 늦추려 했다. 네거리에는 중국인 군밤 장수의 외침이 흐르고, 길가에는 손님을 기다리는 마차의 노새가 꼬여 드는 파리를 꼬리와 귀를 씰룩거리며 내쫓고 있었다. 그가 그런 것들에 정신이 팔려 있는 사이, 검둥이도 걸음을 멈추고 다리로 목을 긁적이거나 킁킁 냄새 맡으며 담벼락을 돌아다니면서 주인을 기다렸다.

"돌아가기 싫어."

누마다는 검둥이한테만 말을 걸었다. 학교 선생님이나 친구들에게 집안 사정을 털어놓지 못하는 그에게, 울적하고 괴로운 마음을 얘기할 수 있는 상대는 검둥이뿐이었다.

"이젠 싫어. 밤이 되는 게 싫어. 엄마 아빠가 싸우는 소릴 듣는 게 싫어."

검둥이는 가만히 누마다의 얼굴을 보고, 당혹스러운 듯 꼬리를 살포시 흔들었다.

(어쩔 수 없습니다. 산다는 게 다 그렇습니다.)

검둥이는 그때 대답했다. 어른이 되어서도 누마다는 당시 일을 떠올리고, 검둥이가 분명히 소년인 그에게 이야기를 해 주었다고 생각한다.

"아빠 엄마랑 따로따로 살자고 말씀하셨어. 난 어떡하지?"

(어쩔 수 없습니다.)

"아빠랑 살면 엄마한테 미안하고, 엄마랑 살면 아빠한테 미안한 느낌이 드는데."

(어쩔 수 없습니다. 산다는 게 다 그렇습니다.)

검둥이는 그 무렵의 그에게는 슬픔의 이해자이고, 이야기를 들어 주는 단 하나의 살아 있는 존재이며, 그의 동반자이기도 했다.

가을이 끝나고 겨울이 지나고 다롄에도 5월, 늦은 봄이 왔다. 그리고 어머니는 그를 데리고 일본으로 돌아가게 되었다. 아카시아 가로수가 소녀의 귀걸이 같은 하얀 꽃봉오리를 이파리 사이로 늘어뜨리고 있었다. 보도에서 마차 한 대가 다롄항으로 향하는 어머니와 아들을 기다리고 있었다. 아버지는 침묵을 지킨 채 안방에 틀어박혀, 그들을 배웅하러 나오지 않았다. 검둥이만이 꼬리로 등에를 쫓고 있는 노새 앞을 어슬렁거렸다.

마차가 움직이기 시작하자 누마다는 고개를 돌려 자신을 뒤쫓아 오는 검둥이를 응시했다. 울지 않으려 해도 눈시울이 젖었고, 그걸 어머니에게 들키지 않으려고 얼굴을 돌렸다. 검둥이는 큰길을 돌고서도 여전히 달리기를 멈추지 않는다. 마치 이것이 누마다와 자신의 마지막 이별인 줄 아는 듯했다. 그런데 이윽고 지친 검둥이는 걸음을 멈추고, 떠나가는 누마다를 체념 어린 눈길로 바라보며 조금씩 자그마해져 갔다. 그 검둥이의 눈길 역시, 누마다는 어른이 되어서도 잊지 못했다. 그가 이별의 의미를 처음 알게 된 것은 리와 이 개를 통해서였다.

(만약 그 무렵 검둥이가 없었다면……) 후일에 누마다는 생각한다. (내가 동화를 쓰게 되지는 않았으리라.)

검둥이는 동물이 인간과 이야기를 나눌 수 있다는 걸 그에게 처음으로 가르쳐 준 개였다. 아니, 이야기를 나눌 뿐만 아니라 슬픔을 이해해 주는 동반자라는 사실도 알게 해 주었다. 그게 가능한 것은 지금 시대에 동화라는 방법밖에 없음을 알게 된 누마다는, 대학 시절부터 동화 쓰는 일을 평생 직업으로 선택했다. 그리고 그 책 속에서 그는 어린이들의 슬픔을(아이들에게도 제각기 인생의 슬픔이 이미 시작되고 있다.) 이해하는 개나 산양, 망아지 이야기를 즐겨 썼다. 그리고 새들의 이야기도…….

동화 작가가 되고 나서 누마다는 코뿔소새라는 기묘한 새를 기른 적이 있다. 길렀다기보다는 가까운 시내 백화점에서 담수어와 조류 판매점을 하는 노인네한테 억지로 떠맡은 것이다.

그 노인네는 그 자신도 새 같은 얼굴을 한 묘한 남자였는데, 누마다가 동화 작가라는 걸 알고는 대뜸 호의를 보이면서 제멋대로 그를 위한답시고 수조며 구피 열대어 등 일습을 장만해 주거나 집까지 찾아와서 조류 키우는 방법에 대해 열성껏 가르쳐 주었다.

그런 그가 어느 날, 작업복을 입은 청년과 큼직한 보퉁이를 들고 나타났다. "이 사람은 내 친구인데, 역시 조류나 애완동물을 파는 가게를 시부야에서 하고 있습니다. 한데 코뿔소새를 구했다기에 내가 이렇게 말했지요. 누마다 선생님이라면 이런 새를 갖고 싶어 하실 거라고."

누마다는 어째서 코뿔소새를 키울 주인으로 자신이 선택되었는지 알 수 없었으나, 노인네는 개의치 않고 보퉁이의 매듭을 풀었다.

철망 새장 속에 50~60센티미터 남짓한 검은 새가 홰에 착 달라붙듯이 앉아 있었다. 부리는 커다랗고 윗부리에 코뿔소뿔 같은 붉은 돌기가 있어서, 마치 코가 높다란 피에로 같았다.

"이 녀석, 아프리카에서 잡혔습니다." 노인네가 친구에게 설명을 재촉했다. "응? 그렇지?"

"예에, 열대에서만 볼 수 있는 새입니다. 얼굴이 재미있습니다."

"이 녀석, 선생님의 동화에 써먹을 수 있어요. 아주 희한한 얼굴이라니까요."

어째서 노인네는 이런 기묘한 새가 누마다의 동화 주인공
이 될 거라 생각했을까. 그의 작은 동화집에 나오는 건 평범하
고 아이들이 무척 친근감을 느끼는 개나 고양이, 토끼, 돼지
들인데도.

"뭐, 잘된 일이지요. 일주일쯤 여기 놔둘 테니까 시험 삼아
키워 보시죠."

망설이는 누마다의 기분을 무시하고 노인네와 그 동료는
작업실에 새장을 놓아둔 채 그대로 물러갔다.

그들이 자리를 뜨자, 누마다와 코뿔소새뿐인 방에 갑자기
정적이 감돌았다. 고요한 공간 속에서 피에로 같은 얼굴을 한
새가 홰에 다리를 걸치고 허공의 한 점을 응시하고 있다. 그
얼굴이 우스꽝스러운 만큼 더없이 가엾게 여겨졌다.

"어디서 왔니, 넌?" 누마다가 물었다. "정말로 아프리카에서
온 거야?"

누마다는 아프리카에 가 본 적이 없다. 그곳은 그가 방문한
미국이나 영국에 비하면 너무나도 먼, 손이 닿지 않는 세계이
다. 그 아프리카의 밀림에서 태어난 이 피에로는, 자신이 까맣
게 모르는 일본으로 끌려오리라고 미처 생각이나 했을까. 새
들에게도 인간과 마찬가지로 제각기 운명이 있다.

누마다의 아내는 남편이 이런 성가신 새를 키우는 일에 썩
내키는 표정이 아니었으나, 아이들은 기뻐했다. 그들은 코뿔소
새를 피에로짱이라 부르면서 매일 새장을 들여다보았는데, 보
름도 채 못 되어 그만 질리고 말았는지 별로 얼씬거리지 않게

되었다. 코뿔소새는 카나리아처럼 귀여운 목소리로 울지도 않고, 새장 안에서 그다지 돌아다니지도 않았기 때문이다. 더구나 새장에서 풍기는 악취도 상당했다.

"피에로." 누마다가 그에게 말을 걸었다. "여기서 넌 별로 환영받지 못해. 다시 조류 장수에게 돌아갈래?"

그러나 피에로는 아무런 반응도 보이지 않고, 박제된 새처럼 허공의 한 점을 응시한 채 슬며시 몸을 움직여 방향만 바꾸었을 뿐이다.

어느 날, 누마다는 새장 문을 열어 피에로를 바깥으로 내보냈다. 머나먼 아프리카의 밀림에서 온 이 새에게 보잘것없는 자유나마 선사해 주고 싶었다. 그런데 당혹스러운 듯 피에로는 천천히 걷다가 유리문 옆에서 가만히 정지했다. 그러고는 창밖을 물끄러미 응시했다. 누마다는 일을 시작했다. 코뿔소새는 소리도 내지 않고 연신 얼굴을 바깥으로 향하고 있다. 저물녘이 되어 창문의 햇살이 그늘지기 시작했다. 들리는 건 원고를 쓰는 누마다의 사각거리는 펜 소리뿐이었다.

그때였다. 뭐라 말할 수 없이 슬픈 목소리가 들렸다. 마치 촛불의 불꽃이 확 일었다 꺼지듯 온갖 슬픔이 깃든 애절한 목소리였다. 코뿔소새가 울었다. 만감을 담아 피에로가 "쓸쓸해요." 하고 단 한마디 외친 듯했다. 그는 그때 비로소 이 우스꽝스러운 피에로에게 연대감 비슷한 걸 느꼈다.

그날부터 그와 피에로 사이에 새로운 유대가 시작되었다. 낮에 일을 하다 지치면 잘게 썬 사과 한 조각을 창가에 있는 피에로에게 던져 주었는데, 피에로는 목을 길게 빼고 참으로

능숙하게 그걸 커다란 부리로 받아먹었다. 이 놀이는 집필 중
인 누마다를 심심찮게 위로해 주어, 마치 사이좋은 형과 아우
의 유희와도 같았다.

그리고 밤에 가족들이 잠든 고즈넉한 시간, 그가 책상 앞
에 앉아 있으면 돌연 피에로는 어설프게 날개를 펼쳐 가까운
책장까지 날아와 일하고 있는 누마다를 책장 위에서 내려다보
았다.

"뭘 하고 있나, 넌?"

피에로가 누마다에게 말했다.

"동화를 쓰고 있어."

"어떤 동화?"

"어린 시절의 꿈을 자유로이 쓰고 있지. 이 동화에선…… 아
이들이 너 같은 새나 개하고 이야기를 해. 개 이름은 검둥이인
데, 검둥이는 그 주인인 소년과…….."

"시시해. 그런 건 네가 멋대로 지어낸 꿈일 테지. 날 봐. 이
모양으로 친구들이 있는 머나먼 숲에서 낯선 땅으로 끌려와
너의 노리개 꼴이잖아."

"그럴지도 모르지. 하지만 어릴 때부터 난 너 같은 새나 개
를 통해 얼마나 위로받았는지 몰라. 오늘 밤도…… 네가 이 방
에 있어 줘서…… 한결 마음이 놓여."

누마다는 생명을 지닌 만물과의 유대에 대한 갈망을 어떻
게 설명해야 좋을지 알지 못했다. 소년 시절, 검둥이의 존재가
부여해 준 씨앗이 마침내 싹을 틔워, 그에게 동화 속에서만
그려 낼 수 있는 이상 세계를 만들어 낸 것이다. 그 동화 속에

서 소년은 꽃이 속삭이는 소리를 알아듣고, 나무와 나무의 대화도 이해하고, 꿀벌이나 개미가 저마다 동료들과 나누는 신호를 읽어 낼 줄도 안다. 한 마리 개와 한 마리 코뿔소새가 어른이 된 그의 어찌할 도리 없는 쓸쓸함을 서로 나눠 가져 주었다…….

그러나 피에로는 그런 누마다의 감상을 무시하듯 책장 위에서 날개를 퍼덕여 다시 방 한 귀퉁이로 물러갔다. 잠시 후 누마다가 그 방향을 보니 피에로는 한쪽 다리를 쳐들고 머리털을 쫑긋 세운 채 잠들어 있었다…….

"방을 더럽혀 못살겠어요. 더구나 바닥에 똥을 싸 대니."

누마다의 아내는 남편이 코뿔소새를 그의 방 안에서 마구 놓아기르는 데에 걸핏하면 화를 냈다. 부부의 입씨름은 거의 이 새 때문에 벌어졌다. 분명히 아내의 말대로, 누마다의 방은 창문을 자주 열어 두는데도 새 특유의 악취가 떠돌았고, 검은 카펫에 드문드문 피에로의 하얀 똥이 얼룩을 만들었다. 집 안일을 갈무리하는 아내에게 이 기묘한 얼굴을 한 새는, 예수가 당시 유대의 제사장들에게 그랬던 것처럼 성가신 훼방꾼임에 틀림없었다.

그런 새를 예수에 비유하는 것이 우습지만 누마다에게는 그 나름대로 이유가 있었다. 누마다는 루오의 그림을 좋아하는데, 그의 판화에 그려진 몇몇 피에로의 얼굴 가운데 코뿔소새와 닮은 것이 있었다. 루오에게 광대는 예수를 상징한다는 사실을 그는 알고 있었다. 밤이 깊도록 작업을 계속하는 누마다와 이를 응시하는 코뿔소새의 영혼의 교류를 아내가 이해할 리 없었다. 누마다는 어떤 부부건 간에, 서로 용해될 수 없는 고독이 있음을 결혼 생활을 지속하면서 알았다. 그러나 그 자신의 고독과 이 새의 고독은 밤의 정적 속에서 서로 통한다.

두 달이 지났다. 코뿔소새를 데리고 온 애완동물 가게의 노인네는 그 후로 얼굴을 내비치지 않는다. 그리고 보면, 그들은 이 새를 수입하기는 했지만 정작 오래도록 팔리지 않아 곤혹스러웠을지도 모른다. 그리고 누마다의 마음 또한 이런 사정에 기대는 구석이 있었다.

그 무렵부터 누마다는 오후가 되면 미열이 계속 남아 뭐라 말할 수 없는 나른함을 느끼게 되었다. 근처 개업 의사한테 진찰을 받으니 호흡 소리가 심상찮다면서 뢴트겐실로 데려갔다.

"예전에 결핵을 앓으신 적은……."

의사가 에둘러서 물었다. 뢴트겐 사진의 결과는 그의 말대로, 검었다. 출판사의 소개로 재검사를 받은 대학 병원에서는 당장 일 년 정도의 입원 치료를 명했다.

전혀 예상치 못한 일이라 누마다도 아내도 불의의 재해를 만난 양 당혹감에 어쩔 줄을 몰랐다. 청년 시절, 분명히 결핵을 앓았고 당시로서는 달리 치료법이 없었던 터라 기흉(氣胸) 요법으로 일단 완치되었다고 여겼는데 어느 틈엔가 재발한 것이다.

입원하기 전, 여러 가지 소지품을 준비하기 시작한 아내는,

"그런데…… 그 새, 어떡하죠? 당신이 입원하고 나면."

진지한 낯으로 말했다.

"나 혼자선 도저히 돌볼 수 없어요. 애완동물 가게에 내다 맡겨요."

그녀의 말은 당연했다. "그러지." 누마다가 끄덕였다.

서재로 돌아와 피에로를 새장에서 꺼내 주었다. 피에로는 늘 그러듯 창가로 걸어가 포도주빛으로 물든 해거름의 단자와산 등성이를 바라보았다.

"안녕."

누마다는 주머니에 손을 찔러 넣은 채 그를 내려다보며 중얼거렸다. 문득 소년 시절 검둥이와의 이별이 되살아났다. 그때도 어린 누마다가 거스를 수 없는 사정이 검둥이와 그를 떼어 놓았다. 이번에도 질병이라는 예기치 않은 사태로 밤을 위로해 준 피에로와 헤어져야 했다.

누마다는 결국 일 년이 아니라 이 년이나 입원했다. 그사이 드디어 개발된 항생물질이 단기간에 효과를 얻자 외과 수술을 했는데, 이 수술도 예전에 기흉 요법을 받은 누마다의 늑막이 유착되는 바람에 두 번이나 실패한 끝에 폐렴이 재발했다. 회진하러 오는 주치의도, 일주일에 한 번 젊은 의사들을 데리고 나타나는 교수도 별다른 말을 꺼내지 않았으나, 처방에 곤란을 겪고 있음을 당혹스러워하는 그 표정으로 알 수 있었다.

누마다로서는 앞으로 십 년이고 십오 년이고 그저 살아 있을 뿐 아무런 활동도 할 수 없는 상태가 되는 게 싫었다. 당시 수술에 실패한 기관지 환자가 산송장이나 다름없는 병상 생활을 보내는 것을 누마다는 물론 환자라면 누구나 잘 알고 있었다.

"눈 딱 감고 잘라내 주세요."

그는 주치의에게 애원했으나 주치의는 "예, 생각은 하고 있습니다만……." 하고 말을 흐렸다. 의사들은 두 번의 수술로 한층 유착된 누마다의 늑막을 떼어 낼 경우, 과다 출혈이 되지 않을까 염려했다.

이 무렵 누마다는 혼자서 자주 병원 옥상으로 올라가 저무는 노을을 보면서, 그런 자신이 코뿔소새를 쏙 빼닮았다는 걸 깨달았다. 새장 밖으로 나온 코뿔소새 역시 서재 창문으로 포도주빛 단자와산과 오야마의 노을을 응시했다. 그 심정을 그제야 아프도록 또렷이 알 듯한 느낌이었다.

지금쯤 그 새는 어떻게 지내고 있을까. 가능하면 그 코뿔소새와 함께 병실에서 밤을 보내고 싶었다. 그는 더 이상 의사와 간호사나 아내 앞에서 건강한 척하는 데도 지쳐, 예전과 마찬가지로 마음이 통하는 상대로 인간이 아닌 코뿔소새를 원했다. 루오가 그렸듯이 비참하고 우스꽝스러운 피에로를…….

하지만 그런 이야기를 아내한테 도저히 할 수 없었다. 아이들을 돌보고 잡다한 집안일을 하면서 틈틈이 병실을 찾아오는 아내에게 공연히 부담을 지울 수는 없었다.

그러던 어느 날, 신문을 읽고 있던 그가 철새 사진을 아내에게 보여 주며 무심코 중얼거렸다.

"어디에 있을까, 그 코뿔소새는."

그때 아내는 잠자코 있었는데, 사나흘쯤 뒤, 큼직한 보퉁이를 손에 들고 병실에 나타났다.

"자, 이거."

신기한 듯 그 보퉁이를 보는 남편에게 그녀가 여느 때와 달리 애써 활기찬 목소리로 말했다.

"열어 보세요."

매듭을 풀자, 나무로 된 네모난 새장 속에서 검은 옻칠을 한 듯한 구관조가 허둥지둥 날개를 퍼덕거렸다.

"당신."

누마다는 아내의 정성에 감동했다.

"코뿔소새는 이제 없으니까, 구관조로 참아 줘요."

"난 말이야, 굳이 그런 뜻으로 말한 게 아닌데."

"됐어요, 갖고 싶었던 거죠? 나도 그 정도쯤은 알아듣는다고요."

누마다는 아내한테 미안했다. 소년 때부터 누마다는 늘 인간이 아닌 개나 새한테 마음의 비밀을 털어놓곤 했다. 이번 경우에도, 거듭되는 수술의 실패로 우울해진 기분을 그 코뿔소새 같은 새한테 고백하고 싶어 한다는 것을, 아내는 어느 틈엔가 꿰뚫어 보았다.

그러나 차라리 이러는 편이 낫다는 느낌도 있다. 어찌할 도리 없는 고뇌를 아내한테 이야기해 봤자 그녀만 괴로워질 뿐이다. 쓸데없이 그녀를 힘들게 하고, 무거운 짐을 지울 뿐이 아닌가. 하지만 상대가 새라면…… 묵묵히 받아들여 준다.

"기분이 좀 환해졌어요?" 아내가 자신 있게 말했다. "모처럼 기뻐하는 얼굴이라니……."

면회 시간 종료를 알리는 차임이 울리고, 다시 짐을 들고 병실을 나서려던 아내는 그에게 한쪽 눈을 찡긋 감아 보였다.

구관조는 새장 속 두 개의 횃대를 지칠 줄 모르고 왕복하고 있었는데, 한 번도 울지 않았다. 사람 말을 흉내 내는 이 새한테 새 장수는 아직 '안녕하세요'조차 제대로 가르치지 않은 모양이다.

그런데 저녁 식사를 끝내고 슬슬 취침 시간이 가까워졌을 즈음, 새장 안에서 "하, 하, 하." 하는 기묘한 소리가 났다. 처음으로 운 것이다.

'하하, 하하' 소리는 이 새가 타고난 게 아니다. 누마다는 잠시 생각하고, 그제야 이것이 웃음소리라는 걸 알아차렸다.

아마도 사람 말을 지껄이는 다른 구관조 옆에 놓여 있다가 구경꾼들의 웃음소리만을 익혔으리라.

한밤중에 잠이 깬 누마다가 침대 위에서 새장에 덮어씌운 보자기를 살짝 걷어 내자, 구관조는 횃에 양다리를 걸치고 물끄러미 누마다를 보았다. 그 눈은 책장 위에서 그의 펜이 움직이는 걸 바라보던 코뿔소새와 비슷했다.

"나을까? 늑막이 유착되어, 이번에 수술하면." 누마다가 아내한테도 하지 못한 이야기를 새에게 건넸다.

"이번에 수술하면 출혈이 심할 거야. 의사는 그걸 걱정해. 하지만 난 꼼짝없이 누워 지내는 건 싫어. 어떡해서든지 수술을 하고 싶어. 이런 마음, 알 테지?"

구관조는 고개를 갸우뚱 기울이고, 횃에서 횃로 건너뛰었다. 그리고 "하, 하, 하, 하." 하고 사람의 웃음소리를 흉내 냈다.

매일 밤, 그는 이 구관조한테만 자신의 고민과 후회를 털어놓았다. 바로 소년 시절, 검둥이한테만 자신의 고독을 호소했듯이.

"마누라를 힘들게 하고 싶지 않아. 그래서 너한테만 털어놓는 건데…… 죽는 건 역시 무서워. 살아서 좀 더 좋은 동화를 쓰고 싶어."

"걱정스러운 건, 만약 내가 죽고 나면 마누라와 아이들이 어떻게 생활해 갈까 싶어. ……어떡하면 좋으니?"

어떡하면 좋으니? 하고 말했을 때, 누마다는 자신의 목소리가 지나치게 연극 조로 울린 것이 쑥스러워졌다. 하지만 이것은 거짓도 꾸밈도 없는 진심이었다.

"하, 하, 하, 하."

구관조가 웃음소리를 냈다. 그것은 겁쟁이인 그를 조소하는 웃음 같기도 하고, 격려하는 웃음 같기도 했다. 누마다는 병실의 전등을 끄고, 지나온 인생에서 진정으로 대화를 나눈 것은 결국 개나 새뿐인 듯한 느낌이 들었다. 신(神)이 무언지 알 수는 없지만, 만약 인간이 진심으로 이야기 나누는 대상을 신이라 한다면, 누마다에게 신은 때때로 검둥이이거나 코뿔소새이거나 이 구관조였다.

도박이나 다름없는 세 번째 수술은 섣달에 행해졌다. 병실 안 스팀이 여느 때보다 요란한 소리를 내는 아침, 마취주사를 맞은 누마다를 태운 들것 수레는 간호사에게 밀려 기다란 복도를 지나 수술실로 향했다. (이곳에서 되돌아갈 때……) 천장의 수술 조명등을 보면서 누마다는 생각했다. (살아 있으려나.)

네 시간에 걸친 수술 후, 그는 다시 자신의 병실로 옮겨졌
는데, 마취에서 깨어난 것은 다음 날 아침으로, 코에는 고무
관이 끼워져 있고 팔에는 링거 바늘이 꽂혀 있었다. 이따금
간호사가 와서 아직 정신이 흐릿한 그의 혈압을 재고 모르핀
주사를 놓았다. 모든 게 두 번의 수술 때와 똑같았다.

며칠 후, 겨우 숨을 돌릴 만해지고 나자 그가 곁에서 돌봐
주는 아내에게 물었다.

"구관조는?"

"……"

아내는 머뭇거렸다.

"당신한테 온통 정신을 빼앗겨, 병원 옥상에 놓아둔 채로
깜빡 잊었지 뭐예요. 나중에 생각나 살피러 갔더니…… 이미
죽어 있었어요."

이제 와서 아내를 나무랄 수는 없었다. 죽느냐 사느냐 하는
남편의 간병에 필사적으로 전념하느라 옥상에 놓아 둔 구관
조를 미처 보살펴 주지 못했던 것이다.

"미안해요."

누마다는 끄덕였으나, 그래도 그 새장만은 보고 싶었다.

"새장은?"

그가 아내의 기분이 상하지 않도록 조심스럽게 물었다.

"그대로 내버려 뒀다간 간호사한테 야단맞을걸."

"밤에 내다 버릴게요."

"아냐, 버리는 건 아깝잖아. 그 새장, 내 마음에 들더군. 다
나으면 문조(文鳥)라도 기를 수 있겠지."

대화를 계속하자니 숨이 가쁘고, 절개한 가슴의 상처도 욱신거렸다. 그는 입을 다물었다.

저녁 무렵, 아내는 옥상에 들러 새장을 병실로 갖다주었다.

"거기 뭐."

"지저분해요. 무얼 덮든지."

"아니, 그대로 됐어."

아내가 간호사실로 가고 병실에 혼자 남자 그제야 누마다는 물끄러미 새장을 응시할 수 있었다. 횃대에도 바닥에도 구관조의 희멀건 똥이 달라붙어 있었다. 그 똥에 까만 깃털이 두 개 붙어 있다. 그 깃털을 보고 있으려니, 매일 밤 그의 불평을, 힘겨움을 들어 준 새가 죽었다는 사실이 절실하게 느껴졌다. 돌연 누마다는 그 구관조에게 "어떡하면 좋으니?" 하고 소리쳤을 때의 제 목소리를 떠올렸다.

(그래서 그 녀석…… 내 몸을 대신해 준 건가.)

거의 확신에 찬 심정이 수술한 가슴에서 뜨거운 물처럼 솟구쳤다. 자신의 인생에서, 개와 새나 그 밖의 살아 있는 존재들이 얼마나 그를 지탱해 주었는가를 느꼈다.

의사들이 우려한 경과는 기적적이라 할 수 있을 만큼 좋았다. 무엇보다 염려되었던 기관지 검사도 무사히 마쳤을 때,

"운이 좋았습니다."

주치의가 누마다와 악수하면서 말했다.

"안심했습니다. 이제야 말씀드립니다만."

"알고 있습니다." 누마다는 끄덕였다. "거의 승산이 없는 도박이었지요. 위험률이 높아 선생님들도 망설이셨지요."

"실은…… 누마다 씨의 심장이…… 수술대에서 잠시 멈추었더랬습니다."

이때도 누마다의 눈꺼풀에는 "하, 하, 하." 하고 웃는 구관조와, 책장 위에서 그를 멍청하다는 듯이 내려다보는 코뿔소새가 어른거렸다.

5장
기구치의 경우

기구치는 옆자리에 앉은 여행사 안내원인 에나미가 나리타를 출발하자마자 금세 잠이 들었다가, 식사가 나오기 바쁘게 후딱 먹어 치우는 것이 그저 놀랍기만 했다. 그런 에나미가 포크를 내려놓은 기구치를 보고 물었다.

"저런, 고기는 안 드십니까?"

"나이 탓이지요. 틀니로는 고기를 제대로 씹을 수가 없어서요. 그래선지 생선을 좋아하게 되었어요."

기구치는 접시에서 눈을 돌려 창밖을 내려다보았다. 물론 여기서는 아무것도 안 보이지만. 이 아래는 밀림으로 뒤덮여 있는 걸까.

"이 아래는 정글인가요?"

"글쎄요." 에나미가 손목시계를 보며, "시간으로 봐선 태국의 상공을 날고 있을 수도 있겠네요, 정글일 가능성이 있습니다. 정글에 흥미가 있으십니까?"

"전쟁 때, 미얀마의 정글에서 싸웠지요."

"호오, 저희 세대는 잘 모르지만, 그곳에서의 전쟁은 지독했다더군요."

지독했다, 하는 말에 기구치는 쓴웃음을 지었다. 그 퇴각, 그 허기, 매일 퍼붓는 소나기, 그 절망과 피로. 이런 것들을 에나미의 세대는 절대로 알 수 없으리라. 기구치도 이야기하고픈 마음은 없다. 누군가 물어 오면 쓴웃음을 짓는 수밖에 도리가 없다.

비가 내리퍼붓는 밀림의 바다. 그 속에서의 퇴각. 말라리아. 기아. 절망.

(그때 우리는 죽음을 향해 몽유병자처럼 걷고 있었어.)

인도에도 우기가 있다고 들었지만 그 우기가 어떠한지 기구치는 알지 못한다. 그러나 인도의 동쪽에 있는 미얀마의 우기라면, 기구치 같은 일본 병사들은 뼈저리도록 맛보았다. 영국군과 인도군에 쫓기면서 그의 부대가 포파산에서 퇴각해 신즈에까지 당도하는 동안 미얀마의 우기는 찾아왔다.

5월 어느 날 아침 느닷없이, 그야말로 느닷없이 기온이 급격히 떨어졌다. 그리고 공기 속에 습기가 느껴졌다. 어제까지 화창하게 개었던 하늘을 납빛 구름이 뒤덮었다. 그것이 마침내 찾아온 우기의 시작이었다. 이후로 매일, 우선 안개비가 내리다가 그 안개비가 소나기로 바뀌었다.

소나기는 일본의 장마와는 완전히 달랐다. 머리 위를 뒤덮는 밀림의 검푸른 잎사귀 덮개에 엄청난 소리가 반향하면서, 그 틈새로 폭포처럼 물이 쏟아졌다.

기구치와 쓰카다의 부대는 페구산 동쪽에서 서쪽을 향해 걷고 있었다. 아니, 그건 걷고 있었던 게 아니다. 오직 살고 싶다는 일념에서 필사적으로 다리를 질질 끌며 가고 있었다.

이 무렵 전원이 영양실조에 시달리고 있었다. 절반 이상의 부대가 말라리아에 걸려 있다. 보우칸 평지는 콜레라가 유행하고 있으니 절대 물을 마시지 말라고 오바시 군의관이 병사들에게 훈계했음에도, 이질인지 콜레라인지 알 수 없이 피 섞인 변을 연신 싸 대는 병사도 많았다.

제대로 먹을 만한 음식을 입에 넣은 건 사흘 전 작은 촌락의 변두리에서 찾아낸 망고 숲의 망고뿐이었다. 푸릇푸릇 단단한 망고는 껍질을 벗기고 하얀 과육을 얇게 썰어 소금을 뿌려 먹었는데, 그것은 병사들에게 일본의 절임 김치 맛을 떠올리게 했다. "청산가리가 있을지도 몰라. 조심해." 하고, 걸신들린 듯 손과 입을 놀리는 병사들을 둘러보며 오바시 군의관이 말했다. 그럼에도 그들은 허겁지겁 먹어 댔다.

그 결과가 많은 병사들의 복통으로 나타났다. 한 사람 또 한 사람, 대열에서 떨어져 나가 밀림 속에서 쉴 새 없이 설사를 해야만 했다. 변 빛깔은 검고, 게다가 엄청난 악취를 풍겼다. 똥을 싸고는 옴짝달싹 못 하는 자도 나왔다. 그들은 질타하는 고참병에게 겨우 기어 들어가는 목소리로, "걸을 수 없습니다. 여기서 죽게 해 주세요." 하고 호소했다. 이윽고 호소하는 목소리가 밀림 여기저기서 들렸다.

이따금 비가 그친다. 그리고 아주 잠깐이나마 구름이 하얘진다. 사방에서 갑자기 새들이 지저귀기 시작한다. 밝고 명랑한 그 지저귐 속에서 "여기서 죽게 해 주세요."라는 인간의 신음 소리가 오른쪽에서도 왼쪽에서도 들려온다.

일본 병사들의 대열은 퇴각하는 전투병들이라기보다는 마치 흰 도깨비들의 밤 행진 같았다. 손수 만든 지팡이를 짚고 대열에서 뒤처지지 않으려 필사적으로 애쓰는 장교의 모습을 보고도, 병사들은 전혀 그것이 안 보인다는 듯 공허한 눈빛으로 곁을 스쳐 지났다. 폐하로부터 하사받은 존귀한 물건으로 병사한테는 '목숨보다 소중'하기 마련인 총도 대검도 버린 채, 허리에 찬 거라곤 밥통과 수류탄뿐인 병사들도 많았다. 밥통은 그날 떠먹을 '반디죽'이라는, 정글 잡초에 쌀알 몇 톨이 떠 있는 죽을 담기 위한 것. 수류탄은 힘이 다해 움직일 수 없게 될 경우, 자결하는 마지막 도구이다. 사실 전방이나 후방의 숲 속에서 돌연 수류탄이 작렬하는 소리가 이따금씩 들렸다. 누군가가 자결하는 소리이다. 그러나 그런 소리가 들려도 누더기를 걸치고 몽유병자처럼 걷고 있는 다른 병사들의 표정은 바뀌지 않았다.

기구치는 귀환 후, 그 지옥을 두 번 다시 떠올리고 싶지 않았다. 아무한테도 이야기하고 싶지 않았다. 이야기한들, 일본에서 살아온 여자들, 아이들이 이해할 리가 없다. 여자들, 아이들만이 아니라 설령 군대에 징집되었다 해도, 안전한 기지에서 유유히 종전을 맞이한 녀석들이 이해할 리 만무하다. 그것을 사무치도록 알고 있는 건, 밀림의 바다를 헤쳐 나와 '죽음의 거리'라고 나중에 병사들이 부른 거리를 함께 걸었던 전우뿐이었다. 그리고 쓰카다는 기구치에게 그 지옥을 함께 헤쳐 나온 소중한 전우였다.

기진맥진 녹초가 되어 그저 다리를 질질 끌고 걸으면, 꿈을 꾸는 건지 의식이 있는 건지조차 잘 알 수 없는 상태가 된다. 기구치는 옆에, 또 한 사람의 자신이 걷고 있는 것마저 본 적이 있다.

"걸어, 걸어야 해!"

또 한 사람의 자신이, 자칫 몸을 가누지 못할 뻔한 기구치에게 호통친다.

"걸어, 걸으라니까!"

살아남은 뒤에도 기구치는 도저히 그것이 환각이었다고는 여겨지지 않는다. 분명 완전히 똑같은, 또 한 사람의 자신이 옆에서 그를 질타하고 있었다.

'죽음의 거리'로 들어섰을 때, 기구치와 쓰카다는 소름끼치는 광경을 목격하고 말았다. 길 양쪽으로 일본 병사의 시체가 줄줄이 늘어서 있었다. 시체는 말할 것도 없고, 아직 간신히 호흡하고 있는 병사의 코와 입술에 구더기가 기어 다니고, "죽여 주세요." 하는 그들의 목소리가 오른쪽에서 들렸다. 왼쪽에서도 들렸다. 마치 고요한 합창처럼 모두가 "죽여 주세요."라고 말한다. 그러나 아무도 도와줄 수가 없었다. 그런데도 비가 그치면 새들은 즐거이 지저귄다. 기구치 등이 할 수 있는 거라곤 그저 시선을 돌린 채,

(미안해, ……미안해.)

마음속으로 말하는 것뿐이었다. 느닷없이,

"무다구치 바보 새끼!"

상반신만을 일으킨, 늑골이 튀어나온 장교가 마지막 절규처럼 소리치고 있었다. 무다구치는 이 무모한 작전을 각 사단에 명령한 미얀마 일본군의 사령관이었다. "본 작전은 군의 최대 임무이다. 필승의 신념을 견지하여, 최후의 병사 일인이 될지언정 사력을 다해 돌진하기를 바란다."라는 포고를 전 장병들에게 내린 사내이다.

서너 채 집이 있는 산골짜기 언덕에 겨우 당도했으나, 주민은 죄다 도망가고 없었다. 병사들은 필사적으로 한 집 한 집 먹을거리를 찾아다녔지만, 입에 넣을 만한 건 무엇 하나 발견되지 않았다. 앞서 이곳을 통과한 부대가 모조리 쓸어 갔다.

오두막 한 채에서는 선발대가 버려두고 떠난 병든 병사 하나가 숨을 할딱이며 죽음을 기다리고 있었다. 담요를 몸에 둘둘 감은 것은 그 병사가 말라리아 오한에 시달리고 있다는 증거로, 그는 오두막 벽에 기댄 채 기구치와 쓰카다를 께느른하게 보고는 이내 눈을 감았다. 뭐라 말할 기력조차 남아 있지 않았다.

"버려졌는가?"

기구치가 다가가서 물었다.

병사는 희미하게 고개를 끄덕였다. 그러나 그는 이미 모든 것을—죽는 것마저—체념한 듯 도움을 청하지도 않았다.

필시 오늘 밤이나 내일, 체력이 몽땅 소진되어 숨이 끊길 게 분명하다.

(마침내…… 나도 이렇게 돼.)

그 병사를 측은히 여기기보다 기구치는 똑같이 비참한 꼴이 될 자신을 생각했다. 그런 심정이, 아직 남아 있는 기력을 떨쳐 세웠다.

"힘내. 반드시 도우러 올 거야."

쓰카다는 그 병사를 위로하는 말을 던지고, 도망치다시피 기구치와 오두막을 나왔다. 입구 깊숙이 안쪽은 캄캄하고, 병든 병사에게서는 아무런 응답도 돌아오지 않았다.

오두막 안의 병든 병사를 보고 두려워했던 일이 기구치에게 엄습해 온 것은 그다음 날이다.

다음 날 오후, 기구치는 뭐라 말할 수 없는 오한이 파도처럼 등줄기에 밀려드는 걸 느꼈다. 얼마 못 가 관절이란 관절이 온통 삐걱거리는 듯해 대열을 따를 수 없게 되었다.

"쓰카다."

그는 곁에 다가온 전우에게 창피도 체면도 없이 가물거리는 목소리로 말했다.

"말라리아에 당했어. 못 걷겠어, 그냥 가 줘."

쓰카다는 무어라 말했지만, 기구치한테는 잘 들리지 않았다. (이대로 죽을 테지.) 그는 그 자리에 쓰러져 몽롱해지는 의식 속에서 생각했다. 이윽고 빗방울이 수목의 잎사귀 틈새로 뺨을 적시고 이 때문에 눈을 떴을 때 그 눈에 비친 것은 마찬가지로 볼살이 움푹 패고 호리호리한 목에 갑상선이 튀어나

온 쓰카다의 수염투성이 얼굴이었다.

"남아 주었나? 자네."

기구치가 눈물을 글썽이며 물었다. 쓰카다와 그는 일 년 전, 아캬브에서 기관총 중대가 편성된 이후로 전우이다.

"음."

"중대는?"

"먼저 갔어. 걸을 수 있게 되면 쿤강까지 내려오라는 분대장님의 명령이야."

"난…… 도저히 안 되겠어."

"이걸 먹어."

밥통 속에 그들이 '반디죽'이라 부르는, 쌀알 몇 톨과 잡초를 넣은 게 들어 있었다.

"이 쌀은?"

"길바닥에 쓰러진 병사가 갖고 있더군."

쓰카다가 대답했다.

"이게 마지막이야."

"주인한텐 안 줘?"

"이젠 먹을 힘도 없을걸. 그런 건 생각하지 마. 잠을 자고, 내가 구해 온 음식을 먹어."

끄덕이고 기구치는 눈물과 눈곱이 그렁한 눈을 감았다. 일본 병사 누구나 허기와 질병과 피로에 시달리고 있는 이 퇴각에서는, 설령 전우라 하더라도 힘이 다한 자를 못 본 척 방치해도 이상할 게 없었다. 못 본 척하지 않으면 자신의 생명을 보증할 수 없기 때문이다. 그러나 쓰카다는 전우인 기구치를 버리지 않았다.

몽롱한 의식 속에서 영국군 정찰기의 희미한 폭음과, 일본의 92식 중기관총의 묵중한 사격 소리를 들었다. 저 멀리 어딘가에서 전투가 계속되고 있는 느낌마저 들었는데, 환청인지도 모른다.

해 뜰 무렵, 밀림 속에서 잠이 깬 새들이 지저귀자 기구치는 또다시 오한에 온몸을 부르르 떨며 의식을 찾았다. 쓰카다는 보이지 않았다.

(역시 버려졌나 보다.)

나중에 생각하건대, 신기하게도 그때는 묘하게 마음이 고요하여 원망도 분노도 일지 않았다. 그것이 그러한 상황에서는 당연지사였던 까닭이다. 상처 입은 새나 곤충이 이 정글에서 남몰래 죽듯이, 자신도 여기서 숨이 끊겨 썩고 대지로 되돌아간다, 그런 심정이었다.

생명이 넘쳐나는 새들의 지저귐. 그것을 귀로 들으며 눈을 감았다. 이대로 모든 게 끝이다. 낙엽을 밟는 발소리가 들리고, 그의 곁으로 점점 가까워졌다. 쓰카다였다.

"아아."

기구치는 자신도 모르게 울음을 터뜨렸다.

"자네도 중대로 돌아갔다고…… 그렇게 생각했어."

"먹어."

쓰카다는 젓가락으로 밥통에서 시커먼 덩어리를 꺼내, 기구치의 입가로 가져갔다.

"고기야."

"고기? 고기를 구하다니."

"밤에 이 골짜기를 내려가 마을을 발견했어. 사람은 없고, 소 한 마리가 죽어 있더군. 아직 먹을 수 있어. 구워 왔으니까 걱정 말아."

"미안해."

그러나 쇠약해진 기구치에게 '반디죽'은 목구멍으로 넘어가도, 썩은 고기를 삼키기란 거의 불가능했다.

"안 먹으면…… 죽는다고!"

쓰카다가 화를 내며 그의 입에 작은 한 조각을 쑤셔 넣었다.

"억지로라도 먹어야 해!"

쓰카다가 소리 질렀다. 하지만 기구치는 악취를 견디다 못해 토해 내고 말았다.

처참했던 패주를, 기구치는 지금도 떠올리고 싶지 않다. 귀환 후에도 전쟁의 기억을 거의 누구한테도 이야기하지 않았다.

그러나 귀환해서 아내와 어린 자식들과의 생활이 시작되자, 그는 이따금 북받치는 감정을 주체할 길 없었다. 다행히 나가노시 근처의 온천 마을에 있는 고향집이 공습에 화재도 입지 않은 터라 아내와 아이들은 거기서 소개(疏開)하고 있었는데, 아이들이 만날 잡곡밥뿐이라는 둥 과자가 없다는 둥 이런저런 투정을 부릴라치면, 그는 아버지로서 지나치다 싶은 폭력을 휘둘렀다. 예전의 온순했던 기구치를 알고 있는 아내는 너무도 변해 버린 남편을 그저 망연자실 바라보았다. 그럴 때면 그 자신도 어쩔 줄을 몰라 방으로 들어가 이불을 머리까지 뒤집어쓰고 신음하며 울었다. 눈꺼풀 위에는 시체가 즐비한 그 '죽음의 거리'와 구더기가 코와 입 언저리를 스멀스멀 기어 다니는 아직 살아 있는 병사의 모습이 어른거렸다. 그는 그러한 고통을 완전히 무시한 채 모든 것을 재판하려는 일본의 '민주주의'나 '평화운동'을 마음속 깊이 증오했다.

종전 후 삼 년이 지나, 마침내 기구치는 도쿄로 돌아왔다. 소규모로 운송업을 시작했는데, 이 일이 한국전쟁의 군수 경기 덕분에 순조로이 발전했다.

도쿄가 제법 도시다운 도시로 부흥을 일으킬 즈음, 기구치는 지하철 플랫폼에서 한 남자가 의아한 눈길로 물끄러미 자신을 응시하고 있음을 알아차렸다. 전우인 쓰카다였다. 서로가 누구인지를 알아보자, 얼결에 "오오." 하고 동물이 외치는 소리를 내면서 얼싸안았다.

그날 밤, 기구치는 쓰카다와 진탕 마셨다. 꼬치구이 집에서 쓰카다는 어느새 익힌 규슈 사투리로, 규슈 우토의 처가에 기거하면서 지금은 그곳의 철도회사에서 근무하고 있고, 업무차 상경했노라고 이야기했다. 두 사람은 이런저런 이야기를 나누었으나, 그 '죽음의 거리'에 대해서는 절대 건드리지 않았다. 쓰카다가 그 화제를 입에 담지 않는 심정을, 기구치는 아프도록 헤아린다.

"그렇게 술을 마셔도 괜찮은가?"

들이붓듯 술을 마시는 쓰카다의 품새에 기구치는 불안을 느꼈다. 연거푸 마셔 대는 사이, 눈빛이 차츰 어둡게 가라앉고 침묵에 휩싸인다. 무언가를 억누르듯, 다시 술을 목구멍으로 흘려 넣는다. 그런 기분도 기구치는 이해할 수 있을 것 같았다.

"배웅해 줄까?"

기구치가 말했으나 쓰카다는 고개를 내젓고 가게를 나서자 사람 그림자가 뜸해진 시부야역으로 사라졌다.

그것이 전쟁 후 첫 재회였는데 다시 세월이 흘렀다. 십 년 뒤, 쓰카다는 기구치에게 도쿄에 일자리가 없을까 하고 편지로 부탁해 왔다. 편지에는 "오래전, 그 거리에서 고락을 함께한 소생을 아무쪼록 잘 부탁드리는 바입니다."라고 적혀 있었다. 기구치는 그 표현에서 길바닥에 쓰러진 그에게 '반디죽'을 먹이고 고기를 구해다 준 일을 떠올리게 하려는 쓰카다의 마음을 느끼고, 어렴풋이 불쾌감을 맛보았다. 그러나 그는 지인에게 부탁해 맨션 관리인 일을 알아봐 주었다.

쓰카다는 부인과 함께 상경했다. 도쿄역 플랫폼에 마중 나간 기구치에게, 남편 뒤에서 그저 고개 숙여 절만 해 대는 여자가 그의 아내였다.

"거참, 기구치보다도 바로 내가 반년 일찌감치 입대한 고참이라니께. 군대에선 한 달 차이라도, 신참하고 고참병은 계급이 다른 법이여."

쓰카다가 아내에게 설명했다. 짐짓 과장스레 으스대는 듯한 말투에 기구치는 자신에 대한 쓰카다의 열등감을 느꼈다.

"남편분께는…… 전쟁터에서 여러 가지로 신세를 졌습니다." 하고 공손히 인사를 했는데, 그녀는 황송해하며 오로지 머리만 거듭 조아릴 따름이었다.

군대 시절과 전혀 다름없이 쓰카다는 주어진 임무를 충실히 해내는 남자여서, 그를 빌딩 소유주인 지인에게 소개한 기구치도 면목이 섰다.

흠이 있다면, 하고 그 지인은 쓴웃음을 지으며 중얼거렸다. "맨션의 주차 규칙을 위반하는 출입 업자나 잡상인을 어찌나 닦달해 대는지."

기구치는 그건 군대 시절 이래 쓰카다의 성격이라고 변명했다. "너무 고지식하다니까." 지인이 웃으며 끄덕였다. "너무 고지식한 녀석은 꺾이기 쉽지."

고지식한 녀석은 꺾이기 쉽지. 도쿄로 옮겨온 지 일 년 남짓 지나 쓰카다는 각혈했다.

"정말로 죄송합니다. 간밤에도 과음했어요." 전화를 걸어온 부인이 당황스러워하며 사과했다. "기구치 씨께는 아무 말 말라고 남편은 그러는데…… 구급차에 실려 가 입원했습니다."

"입원은, 어느 병원입니까?"

기구치는 도쿄에 온 쓰카다를 두세 번 술집으로 이끈 적이 있다. 그럴 때 무슨 광기 어린 듯 술을 마구 들이켜는 쓰카다에게 다소 충고 투의 말을 건네면,

"난 말이제, 전쟁에서 돌아온 뒤로, 기구치 씨처럼 사회생활도 변변히 꾸려 나갈 수 없었다니께. 술이라도 안 마시면 속이 갑갑한 기라. 내 맘 이해하겠지?"

이런 대답을 들으면, 그 처참한 지옥을 함께 체험한 기구치로서는 아무 말도 할 수 없게 된다.

병원으로 급히 달려가 보니, 부인이 엘리베이터 앞에서 그

를 기다리고 있었다. 쓰카다는 일단 집중 치료실로 옮겨졌고, 지금은 잠이 들었다 한다. 엄청난 각혈로 화장실에서 기절한 것이다.

"위장에서 생긴 각혈일 겁니다. 암이라면 그렇게 피를 토할 리 없으니까요."

잘 모르는 부인은 무엇보다 위암을 걱정하는 터라 기구치는 이런 말로 그녀를 위로하고 우선 혼자서 주치의인 중년의 의사를 만났다.

"아직 검사할 수 있는 상태는 아닙니다만. 손으로 만져 진찰해 봐도 오른쪽 복부에 덩어리가 있었습니다. 간경변으로 인한 식도 정맥 종양일지도 모릅니다."

의사는 복도 한 귀퉁이에서 나직이 말했다.

"부인한테 들은 바로는 술을 어지간히도 줄곧 드신 모양이더군요."

"예에."

기구치는 이때, 후줄그레한 이 중년 의사에게 뭐든지 이야기해야겠다고 생각했다.

"정말이지 알코올 중독자처럼 마구 마셔 댑니다."

"술을 마실 수밖에 없는 심리적 원인이라도 있는지요?"

"심리적?"

"이를테면 말이죠……." 의사가 손에 든 진료 기록 카드에 눈길을 주면서 말했다. "가정불화라든가, 회사에서 불미스러운 일이 있다든가."

"그런 일은 없을 거라 생각합니다만……."

"만약 음주가 심리적인 거라면, 알코올 의존 증세를 치료하기 위해 간장 치료와 더불어 심리 치료 선생님의 진단을 받으시는 게 좋겠다는 생각입니다만."

"제가 물어볼까요? 우리는 전쟁 중에 제일 친한 전우였거든요."

"호오, 전우셨군요."

복도로 나온 기구치는 지금껏 막연히 느꼈던 것이 역시 진짜였다고 생각했다. 그러나 무엇이 쓰카다의 눈을 암담하게 하여 술에 빠져 허우적대게 만드는지 도통 알 수가 없었다. 부인을 만나기 위해 집중치료실 방향으로 걸어 나가려다, 나이 든 환자의 휠체어를 밀며 엘리베이터 쪽으로 향하는 안경을 낀 키 작은 외국인 청년과 마주 스쳤다. 청년은 마냥 서툰 일본어로 노인을 웃기고 있었는데, 기구치가 젊은 시절 무성영화에서 본, 얼굴이 말처럼 기다랗던 희극배우, 바로 그 페르낭델이라는 배우를 무척 닮아 있었다.

닷새 정도 지나 다시 병원을 찾았을 때, 쓰카다는 집중 치료실에서 일반 병실로 옮긴 지 얼마 안 되었고, 볕이 잘 드는 커다란 방의 창가 침대에서 허름한 잠옷 앞가슴을 풀어헤친 채 아내의 도움으로 등을 닦고 있었다. 쇄골이 툭 불거져 나와 상당히 야위었다고 생각했다. 간경변이 되면 체중이 순식간에 줄어든다는 이야기는 정말이었다.

"기구치, 사과하네. 사과해."

쓰카다는 책상다리를 한 두 무릎에 손을 올리고 거듭 머리를 조아렸다.

"모처럼 신세를 지게 됐는데 이 모양이구먼. ……뭐, 한 달만 입원하면 괜찮아. 의사는 간장이 좀 나쁘다고 그러는데, 이젠 건강해, 건강해."

"앞으론 반드시 금주해야 하네." 기구치는 애써 굳은 표정을 지었다. "자네 병은 지나친 술 탓이야. 이젠 한 방울도 마시지 말아."

"그럴 순 없지. 나한테서 술을 빼면, 사는 보람이 없어지는 겨."

"의사 말 못 들었나? 앞으로 술을 계속 마시다간 목숨을 잃을 거라고."

쓰카다가 눈에 띄게 금세 언짢아졌다는 걸 알 수 있었다. 그는 어깨를 닦고 있는 아내의 손을 호되게 뿌리쳤다.

"그만, 됐어."

퉁명스레 말하더니, 똑바로 누워 담요로 얼굴을 절반이나 가렸다.

"여보, 이러면 실례잖아요. 일부러 병문안을 와 주셨는데."

아내가 타일러도 대꾸 한마디 없었다.

그때 커다란 방 안으로 그 말상을 한 외국인 청년이 들어왔다. 의사와 똑같은 하얀 가운을 걸치고 그 위에 하늘빛 앞치마를 두르고 있었다.

"가스통 씨는 오늘 바쁜가 보죠?"

방의 환자들이 말을 걸면, 가스통이라는 기묘한 이름으로

불린 이 청년은,

"예에——, 바빠요. 일 많이 있어요. 손 두 개, 모자라요."

과장되게 두 손을 펼쳐 보였다.

그의 일 중 한 가지는 주방에서 날라 온 식사를 환자들한테 나눠 주는 거였다. 각각의 병세에 따라 식사의 내용물도 다르다.

"쓰카…… 쓰카다 씨." 가스통이 쟁반 위에 놓인 카드의 로마자를 보면서 쓰카다의 침대 앞에 멈춰 섰다. "쓰카다 씨, 이거." 그러고는 참으로 사람 좋은 미소 띤 얼굴로 죽과 수프가 얹힌 쟁반을 부인의 손에 건넸다. "차, 금방 가져와요."

그가 방을 나서려는데 환자 한 사람이 다시 말을 걸었다.

"넘어지지 말아요, 가스통 씨. 당신은 서투르니까."

"자네, 부인한테 술을 몰래 갖고 오라고 시켰다는데, 의사가 한 말은 물론 알고 있겠지?"

기구치의 설교에 얼굴을 딴 데로 돌린 쓰카다는 고집스레 대답이 없었다.

"이대로 계속 술을 마셨다간 식도 정맥 종양이라 해서 혈관의 혹이 폭발한다고. 그렇게 되면 목숨이 위태로워진다잖아. 이참에 힘들겠지만 절대 금주야."

기분이 영 언짢아 내내 말이 없던 쓰카다는 그제야 자포자기한 듯이 응답했다.

"내버려 둬…… 이젠 죽어도 상관없어."

"무슨 말인가. 그렇다면 뭣 때문에 그 전쟁터에서 살아남았는가?"

"자넨 몰라."

"자네가 술을 끊지 못하는 사정 말인가? 술을 마시지 않을 수 없는 사정이 있나? 있다면 얘기해 주게."

"그만, 됐어."

쓰카다는 벽 쪽으로 몸을 틀더니 아무런 대답도 하지 않았다. 체념한 기구치는 병실을 나와 주치의에게 보고했다.

"고집을 부리고 있습니다. 아무래도 말하고 싶지 않은 이유가 있는 모양입니다."

"역시 그랬군요."

"그의 병세는 어떻습니까?"

"염려한 대로 식도 정맥 종양이 발견되었습니다. 앞으로 언제 쓰카다 씨가 또 한 번 크게 각혈하시더라도 이상할 게 없습니다."

"각혈하면 가망이 없는 건가요?"

"그럴 가능성이 없다고는 말 못 합니다."

암담한 심정으로 진료실 창문을 응시했다. 그 '죽음의 거리'에서 구더기한테 파먹히면서 죽어 간 동료 병사들을 생각하면, 기구치는 자신과 쓰카다의 지금 인생은 여생에 불과하다고 여긴다. 그러나 이렇듯 자신이 살아남을 수 있었던 것도 전우인 쓰카다가, 체력이 다한 자신을 버리지 않은 덕분이다. 어떻게 해서든지 쓰카다를 도와야겠다고 그는 생각했다.

일주일에 한두 번 그는 쓰카다를 문병한다. 자원봉사하는 가스통이 이따금 떠듬거리는 일본어로 쓰카다와 이야기를 나누기도 했다. 이 외국인 청년은 시부야의 베를리츠 외국어학교에 근무하는데, 쉬는 날에 병실을 찾는다고 한다. 애교는 있어도 운동신경이 둔해 보이는 이 서툰 남자에게 환자들 대부분은 친근감을 느꼈고, 쓰카다조차 그에게만은 웃는 낯을 보였다.

"이 병원에서 가스통 씨만 마음에 들어 한답니다." 그의 아내가 뭔가 중대한 비밀이라도 털어놓듯이 말했다. "다른 의사나 간호사들에 대해선 나쁘게 말해요. 탐탁잖다는군요."

"저 젊은이는 훌륭하제." 쓰카다가 기구치에게 칭찬했다. "외국인인데도 환자들 소변 통이나 변기까지 싫은 내색 없이 치워 주지. 돈벌이 아르바이트인가 싶었는데, 간호사 말로는 한 푼도 안 받는다는구먼."

"그는 자원봉사자야."

"썩 잘 해낸다고."

쓰카다가 가스통에게 호의를 갖고 있다는 걸 기구치가 알아차린 건 어느 날 병실을 방문했을 때였다.

"먹고살기 힘들어서 일본에 왔느냐고 가스통한테 물었더니 우물쭈물 대답을 못 하더군. 그 친구는 내가 과자를 집어 주면 이런 시늉을 하고서 먹더라고."

"드물지 않지. 그건 십자를 긋는 거고, 아멘 하는 동작이니까."

"나도 이렇게 건강해졌고 하니 그만 슬슬 집으로 돌아가고 싶네."

"돌아가서 다시 술을 마실 거면 여기 있는 편이 나아. 자네가 금주 약속을 하지 않으면 퇴원 못 할 수도 있을걸."

"그런 건 남이 결정할 일이 아니잖여. 누가 뭐라 해도 난 퇴원할 테니."

"그러고는 술을 마셔 댈 작정인가? 옛 전우였던 내가 이렇게 부탁하는데도?"

쓰카다는 또다시 벽 쪽으로 몸을 돌리고는 입을 꾹 다물었다. 기구치는 바싹 야윈 그 등짝을 오래도록 응시하다 중얼거린다.

"가겠네."

씁쓸한 체념이 기구치의 가슴에 치밀어 올라 이루 말할 수 없이 쓸쓸했다. 자리에서 일어나 가려는데 "기다려 주게." 하고 풀 죽은 목소리가 뒤에서 들렸다.

"기구치, 미안하네. 화내지 말게."

"화난 게 아냐. 다만 자네 건강을 생각하느라 잔소리를 하고 말았어."

"내가 술을 마시는 건 말이지…… 내가 술을 마시는 건…… 그 이유를 기구치에게 이야기하지."

기구치가 쓰카다 옆에 앉자, 쓰카다의 추레한 눈에서 눈물이 핼쑥해진 뺨으로 떨어졌다.

"말해 주게."

"그때…… 영국군하고 인도군한테 쫓긴 우리가 도망치고 있을 때, 자네가 더 이상 움직일 수 없게 되었을 때, 난 자넬 어떡하든지 데리고 부대로 돌아갈 생각이었지."

"늘 감사하고 있어. 하루라도 잊은 적이 없어. 바로 그 때문에 지금 은혜를 갚아야겠다 생각하고 있네."

"쇠약해진 자네한테 먹을거리를 구해다 주고 싶어도 어디 있어야 말이제. 도리 없이, 죽어 가는 병사가 손에 꼭 쥐고 있는 쌀 몇 톨로 죽을 쑤었지."

"그것도 기억하네. 자넨 날 버리지 않았어."

"이틀째, 나도 그만 허기가 져서 무얼 입에 넣지 않고는 자네처럼 되겠다 싶은 기라. 구더기가 들끓는 시체를 발로 뒤집으면서 뭔가 먹을 만한 게 없을랑가 이리저리 찾아본 기라. 한데…… 아무것도 눈에 띄지를 않드마. 먼 데서…… 폭음이 들리고, 난 허겁지겁 밀림으로 도망쳤는데, 그 순간 파리 떼 날갯짓 소리가 소용돌이처럼 들리더군. 진흙투성이가 된 병사의 한쪽 다리가 반 토막, 나뒹굴고 있었어. 자네도 잘 알다시피 뒤처진 병사가 수류탄으로 자결해서 한쪽 다리만 튕겨 나간 거지."

그는 어째서인지 반드시 말해야 하는 핵심은 피하고, 기구치도 너무 잘 아는 두 번 다시 떠올리고 싶지 않은 광경만을 느릿느릿 이야기했다. 복도에서 들려오는 간호사의 밝은 웃음소리. 쓰카다는 공허한 눈길로 천장을 보면서 입만 달싹거리고 있는 듯했다.

"오두막이 있었제."

기구치는 퇴각로 옆으로 듬성듬성 서 있던, 인도인이나 미얀마인의 오두막을 괴로운 심정으로 떠올렸다. 바닥이 높고 낡은 나무 계단이 있는 그 오두막에서도 힘이 다한 일본 병사가 벽에 기대어 목을 떨구고, 온통 똥투성이가 된 채 죽음을 기다리고 있었다.

기구치는 쓰카다가 무슨 말이 하고 싶은 건지 기다렸다. 이야기의 중심부에 다가가서는 허둥지둥 멀찍이 달아나려는 쓰카다의 괴로운 마음을 그는 헤아렸다. 그는 이제 쓰카다가 말하려 애쓰면서도 말 못 하는 것에 대해 얼추 짐작이 가기 시작했다.

"파리 떼의 날갯짓 소리가 나고, 쉬파리들이 마른풀로 쌓은 벽에 빼곡히 앉아 있었제. 기억하제, 미얀마 파리는 일본 것보다 크다니께."

"그만 됐네." 참다못한 기구치가 말했다. "그만 됐어, 이야기하기 힘들면 더 이상 안 해도 돼."

"하겠네."

기구치는 눈을 감고 쓰카다의 괴로움을 함께 견뎠다.

"그 오두막에서 난 쉬고 있었어. 깜박 잠이 들었는데, 무슨 소리에 퍼뜩 깨어 보니 병사 둘이 들어오더군. 전혀 모르는 얼굴이었지. 내가 먹을거리가 없느냐고 물었더니, 지금 그런 게 있을 리 없지 하면서 웃어 대더구면. 그러고는 도마뱀 고기라면 미얀마 사람한테 10엔에 구할 수 있지, 하고 혼잣말하듯 말하는 겨. 10엔을 건넸더니 오두막을 나가더군."

기구치는 그때 일을 또렷이 마음에 되살렸다. "안 먹으면…… 죽는다고!" 힘주어 말한 쓰카다의 목소리, 그가 예상한 그대로였다.

"쇠약해진 내 위장은 받아들이지 못했지."

"자넨 토해 냈어, 먹질 않았네. 자넨 먹질 않았어. 하지만 난 그 고기를 먹었어. 먹지 않으면, 나도 자네도 둘 다 쓰러지겠다 싶었제."

막연한 불안은, 분출하는 화산의 시커먼 연기처럼 크게 퍼졌다.

"내가 먹은 고기는, 미나미가와 상병의…… 기억하겠나, 미나미가와를?"

기구치의 기억 밑바닥에서 같은 내무반이었던 미나미가와 병사의 얼굴이 떠올랐다. 부러진 안경다리 대신 끈을 귀에 걸친 학도병으로, 출정 전에 식을 올린 젊은 아내가 있었고, 그 여자의 편지를 쓰카다도 기구치도 읽은 적이 있다.

"미나미가와의 고기라는 걸…… 어떻게 알았나?"

"고기를 싼 종이는, 그 녀석이 늘 갖고 다니던 부인의 편지였어."

"하지만 자넨 그걸 도마뱀 고기라 생각하고 입에 넣은 거야."

기구치는 이 위로의 말에 아무런 힘도 없음을 느꼈다. 그것은 시들시들 공중에 떠 있을 뿐이었다.

"귀환해서, 그 더럽혀진 편지를 미나미가와의 유족에게 보냈네. 어떻게든 사죄하고픈 심정이었지. 두어 달쯤 지나 부인이 어린애를 데리고 내가 사는 우토로 찾아오셨더군."

"우토로."

"음."

"아이는 사내애더군. 미나미가와가 남긴 유복자라고 부인이 말했는데…… 그 아이가, 미나미가와를 쏙 빼닮은 눈으로 나를 물끄러미 보았네."

"……."

"기억하겠나? 그 미나미가와의 겁먹은 듯한 눈. 끈을 귀에 걸친 안경 너머로 늘 흠칫흠칫 고참병의 안색을 살피던 눈. 바로 그 눈으로 나를 물끄러미 바라보았어."

"……."

"그 눈을 지금도 못 잊는다네. 마치 미나미가와가…… 나를 평생 그 눈으로 물끄러미 응시하는 것만 같아. 술에 곯아떨어지지 않고선 그 눈에서 도망칠 수가 없는 겨."

이야기하면서 그는 수건을 입에 대고 오열했다. 그 어깨에 놓인 기구치의 손이 부르르 떨렸다. 옆 침대에는 아무도 없었지만, 오열 소리는 다른 환자들 귀에 닿았을지도 모른다. 기구치의 젖은 눈에는 병실의 창문 저편, 잿빛 하늘에 세 마리 새가 삼각형을 이루어 날아가는 모습이 비쳤다. 그 새들이 기구치한테는, 마치 뭔가 인생의 깊은 의미를 일러 주는 상징인 것만 같았다.

이날의 심리적 동요가 심했는지, 저녁 무렵에 쓰카다는 혈변을 보았다. 혈변이 나오는 것은 식도와 위장 어딘가에서 출혈이 있음이 확실했다.

며칠 후, 내시경 검사가 있었다.

"글쎄…… 출혈 부위가 어딘지 알 수가 없다네요. 의사 선생님도 난처해하세요."

쓰카다의 아내한테서 이런 심상찮은 전화가 걸려왔다.

그러나 하혈은 그 후에도 이따금 지속되었다. 기구치는 그 원인이 쓰카다에게 고백을 다그친 자신한테 있는 듯해, 짬을 내어 병원을 찾았다.

자원봉사자 외국인 청년 가스통이 쓰카다의 침대 옆에 앉아 있는 일이 자주 있었다.

"쓰카다 씨, 돌 이야기를 해 주었어요."

가스통이 기쁜 듯 이야기했다.

"돌 이야기?"

"쓰카다 씨, 강에 가서 돌을 찾았습니다. 후지산처럼 생긴 돌."

"이 외국인한테 수석 이야기를 한 기라. 수석 같은 멋스러운 풍류를, 외국 사람은 이해 못 하겠제."

쓰카다도 하혈의 불안을 잊은 듯해서 마음이 좀 놓였다. 어쨌거나 이 말상을 한 외국인 청년과 쓰카다는 어느 틈엔가 친해졌다.

"근디 이 젊은이한테는 마음에 안 드는 구석이 하나 있지."

쓰카다가 예의 거드름 피우는 말투로 가스통에게 설교했다.

"참말로 신이 있다 하는구면."

"예."

"어디 있나? 있다면 보여 봐."

"예에, 쓰카다 씨 안에."

"내 마음속에?"

"예에."

"알 수 없군. 요즘 세상에, 그런 멍청한 이야기를 하는 사람이 있나. 위성 로켓이 달나라로 날아간다 하더만."

가스통은 어깨를 으쓱하며 웃었다. 쓰카다의 상태가 좋지
않다는 걸 가스통은 나눠 주는 식사를 보고 안 모양이다. 한
때는 보통식으로 되어 가던 쓰카다의 식사는 다시 유동식으
로 바뀌었다. 바보 취급을 받기도 하고 놀림을 당하기도 하면
서, 가스통은 환자들에게 조출한 위로를 주고 있다고 기구치
는 느꼈다. 구름 틈새로 새어 나오는 열은 겨울 햇살 정도의
위로. 그럼에도 가스통은 매일, 힘들어하는 많은 환자들에게
잠깐의 기분 전환을 선사한다. 가스통은 이 병원에서 서커스
의 피에로 역을 연기하고 있다.

하혈이 겨우 멎자, 주변 사람들의 얼굴이 펴졌다. 기구치는
쓰카다의 고백 일부를 주치의한테만 털어놓았다. 미나미가와
의 이름은 덮어 두고, 막연히 적군의 인육을 먹었다는 투로
말했다.

"그랬군요, 당신도 쓰카다 씨도 미얀마에 가셨군요. 무척 힘
드셨을 테지요. 나는 그때 소개지 아동이었는데 일본에서도
먹을 게 없어 고생했습니다."

"그런 정도가…… 아니라니까요."

기구치는 자신도 모르게 분노가 섞인 목소리를 냈다. 일본
의 열악한 식량 사정은 귀환한 그도 체험했고 가족한테서도
들었으나, 비에 흠씬 젖은 꼴로 죽음의 거리를 몽유병자처럼
헤매 다닌 일본 병사의 그것과는 비교도 되지 않았다. 나무껍
질, 땅속 벌레, 온갖 걸 깡그리 먹어 치우던 굶주림과, 조금이
나마 쌀 배급이 있던 허기는 완전히 차원이 다른 것이다.

기구치는 자신들의 세대와 이 주치의 세대 간의 차이를 통절히 느끼면서, 필시 그도 이 병원의 심리 치료 의사도, 쓰카다의 고통을 알 수 없으리라고 생각했다.

"쓰카다를 이 이상 자극하지 않는 게 좋을 것 같군요."

"자극이라 하시면."

"마음 깊숙이 감춰 둔 비밀을 다시 입에 담도록 하는 건 안 좋지 않겠습니까? 이번의 하혈도 그 탓이라고 생각합니다만."

"그럴지도 모르겠네요. 잠시 지켜보도록 하지요."

"아니, 적어도 입원해 있는 동안은 술을 안 마시니까, 그 습관을 익히는 것만으로도 좋은 게 아닐까요?"

의사는 손끝으로 볼펜을 만지작거리면서 알았다는 듯이 끄덕였다. 어쨌든 식도 정맥 종양은 당시로서는 치료 방법이 없는 병이었다.

그리고 두려워하던 일이 마침내 찾아왔다. 두 번째 대각혈은 토요일에 일어났다. 급보를 받고 기구치가 병원으로 달려갔을 때는 각혈이 어느 정도 수습된 뒤로, 쓰카다는 커다란 방에서 독실로 옮겨져 있었다. 간호사가 병실을 황급히 드나들고, 복도 주변까지 심상찮은 공기가 활시위처럼 팽팽했다.

당사자는 풍선 모양의 벌룬 튜브라는 걸 끼운 채 고통스러운 신음 소리를 내고 있었다. 그가 토한 피의 흔적이 아직 바닥에 드문드문 남아 있었다.

"그때 가스통 씨가 안아 일으켜 주었어요. 가스통 씨의 옷까지 피로 엉망이 되고 말았어요. 가스통 씨의……."

쓰카다의 아내는 당황한 나머지 기구치에게는 별 상관 없는 이야기를 되풀이했다.

"일단은 이걸로 진정되었습니다만 이제부터 고비입니다."

주치의가 병실 문 뒤에서 지친 듯 기구치에게 살짝 속삭였다.

닷새 후, 드디어 지혈에 성공하여 벌룬 튜브를 떼어 냈다.

쓰카다도 죽음을 예감한 모양이었다.

"참말로 자네한텐 자꾸자꾸 계속 폐만 끼치게 되는구먼."
그가 여느 때와 달리 차분하게 말했다. "면목 없구먼."

그는 아내와도 단둘이 무슨 이야기인가를 했다. 부인의 흐
느끼는 울음소리가 복도에 서 있는 기구치의 귀에도 들렸다.
화장실에 가는 환자들이 쓰카다의 병실 앞을 지나면서 불안
스러운 눈길로 문 앞에 놓인 주사 기구며 산소통을 보았다.

"남편이 가스통 씨를 불러 달라네요." 이야기를 끝낸 부인
이 울어서 부은 눈으로 기구치에게 말했다. "연신 그 말만 하
네요."

"가스통 씨를?"

"예."

그날 가스통은 베를리츠 외국어학교에서 수업이 있어서인
지 병원에 모습을 보이지 않았다.

"가스통은?"

쓰카다는 몇 번이고 기구치에게 가스통을 찾으며,

"나는 가스통한테 물어보고 싶은 게 있네."

연락을 받은 가스통이 드디어 모습을 나타낸 것은 6시를
지나 환자가 저녁 식사를 끝낸 시간이었다. 병실 안에도 바깥
에도 아직 긴장감이 사라지지 않았다. 가스통이 너스센터의

허락을 얻어 쓰카다의 병실 문을 쭈뼛쭈뼛 열었다.

"쓰카다 씨. 나, 기도해. 나, 기도해."

가스통은 두 손을 앞으로 모아 맞잡고, 큼직한 말상 얼굴에 슬픈 표정을 띠었다. 그는 안이한 위로가 병자에게 아무런 도움도 되지 못한다는 걸 알고 있는 듯했다. 입에 발린 위로나 환자가 믿지도 않는 격려는 오히려 그들을 고독하게 만든다는 사실을, 이 서툰 청년은 어디서 배운 것일까? 그는 양복 차림 그대로 바닥에 무릎을 꿇었다.

"기구치."

병실에서 나가려는 기구치를 쓰카다가 불러 세웠다.

"자네도 들어 주게나."

그리고는 헐떡이는 듯한 목소리로 물었다.

"가스통 씨, 당신이 말하는 신은…… 정말로 있는가?"

"예에."

가스통이 여느 때처럼 늘어지는 소리를 냈다.

"쓰카다 씨, 그거, 거짓말 아니야. 진짜예요."

"가스통 씨, 난 말이야…… 옛날에 전쟁 때…… 엄청난 일을 겪었어. 그걸 생각하면, 괴로워. 정말로."

"괜찮아, 괜찮아."

"어떤 엄청난 일이라도……?"

"예에."

"가스통 씨, 난…… 전쟁 때."

쓰카다는 헐떡이면서 쥐어짜는 목소리로,

"미얀마에서 말이야, 죽은 병사의 고기를…… 먹었어. 아무

것도 먹을 게 없었지. 그렇게 하지 않고는 살아남지 못했어. 그
만치 아귀도에 빠진 자를, 당신의 하느님은 용서해 주시는가?"

고개 숙인 채 남편의 고백을 듣고 있던 쓰카다의 아내가,

"여보, 여보…… 오래도록, 얼마나 힘드셨어요."

나직이 말했다. 그녀는 이미 남편의 비밀을 알고 있었다.

가스통은 눈을 감고 말이 없었다. 마치 수도사가 고독하게
기도하는 듯한 모습이었다. 다시 눈을 떴을 때는 여느 때의 익
살스러운 말상에 지금껏 기구치가 본 적이 없는 진지한 표정
이 나타났다.

"쓰카다 씨, 사람 고기를 먹은 건 쓰카다 씨만이 아니에요."

기구치도 쓰카다의 아내도 망연자실한 채 가스통의 입에서
흘러나오는 떠듬거리는 일본어를 듣고 있었다.

"쓰카다 씨, 사 년인가 오 년 옛날에 비행기가 부서져서 안
데스산에 떨어진 뉴스, 알고 있어요? 비행기가 산에 부딪쳐서
다친 사람 많이 나왔습니다. 안데스산, 추워요. 구조가 올 때
까지 육 일 만에, 먹을 게 없어졌습니다."

기구치는 떠올렸다. 분명 사오 년 전, 안데스 산속에서 아르
헨티나 비행기가 조난당한 뉴스를 신문이나 텔레비전으로 본
기억이 있다. 사진에는 물에 비친 그림자처럼 흐릿한 비행기
동체로 보이는 배경에, 수색대와 생존한 남녀의 모습이 찍혀
있었다.

"그 비행기에 한 남자, 타고 있었습니다. 쓰카다 씨처럼 술
을 아주 좋아해서, 비행기 안에서도 취해서 쿨쿨 잠만 잤습니
다. 안데스산에서 비행기 고장 났을 때, 그 술주정뱅이는 허리

와 가슴을 부딪쳐 심하게 다쳤습니다."

떠듬거리는 가스통의 이야기를 요약하면 다음과 같다.

그는 사흘 동안 간병해 준 살아남은 남녀에게 이렇게 말했다 한다.

"이젠 여러분이 먹을 게 없겠군. 난 이제 죽을 거니까, 죽은 내 몸을 다 같이 먹어 주게. 먹기 싫더라도 먹어 주게나. 구조대는 틀림없이 올 거야."

기구치도 이 이야기는 어렴풋이 기억하고 있었다. 칠십이 일 만에 구출된 생존자들이 정직하게 고백했기 때문이다. 그들이 기적적으로 살아남을 수 있었던 것은, 이미 숨을 거둔 자의 몸을 마지막 음식으로 삼았기 때문이다.

"죽어 간 사람들이, 그걸 우리한테 권해 주었습니다."

생존자 하나가 이야기했다. 이 뉴스는 미얀마의 정글을 도망 다니며 배회하던 기구치에게는 너무나 실감 나도록 생생했던 탓에 지금도 기억 깊숙이 남아 있었다.

"이 사람들, 살아서 안데스에서 돌아왔을 때, 모두 기뻐했습니다. 죽은 사람의 가족도 기뻐했습니다. 사람 고기를 먹었다고 화내는 이는 없었습니다. 술꾼 남자의 아내도 이렇게 말했습니다. 그이는 난생처음 좋은 일을 했어요. 그가 살던 동네 사람들은 그때까지 그에 대해 나쁜 말을 했지만, 이제는 무어라 하지 않습니다. 그가 천국에 갔다고 믿고 있습니다."

가스통은 서툴지만 자신이 아는 모든 일본어를 써서 쓰카다를 위로했다. 그리고 그날 이후 매일처럼 쓰카다의 병실에 와서 병자의 손을 제 손바닥 사이에 끼우고는 이야기를 나누며 격려했다. 그 격려가 쓰카다의 고통을 치유했는지 어쨌는지 기구치는 알 수 없다. 그러나 침대 옆에 무릎 꿇은 가스통의 자세는 꼬부라진 못 같았고, 꼬부라진 못은 열심히 쓰카다의 구부러진 마음에 자신을 중첩시켜 쓰카다와 더불어 고통받고자 했다.

이틀 뒤, 쓰카다는 숨을 거두었다. 얼굴은 전혀 예상 밖으로 편안했는데, 어떤 사자이건 마지막 얼굴은 평화로운 법이다. "남편은 마치 잠든 것 같아요." 하고 쓰카다의 아내가 중얼거렸는데, 기구치는 쓰카다의 편안한 데스 마스크가 가스통이 그의 마음에서 모든 고통을 빨아들였기 때문이라는 생각이 자꾸만 들었다.

그렇기는 하나 그 임종 때, 가스통은 없었다. 어디로 사라졌는지 간호사들도 알지 못했다.

6장
강변 동네

저녁 무렵, 알라하바드 비행장을 나오자 습기 머금은 미적지근한 바람이 불고 있었다. 그 미적지근한 공기에 일본의 지방 도시조차 완전히 잃어버린 땅 내음과 수목들의 싱그러운 내음이 뒤섞여, 이 내음을 맡는 순간 기구치는 전쟁 중에 주둔하던 미얀마의 자그만 동네를 떠올렸다.

나무 그늘에서 택시 운전사 네다섯이 일본인 관광객을 노리고는 냅다 달려왔다. 그들은 힌디어를 말하는 에나미를 집요하게 물고 늘어졌는데, 관광버스를 예약해 놓은 걸 알고는 이번에는 사뭇 깔보는 듯 침을 땅바닥에 내뱉고 뿔뿔이 흩어져 갔다.

　그들과 교대로 조금 동떨어진 데서 이쪽을 살피고 있던 깡마른 아이들이 "박시──시." 하면서 손을 내밀었다. 일본인들이 아이들을 못 본 척한 것은 델리의 옛 시가지에서 물건을 사러 돌아다닐 때 이와 비슷한 소년 소녀를 여러 차례 만났기 때문이다. 숨이 꼴깍 넘어갈 듯 애원하는 그 표정이나 몸짓이 사실은 연기이며, 한 아이한테 돈을 주면 다른 아이들도 줄창 따라붙는다는 얘기를 에나미에게 들은 바 있어 시선을 돌린 채 버스가 오는 방향으로 눈길을 주고 있었다.

　"몹쓸 나라인걸."

　신혼여행으로 온 산조라는 이름의 카메라맨 지망 청년이 불쾌하다는 듯 손수건으로 입을 가린 신부에게 말했다.

　"아이들한테 구걸을 시키고도 어른들은 태평스레 보고만 있다니."

　이렇게 말하고 그는 사람들 눈에는 아랑곳없이 아내의 손을 잡고 애무했다. 그때, 일본에서라면 일찌감치 폐차 처분이 되었음 직한 너덜너덜한 버스가 먼지를 일으키며 드디어 광장으로 들어섰다.

　"이런 버스를 타야 돼?" 산조의 아내가 노골적으로 언짢은 표정을 지으며 남편을 보았다. "그러니까 유럽으로 가자고 했잖아요."

"유럽 같은 덴 언제든지 갈 수 있어. 히구치 씨가 인도는 멋져요, 사진을 찍으려면 인도가 딱이라고 권유한 거 당신도 기억할 텐데?"

등 뒤로 이런 대화를 들으면서 기구치는 전쟁 통에 거의 잿더미가 된 일본을 모르는 이 젊은 부부가 마뜩잖았다. 일본 또한 종전 직후에는 이곳과 마찬가지로 굶주린 아이들이 미국 병사들을 에워싸고 껌이나 초콜릿을 달라며 도처에서 마구 졸라 댔다. 그런 굶주림이나 가난을 도통 알 리 없는 이 젊은 부부는 비행기 안에서도 예사로이 달라붙어 서로 어깨에 손을 올려놓았다. 만약 미얀마의 정글에서 그와 비참한 퇴각을 했던 전우들이 여기 있다면, 틀림없이 한 방 먹여 주었으리라.

버스의 좌석 시트도 상피병(象皮病) 걸린 피부처럼 금이 가 있다. 그뿐만 아니라 망가진 버스 문손잡이를 인도인 운전사가 끈으로 동여맸다.

뒤쪽 자리에서 산조 아내의 거의 울먹거리는 목소리가 다시 들렸다. "그러니까 독일의 동화풍 도시로 가자고 한 거란 말이에요."

그러나 일부러 들으라는 듯한 그녀의 목소리를 다른 일본인들이 묵살했고, 버스는 덜컹덜컹 흔들리면서 내달렸다.

비쩍 마른 소나 검은 양 떼가 농부에게 쫓겨 가축우리로 돌아오는 시각이다. 늘어뜨려진 알전구가 불빛을 밝힌 아래, 병에는 갖가지 색깔의 향료가 담겨 있고 말린 겨자를 매단 향료 가게가 있다. 구식 재봉틀을 밟아 대는 양복점도 보인다. 뉴델리와는 전혀 다른 지방 도시의 해 질 녘은 뭐라 말할 수 없는 슬픔이 있고, 일행은 마을 축제의 잿날을 보는 소년처럼 이 광경을 바라보고 있었다.

"여러분."

운전석 옆에서 에나미가 마이크에 입을 갖다 댔다.

"이것이 인도의 전형적인 시골 저녁 풍경입니다. 소가 한가로이 누워 있습니다. 곁에서 다들 차를 마시고 있지요? 차에 넣는 우유는, 저 한가로이 누운 소한테 짜낸 것입니다."

"부럽군…… 모처럼인걸."

에나미 바로 뒤에 앉아 있던 누마다가 진심으로 감흥에 겨운 듯 혼잣말을 했다.

"동물과 인간이 더불어 생활하는 풍경은 옛날 일본에도 있었지요."

"그렇군요, 누마다 씨는 동물이나 새를 보려고 인도에 오신 거지요." 에나미가 끄덕였다. "인도에는 조류 보호지구나 동물 보호지구가 무지무지 많습니다. 이 버스가 달리는 길 도중에도 작으나마 분명 있을 겁니다."

"그곳까지 얼마나 걸립니까? 가르쳐 주세요."

"호텔에 가시면 정부 관광국의 동물 보호지구 안내지도가 있을 겁니다. 거기에도…… 이 근방의 보호지구가 실려 있을 겁니다. 하여간 인도에는 400여 곳이나 있으니까요."

"에나미 씨는 어째서 인도에 유학하게 됐습니까?"

"결국은 반했기 때문이죠. 인도는 한 번 왔다가 철저하게 기피하는 손님들과, 자꾸자꾸 오고 싶어 하는 손님들로 나뉘는 것 같습니다. 저는 후자 쪽 사람이고……."

그러고 나서 그는 슬쩍 뒤쪽 좌석에 있는 산조 부부를 돌아다보며 마이크를 입에서 떼고 목소리를 낮춰 말했다.

"산조 씨 부부는 틀림없이 전자일 테지요."

도깨비불 같은 저녁 해가 마을의 하늘에 저물어 가고 있었다. 석양이 차츰 노을로 바뀌는 시각, 열어 놓은 버스 창문으로 미적지근한 바람이 아니라 수목과 흙냄새 나는 서늘한 바람이 흘러 들어왔다.

"여러분, 북(北)인도는 밤이 되면 이 계절은 갑자기 서늘해집니다."

에나미가 다시 마이크를 입에 갖다 댔다.

"웃옷이나 카디건을 갖고 계시거든 걸치도록 하세요. 이제 곧 강가와 자무나, 두 개의 강이 합쳐지는 곳을 통과할 테니 잘 보시기 바랍니다. 두 강이 합류하는 지점은 힌두교에서는 성지로 일컬어지고, 매년 1월이나 2월에 개최되는 마그 멜라 축제 때는 수십만의 순례자가 그 강변에 텐트를 치고 노숙하며 목욕합니다. 저기, 창밖을 보세요. 지금은 아무것도 없지만, 아래로 보이는 강변이 그날엔 무수한 사람들로 넘쳐 납니다. 무수한 힌두교도들이 밀치락달치락 여기서 다들 목욕을 하는 거지요."

"강은 깨끗한가요?"

누군가가 질문했다. 자신의 존재를 알리려는 산조의 새된 목소리였다.

"일본인의 눈으로 보기에는, 빈말로도 맑은 물이라고는 할 수 없습니다. 강가강은 누르스름하고 자무나강은 잿빛인데, 그 물이 한데 뒤섞여 밀크 티 같은 색을 띕니다. 하지만 깨끗한 것과 성스러운 것은, 이 나라에선 다르지요. 인도인에게 강은 성스럽습니다. 그래서 목욕하는 겁니다."

"일본의 목욕재계하고 똑같은가요?" 산조가 또다시 새된 목소리를 냈다.

"다릅니다. 목욕재계는 죄의 더러움, 몸의 더러움을 정화하기 위한 행위이지만, 갠지스강의 목욕은 정화와 동시에 윤회환생으로부터의 해탈을 기원하는 행위이기도 합니다."

"요즘 시대에 윤회니 환생 따위를 믿는 건가요?" 산조가 일부러 들으란 듯이, "제정신이야 뭐야, 인도 사람들은."

"제정신이고말고요. 그러면 안 됩니까?"

이때 에나미의 목소리에는 안내원으로서가 아닌, 인도를 경박하게 조소하는 산조와 같은 관광객을 향한 불쾌감이 묻어 있었다. 갑작스레 드러난 이 과거 유학생의 진지함에 미쓰코는 호감을 느꼈다. 필시 그는 생계를 위해 안내원으로 일하는 동안, 허다히 많은 일본인 관광객으로부터 방금 산조처럼 힌두교를 우롱하는 듯한 질문을 여러 번 받았으리라.

"제정신이 아니고서야 몇십만 명씩이나 이 강변에 모여들겠습니까? 이제 곧 여러분이 도착하는 바라나시에서는 시체를 태운 재를 흘려보낸 갠지스강에서 몸을 담그고 입을 헹구는 사람들을 매일 수도 없이 보시게 될 겁니다."

"불결해." 산조의 아내가 놀라워하며 말했다.

"불결하지 않습니다." 에나미가 정색했다. "인도를 불결하다고 생각한다면, 차라리 유럽의 신나는 여행을 선택하셨어야죠. 인도를 여행하시는 이상, ……유럽이나 일본과는 전혀 다른, 전혀 차원이 다른 별세계로 들어가세요. 아니, 틀렸습니다. 다시 말씀드리죠. 우리는 지금부터 잊고 있던 별세계로 들어가는 겁니다. 그런 마음가짐으로 인도를 여행하셨으면 합니다. 물론 이건 제 개인적인 생각입니다만……."

지금까지 직업적인 상냥함을 잃지 않던 에나미가 돌연 유학생 시절의 골똘한 표정을 고스란히 드러내자, 산조 부부를 포함한 버스 안의 모두가 침묵했다. 이를 눈치챈 에나미는 "죄송합니다. 안내원이 해선 안 될 주제넘은 말을 했습니다." 하고 사과했다. 승객들은 해거름에서 어둠으로 바뀌는 숲속으로 들어가는 버스를, 묵묵히 저마다의 사념에 잠겨 바라보고 있었다.

버스에 어둑한 등이 켜졌다. 양쪽은 우거진 가주마루[6] 정글인 듯 불빛이고 뭐고 더 이상 보이지 않는다. 어둑한 불빛으로 버스 유리창에는 각각의 얼굴이 어렴풋이 비친다. 이소베는 마침내 환생의 나라에 들어왔음을 느꼈다. 환생 같은 건, 진정으로 믿지는 않는다. 하지만 그의 귓속 깊디깊은 데서 아내의 마지막 헛소리가 내내 들려왔다. "나…… 반드시…… 다시 태어날 거니까, 이 세상 어딘가에. 찾아요…… 날 찾아

---

6) 뽕나뭇과의 상록 교목으로, 대만고무나무라고도 한다. 오키나와 방언에서 온 말.

요…… 약속해요, 약속해요."

이소베는 유리창에 비친 자신의 늙수그레한 얼굴에 눈길을 주었다. 희끗희끗한 백발, 뺨에 난 검버섯. 그는 다른 일본인 남편들처럼, 제 아내의 목소리에 상냥하게 대답하는 것이 쑥스러웠다. 대답하지 않아도, 여기 인도까지 여행 온 것만으로도 아내는 죄다 이해해 주리라. '바로 그 때문에 이 여행에 참가한 거잖아.' 하고 마음속으로 중얼거리고는 안주머니에 넣어 둔 미국에서 온 편지를 확인했다.

미쓰코는 미쓰코대로 옴짝달싹도 않은 채, 창밖의 너무나 짙은 어둠을 응시하고 있었다. 어둠 위에 다른 어둠을, 거기에 또 하나의 어둠을 겹겹이 중첩시켜 온통 덧칠한 듯한 암흑. 불교에서 말하는 무명(無明)의 세계란 이런 것이려니 그녀는 생각했다. 여태껏 이런 어둠을 본 적이 있었던가. "지금부터 별세계로 들어가는 겁니다."라고 에나미는 말했다. 그렇지. 똑같은 말을, 그 테레즈 데케이루도 중얼거렸다. 남편을 파리에 남겨 둔 미쓰코가 혼자 여행했던 랑드 숲의 밤. 마음의 깊은 어둠을 여행한 테레즈를 생각하면서, 선량한 남편을 독살하려 기도한 이 여자의 불가해한 마음을 더듬고자 했다. 마찬가지로 미쓰코도…….

그녀는 오쓰를 떠올린다. 동창회에서 다들 회사 이야기나 아이 이야기에만 열을 올리고 있을 때, 누군가 무심결에 중얼거린 오쓰의 소문. 그가 바라나시에서 살고 있다는 소문.

기구치는 기구치대로, 달도 별도 안 보일 만치 하늘을 뒤덮은 숲이 아까부터 이미 삼십 분이나 쭉 이어지는 걸 보면서 미얀마의 정글을 떠올리고 있다. 영국군과 인도의 구르카 군대에 쫓겨 완전히 패배한 꼴로 퇴각하던 그 정글.

"누마다 씨." 에나미가 자리에서 뒤돌아보았다. "이 근방입니다. 조류 보호지구로 지정된 곳 말입니다. 보시다시피 오른쪽이건 왼쪽이건 다 숲이니까요."

캄캄한 수목 터널을 한참 지나자, 느닷없이 저 멀리에 불빛 한 점이 보이기 시작했다. 임사(臨死) 체험자들은 어둠의 터널 깊숙이 불빛 한 점을 보는데, 그 체험과 마찬가지로 어둠 저 멀리서 반딧불 같은 빛이 조금씩 커져 간다.

"수고하셨습니다." 에나미가 앉음새를 고치며 마이크를 입에 갖다 댔다. "드디어 바라나시의 불빛이 먼발치에 보인 듯합니다."

사람들은 유리창에 얼굴을 바싹 갖다 댔다. 비행기에서 내려 너덜너덜한 이 버스를 타고 벌써 세 시간이나 왔다. 승객들은 저마다 에나미가 말한 다른 차원의 영역으로 발을 들여놓고 있었다. 나루세 미쓰코는 테레즈 데케이루의 한밤 여행에 자신을 중첩시켰고, 기구치는 미얀마의 처참한 정글 퇴각을 곱씹고, 이소베는 아내의 그 목소리를 귓전에서 들었다.

반딧불처럼 보이던 작은 불빛이 조금씩 두 손을 벌린다. 하늘에 반사되는 빛의 확산. 미쓰코는 그 빛의 한 점에 그녀와는 전혀 다른 삶을 살아가는 오쓰가 있다고 생각했다. 오쓰 같은 이한테 어째서 예나 지금이나 신경이 쓰이는 것일까? 그녀는 그걸 도무지 알 수 없다. 거미줄에 걸려든 벌레의 잔해처럼 오쓰의 존재가 미쓰코의 마음 어딘가에 대롱대롱 매달려 있다. (만날 필요는 없어.) 그녀는 몇 번이고 자신에게 타일렀다. (바라나시에 가더라도, 난 그런 사람을 찾지 않을 거야.)

그녀 바로 뒤에 앉은 이소베는 불현듯 아내와 보낸 어느 날 밤을 떠올린다. 회사에서 돌아와 목욕을 하고 편안한 차림으로 냄비에 살짝 데친 두부를 안주 삼아 술을 마시기 시작했을 때였다.

"일본 음식을 드실 때…… 당신은 정말 맛나게 먹는군요."

아내가 접시를 그 앞에 놓으며 웃었다.

"미국에서 용케도 독신생활을 버텼네요."

"대학 시절엔 영어를 꽤 잘했지. 젊을 땐 위스키가 맛있었어. 나이가 들면 결국, 일본 술꾼이 돼."

"당신은 순 골수 일본인이에요."

"맞아, 내가 앞서 죽거든 묘에는 일본 술을 뿌려 줘. 깔끔한 맛이 아니면 질색이야."

이렇듯 아득히 잊힌 대화가 불쑥, 아픔을 동반하고 마음에 되살아난다.

"그런 내가…… 이 나이에 외국 음식이 입에 안 맞는 내가…… 자, 보라고. 인도까지 왔잖아."

그는 웃옷 안주머니에 들어 있는, 셀 수도 없을 만큼 거듭 읽은 버지니아 대학에서 온 두 번째 편지를 중요한 여권이라도 확인하듯 오른손으로 눌러 보았다. 그의 인도 여행은 오로지 이 편지에 쓰인 내용 때문이었다. 편지에는 예전에 친절하게 답장을 보내 준 존 오시스 연구원의 서명이 들어 있었다.

"기억이 정확하다면, 당신은 전생에 일본인이었다고 이야기하는 어린아이가 나타나면 바로 연락해 달라고 저희에게 의뢰하셨습니다. 저희 연구소에서는 유감스럽게도 일찍이 미얀마 중앙부 나 투르의 마 틴 아웅 미요라는 소녀(그녀는 전생에 그라망 전투기에 총격을 입은 일본 병사라고 말합니다.) 이외의 일례는 입수하지 못했습니다만, 두어 달 전에 인도 북쪽 카무로지 마을에서 일본인으로 전생을 살았다는 소녀의 이야기가 보고되었습니다. 다만 그녀가 오빠 언니에게 이 이야기를 한 것이 네 살 때여서, 저희가 전생 기억자의 조건에 넣은 세 살까지의 나이를 넘긴 탓에 조사대상에서 제외했으나, 만일을 고려해 당신의 요청대로 연락드립니다. 그녀의 이름은 라지니 푸니랄, 그녀의 생가가 있는 카무로지 마을은 갠지스 강변 바라나시 근처에 있으며……."

길이 험해 버스가 위아래로 덜컹거렸다. 비가 내렸는지 여기저기 물웅덩이가 반짝이고 있다. 시끌벅적한 소리가 점차 가까워지고, 좌우로 릭샤(인력거)와 자동차가 내달렸다. 그리고 인도의 시내 어디에서건 방황하는 비쩍 마른 소도 보였다. 가건물 같은 가게. 나무 아래서 알전구를 매달아 놓고 차를 마시는 남자들. 버스는 시내 중심을 향하지 않고 칸트역 북쪽으로 우회했다.

이윽고 드넓은 수풀로 둘러싸인 장원(莊園) 같은 건물이 보였다. 그곳이 오늘 밤부터 일본인들이 숙박하게 될 호텔 드 파리였다.

말쑥하니 하얀 목닫이를 입은 보이 둘이 입구에서 뛰어나왔다. 델리에서 이곳까지 장시간 여행에 지친 일행은 로비 의자에 축 늘어져 목을 돌리거나 하품을 하면서 에나미가 프런트에서 전원의 체크인을 끝내기를 기다리고 있었다.

"그럼 방 열쇠와 여권을 나눠 드리겠습니다. 짐은 나중에 보이가 각자의 방으로 갖다드릴 겁니다."

미쓰코는 이소베와 계단을 오르면서, 넓은 정원에 비해 건물이 너무 낡고 구식인 데 다소 놀랐다.

"엄청 구식이네요, 이 호텔."

서로 낯익은 사이이면서도 두 사람이 델리에서도 비행기 안에서도 별로 말을 나눌 기회가 없었던 것은, 미쓰코에게 그를 피하려는 마음이 있었기 때문인지도 모른다.

"이곳은 영국 통치 시대에 영국인들의 클럽이었답니다. 가이드북에 그리 적혀 있던데요. 뭐, 사류 오류쯤은 아니어도, 현재로는 A급엔 끼지 못할 테지요."

이소베가 그렇게 대답하고는 멈춰 서서 말끄러미 그녀를 보며 다시 말했다.

"바로 주무실 건가요? 전 샤워를 끝내고 정원에서 바람을 좀 쐬고 싶군요. 볼거리라곤 정원뿐인 호텔인 듯하니."

"뵐지도 모르겠네요. 아무튼 우선은 땀을 씻어야겠어요."

방은 같은 층이지만 상당히 떨어져 있었다. 문을 열어 보니 역시나 이소베의 말대로 B급 호텔임을 쉽게 알 수 있었다. 욕조도 거무스름하고 욕조 마개의 사슬이 끊어져 있는가 하면, 침대 곁에는 전기스탠드도 없었다. 샤워를 하고 나자 몸 속속들이 전 하루의 피로가 몰려왔다. 트렁크 깊숙이에서 나리타에서 사 둔 꼬냑을 꺼내 종이컵으로 한 모금 마셨다.

그녀는 꼬냑과 종이컵 두 개를 들고 계단을 내려가 벌레가 울어 대는 정원으로 나섰다. 하얀 등의자가 여러 개 놓여 있고, 수목들의 내음이 짙었다. 미쓰코는 그 내음을 한껏 들이마시고 아아, 이것이 바로 인도 냄새구나 했다. 그네가 삐걱거리는 소리가 나서 그쪽을 보니, 이소베가 혼자 타고 있었다. 덩치 큰 남자가 혼자서 그네를 흔들고 있는 뒷모습이 쓸쓸했다.

"드시겠어요?"

그녀가 나폴레옹 병을 보였다. 뒤돌아본 이소베가 기쁜 듯이 말했다.

"야아, 이건."

"이소베 씨, 일본 술을 좋아하시죠?"

"누구한테 들으셨소?"

"사모님이죠. 그 무렵, 사모님이 이소베 씨 이야기를 하시는 날은 기분이 좋은 날이라고 간호사실에서도 소문이 났죠."

"싱거운 이야기를 늘어놔서 나루세 씨나 간호사들이 무척 성가셨겠습니다. 한데 모처럼이니 마시고 싶군요. 버스 안에서 줄곧 술을 마시고 싶었거든요. 프런트에 물으니 이 시간은 식당도 바도 문을 닫았다 하고."

이소베는 종이컵에 따른 액체를 살며시 눈을 감고 천천히 음미했다.

"과연, 일본 술이 아니어도 좋은 술은 좋은 술이야. 맛있군요."

이소베가 중얼거렸다.

"인도에서 당신을 다시 만나게 될 줄은, 마누라가 입원해 있을 땐 꿈에도 생각지 못했는데. 참말이지 인생이란 알 수 없는 게 많아요."

이소베의 말에는 실감이 있었다. 인생에는 미처 예상할 수 없는 일, 알 수 없는 일이 있다. 어떻게 인도까지 올 마음이 내켰는지, 스스로도 확실히는 알지 못한다. 그녀는 이따금 인생이 자신의 의지가 아닌, 눈에 보이지 않는 어떤 힘으로 움직여지는 듯한 느낌도 든다.

"나루세 씨는 어째서 인도에?"

"안 되나요, 인도는?"

"아니, 여자분이라면 이탈리아나 포르투갈 같은 데를 선택하지 않나요?"

"전 아피아 가도[7]나 파두[8]에 마음이 끌릴 만큼 젊지 않거든요. 한데 그렇게 물어보시는 이소베 씨야말로 어떻게 이 여행에 참가하셨나요?"

컵에서 얼굴을 들고 이소베는 소년처럼 멋쩍은 표정을 지었다.

"불교 성지를 순례하실 예정인가요?"

미쓰코가 이렇게 물어본 것은, 이번 여행객의 대다수가 불교 유적 방문을 목적으로 하고 있고, 그 가운데는 승려 부부

---

7) Via Appia. 고대 로마의 중요한 도로.
8) fado. 포르투갈의 전통 음악.

도 섞여 있기 때문이다.

"아니, 그게 아니라……."

이소베가 머뭇거리다 마음을 다잡은 듯이,

"마누라를 마지막까지 간병해 주신 분이니까…… 털어놓는 건데."

그러고는 안주머니에 손을 넣었다. 꺼낸 두 통의 봉투가 쭈글쭈글해, 이소베가 이미 여러 번 읽었음을 말해 주었다.

"읽어 봐 주세요."

"괜찮겠어요?"

정원의 등불을 의지해 미쓰코는 편지 위로 시선을 바삐 움직였다. 두 사람이 침묵하자 정원의 벌레 울음소리가 한층 요란해졌다.

"그 무렵." 미쓰코가 불쑥 말했다. "사모님께서 제게 한 가지 물어보시더군요."

"무얼……."

"사람은 죽으면…… 다시 새로 태어나는 거냐고."

"그런 걸 말하던가요, 집사람이?"

"토요일 저녁 무렵, 식사 후에 뒷정리를 할 때였어요."

"그래서…… 뭐라 대답하셨어요?"

"못 들은 척했죠. 뭐라 대답해야 좋을지, 전 알 수 없었으니까요."

거짓말이었다. 해거름 병실의 그 정황을 지금도 기억하고 있다. 그녀는 이소베의 아내가 어째서 그런 질문을 하는지 금세, 아프도록 이해했다. 질문하는 목소리에 죽은 뒤에도 남편과 다시 만나고픈 바람이 깃들어 있었다.

그때 미쓰코는 식사 접시를 쟁반 위에 담아 치우고 있었다. 마음 깊숙이 어딘가 늘 욱신거리고 뭔가를 때려 부수고 싶은 충동이 이때 자극받았다. 남편에 대한 아내의 감상적인 애정이 거추장스러웠다.

"다시 태어난다고요? 전 잘 모르겠어요." 미쓰코는 그때 한마디 한마디를 끊어 가며 마음속으로 천천히 자기 자신에게 말했다. "죽으면 모든 게 사라진다고 생각하는 쪽이 마음 편해요. 온갖 과거를 짊어지고 다음 세상에서 살기보다는."

이소베 아내의 얼굴이 일그러지던 것도 기억한다.

"한 잔 더 주시겠소?"

이소베가 가슴에 복받치는 감정을 뿌리치듯 종이컵을 내밀었다. 미쓰코가 꼬냑 병을 건넸다.

"그래서…… 이소베 씨는 이 마을로 찾으러 가실 건가요?"

"예."

"환생을 믿으시나요, 힌두교도처럼?"

"모르겠습니다. 아내가 죽기 전까지는 그런 사후의 일 따윈 전혀 무관심했지요. 죽음조차 생각해 본 적이 없어요. 한데 집사람이 숨을 거두기 전날 했던 말 한마디가…… 마음의 실에 딱 걸려 떨어지질 않습니다. 삶의 방식을 정했어요. 바보예요, 나도. 인생에는 알 수 없는 일이 있습니다."

이소베가 몸을 일으킨 뒤에도 그네는 삐걱삐걱 소리를 내며 저 홀로 흔들렸다. 마치 그의 아내가 죽고서도 그 말이 남편의 마음을 뒤흔들고 있듯이. 우리 일생에서는 무엇인가가 끝났어도, 모든 게 사라지는 건 아니었다.

"우습잖아요, 이런 노인이 보물찾기 하듯 인도까지 오다니."

"아뇨, 저 역시 이 나라에 무언가를 찾으러 온 건지도 모르겠어요."

"당신은 무얼 찾으러 나설 건가요?"

"스스로도 무언지 잘 모르겠어요. 다만 이 바라나시에 대학 시절의 친구가 있습니다. 시내 어디에 있는지 알지는 못해도. 그를 찾는 게 한 가지 목적일지도 모르겠어요."

이소베는 미쓰코의 말을 그대로 받아들인 모양이었다.

"잘 먹었습니다. 한결 나아졌어요. 내일이 또 있으니, 늙은이는 일찍 자야겠습니다."

그가 호텔로 들어간 뒤에도 미쓰코는 벌레가 울어 대는 정원에 남아 있었다. 삐걱대는 그네 소리가 아직도 희미하게 남아 있다. 인도의 밤은 생각했던 것보다 훨씬 서늘했고, 아니 서늘하다기보다 고독했다.

수면제 두 알을 먹고 나서 그녀는 딱딱한 침대에 몸을 누이고 침침한 전등을 못마땅해하며, 갖고 온 『어느 인도 유학생』이라는 책을 읽으면서 수마가 찾아오기를 기다렸다.

책 속에는 사진이 몇 장 있었는데, 특히 관심을 끈 것은 시바 여신들의 사진들이었다. 유럽의 성모 마리아상하고는 전혀 달리, 물소 위에 올라타거나 마신(魔神)을 찌르는 것이 있는가 하면, 남편 시바를 짓밟고 뱀처럼 기다란 혓바닥을 내민 여신 칼리의 흉포한 모습도 있었다.

미쓰코는 이틀 전에 방문한 뉴델리 국립박물관에 걸려 있던 이 칼리 여신의 사진을 가만히 응시했다. 다른 일본인 손님들은 거의 잠에 빠졌는지, 정원에도 복도에도 정적만이 감돈다. 다른 페이지에서 여신 칼리는 부드러운 눈초리로 두 팔을 벌리고 이쪽을 보고 있다. 입가에도 생각 탓인지 미소를 머금고 있다. 그런 미소를 머금은 여신 칼리가 뒤 페이지에서는 피투성이가 된 마신 락타비자의 생피를 빨아 먹고 있다. 베어낸 산 모가지를 높이 치켜들고, 입술에 피를 묻힌 채 기다란 혓바닥을 내밀고 있다.

미쓰코는 이 두 장의 사진과 그림을 번갈아 응시하면서 양쪽 모두 자신이라고 생각한다. 그녀는 아까 이소베에게 "저 역시 이 나라에 무언가를 찾으러 온 건지도 모르겠어요." 하고 대답했다. 찾고 있는 것이란 그 낙오자 오쓰일까. 아니면 테레즈 데케이루와 마찬가지로 자신의 마음속에 있는 그 무엇일까.

수면제가 조금씩 머리를 어지럽혔다. 일어나 문가의 스위치를 끄고, 다시 침대에 누워 겹겹이 덧칠된 어둠을 응시한다. 자원봉사를 하던 그 병원에서는 그나마 환자의 얼굴을 살짝 비추는 간호사의 작은 회중전등 불빛 정도는 있었으나, 이 나라의 어둠은 문자 그대로 무명의 어둠, 영혼의 어둠이다. 미쓰코는 영혼의 어둠을 조금은 안다. 감정이 다 타 버린 한 여자로서. 테레즈 데케이루와 동류의 한 사람으로서.

두 시간 남짓 잠들었다. 어둠 속에서 새가 날갯짓하는 듯한 소리가 들려온다. 침대 옆 탁자로 손을 뻗어 스탠드를 찾다가 곧장 깨달았다. 스탠드 따위, 이 허름한 방에는 없다.

갑자기 무서워진다. 좀 전에 펼쳤던 『어느 인도 유학생』에서 저자가 방에서 공부할 때, 사그락사그락 빗자루로 마당을 쓰는 듯한 소리가 창밖에서 들리다가 이윽고 자신의 방 귀퉁이에서 나기 시작하기에 고개를 돌리자, 시커먼 코브라가 대가리를 세우고 있었다는 이야기를 읽었기 때문이다.

새의 날갯짓 소리는 벽 쪽에서 연신 들린다. 불을 켜기 위해서는 문까지 걸어가야만 한다. 도중에 코브라가 덮치기라도 한다면……

미쓰코는 벌떡 일어났다. 우물쭈물하는 건 그녀의 성격에 맞지 않았다. 반대쪽 벽을 따라 손을 더듬거려 전등 스위치를 찾는다. 간신히 스위치가 손에 닿았다. 불을 켜고 보니 벽에 큼직한 구멍이 뚫려 있고, 그 구멍이 안 보이도록 막아 놓은 종이의 한 부분이 뜯겨 나가 바람에 울고 있었다. 인도의 호텔 다움에 절로 웃음이 났다.

쓴웃음을 지은 채 미쓰코는 앉음새가 불편한 감빛 의자에 걸터앉아, 손가방으로 손을 내뻗었다. 한번 깨면 다음 잠이 찾아올 때까지 시간이 걸린다. 손가방 안에서 누런 종이봉투를 꺼내 탁자 위에 놓았다. 누런 종이봉투 속에는 오쓰와 그녀가 주고받은 편지 몇 통이 들어 있다. 무엇 때문에 편지를 일부러 가져왔는지, 그건 미쓰코 자신도 잘 알 수가 없어 신기할 따름이다.

남자로서 매력도 없을뿐더러 마음을 끄는 용모도 갖추지 못한, 그녀에게 언제나 모멸의 감정을 불러일으키는 그 남자. 하지만 그 주제에 미쓰코나 지인들의 생활과는 전혀 동떨어진 별세계에서 양파에게 모든 걸 빼앗긴 남자. 미쓰코의 마음속은 오쓰를 부정하면서도 무관심할 수는 없다. 왠지 모르겠으나 지우개로 지워도 지워지지 않는다.

그 오쓰가 서툴기 짝이 없는(마치 중학생에 머문 듯한) 필적으로 쓴 편지. 분명히 의무적으로 한두 번 답장을 쓰기는 했어도, 무엇 때문에 그런 걸 소중히 보관해 온 것일까? 그 이유도 미쓰코는 알 수가 없다. 알 수 없지만, 자신을 초월한 무언가가 그녀에게 그렇게 시킨 것이다. 그 무언가가 몰래 일을 도모하고, 그녀를 오쓰가 살고 있는 이 바라나시까지 데려왔다고도 할 수 있다. 그녀는 남은 갈색 꼬냑을 목구멍에 흘려 넣으면서 막연히 생각한다.

"바보야, 넌."

그녀가 나직이 자신에게 말한다.

"바보야. 이런 일쯤, 뭐 그리 대수냐고."

미쓰코가 급히 적어 보낸 글 사본

새해 복 많이 받으세요. 사 년 전 리옹에서 만났을 때의 주소로 이 연하장을 보냅니다만, 여전히 그 푸비에르에 사시는지요? 저는 이런저런 사정으로 이혼했습니다. 지금은 친정에서 지내고 있습니다. 이혼 이유는…… 우연히 연말에 후쿠다 쓰네아리[9]의 『호레이쇼 일기』를 읽다가, 나의 본질을 밝혀낸 듯한 다음과 같은 말에 맞닥뜨리게 되었습니다.──나는 사람을 진정으로 사랑할 수가 없다. 한 번도 어느 누구를 사랑한 적이 없다. 그러한 인간이 어떻게 이 세상에 자기 존재를 주장할 수 있겠는가.──이것이 결국 저의 이혼 이유입니다. 양파는 뭐든지 활용한다고, 심지어 죄마저라는 그 말, 아직도 믿으시나요?

오쓰가 미쓰코에게 보낸 답장

편지는 리옹에서 돌고 돌아 겨우 제 손에 닿았습니다. 적힌 주소로 아시다시피, 저는 지금 리옹이 아닌 남프랑스 아르데슈에 있는 수련원에서 매일 정신없이 작업에 매달리고 있습니다. 바위산으로 둘러싸여 황량한 땅이지만, 이곳에서 당분간 밭일이나 육체노동에 힘 쏟고 있습니다.

어째서 이곳에 들어왔는지를 말씀드리자면, 당신이 편지에 이혼하셨다고 쓴 것처럼 저도 리옹의 수도회로부터 아직 신부로서는 부적격하다고, 신부 서품식을 일단 연기한다는 통보를 받았기 때문입니다. 제 마음가짐 속에는 언젠가 리옹에서 나루세 씨가 농담처럼, 용케도 파문을 안 당하네요, 라고 말했듯이 이단적인 구석이 포함되어 있기 때문입니다. 오 년 가까운 이국 생활에서, 유럽의 사고방식은 너무나 명석하고 논리적이라고 감탄하지 않을 수 없었지만, 바로 너무나 명석하고 너무나 논리적인 탓에 동양인인 내게는 뭔가가 간과되는 듯해서 뒤쫓아 갈

---

9) 문학평론가.

수가 없었습니다. 그들의 명석한 논리나 재단식 결론은 제게 고통스럽기조차 했습니다.

그들의 위대한 구축력을 이해할 만큼 제 머리가 좋지 못하고 공부가 부족한 탓입니다만, 그 이상으로 제 안의 일본인적인 감각이 유럽의 기독교에 위화감을 느끼게 하고 말았습니다. 유럽인들의 신앙은 의식적이고 이성적입니다. 그리고 이 사람들은 이성이나 의식으로 재단할 수 없는 것을 받아들이지 않습니다. 오 년 동안 저는 일상생활에서, 신학 공부에서, 선배 신부들을 따라 떠난 성지 여행에서도, 자신에게 잘못이 있는 건 아닌가 싶어 헤매었고 외톨이였습니다. 리옹의 손 강가에서 제가 어두운 표정이었던 것은 이 때문이었습니다. 미안해요.

신학교에서 제가 가장 비판을 받은 것은, 내 무의식에 깃든, 그들이 보기에 범신론적인 감각이었습니다. 일본인으로서 저는 자연의 거대한 생명을 경시하는 일은 참을 수 없습니다. 아무리 명석하고 논리적이라도, 이 유럽 기독교에는 생명에 서열이 있습니다. '눈여겨보니 냉이꽃 피었네 저 울타리'라는 옛 시를, 이곳 사람들은 끝내 이해할 수 없을 테지요. 물론 때로는 냉이꽃을 피우는 생명과 인간의 생명을 동일시하는 어투를 쓰기는 해도, 결코 이 두 가지를 똑같다고는 생각지 않습니다.

"그럼 너에게 신이란 뭐지?"

수도원의 선배 세 명한테서 질문을 받고, 저는 무심코 대답한 적이 있습니다.

"신이란 당신들처럼 인간 밖에 있어 우러러보는 게 아니라고 생각합니다. 그것은 인간 안에 있으며, 더구나 인간을 감싸고 수목을 감싸고 화초도 감싸는 저 거대한 생명입니다."

"그건 범신론적인 사고방식 아닌가?"

그러고 나서 세 사람은 스콜라 철학의 너무나 명석한 논리를 들어 제 어설픈 사고방식이 지닌 결함을 추궁했습니다. 이건 사소한 일례입니다만. 그러나 동양인인 저는 그들처럼 무엇이건 확실히 구별하거나 분별을 할 수가 없습니다.

"신은 인간의 선한 행위뿐만 아니라 우리의 죄조차 구원을 위해 활용하십니다."

한낮의 태양이 내리쬐고 짐배가 오르내리는 손강의 난간에 기대고 있던 그날, 나는 당신에게 거짓 없는 심정을 고백했습니다만, 그것도 똑같은 마음에서입니다. 그때 나루세 씨는 공교롭게도 이렇게 말했지요.

"그게 정말로 기독교적인 사고방식인가요?"

이런 사고는 수도회에서는 위험한 장세니슴적이고 마니교적인 생각(요컨대 이단적이라는 뜻입니다.)이라고 질책받았습니다. 악과 선은 불가분이며 절대 양립할 수 없다는 얘기였습니다.

이러구러 하여, 결국 저는 신부가 되는 걸 연기당한 셈입니다. 하지만 저는 신앙을 잃지는 않았습니다.

소년 시절부터 어머니를 통해 제가 딱 한 가지 믿을 수 있었던 것은, 어머니의 따스함이었습니다. 어머니가 잡아 준 손의 따스함, 품에 안아 줄 때 그 몸의 따스함, 사랑의 따스함, 형제들에 비해 분명히 우둔했던 나를 보듬어 준 따스함. 어머니는 제게도 당신이 말하는 양파 이야기를 늘상 해 주었는데, 그때 양파란 이런 따스함이 훨씬, 훨씬 강한 덩어리, 즉 사랑 그 자체라고 가르쳐 주었습니다. 다 커서 어머니를 잃었습니다만, 그때 어머니의 따스함의 근원에 있었던 것은 양파 한 조각이었음을 깨달았습니다. 그리고 결국 제가 추구한 것도 양파의 사랑일 뿐, 이를테면 교회가 말하는 여러 다른 교의가 아닙니다.(물론 이런 생각도 제가 이단적으로 보인 원인입니다.) 이 세상의 중심은 사랑이며, 양파는 오랜 역사 속에서 그것만을 우리 인간에게 보여 주었다고 생각합니다. 현대 세계 속에서 가장 결여된 것은 사랑이며, 아무도 믿지 않는 게 사랑이고 비웃음당하고 있는 게 사랑이므로, 하다못해 저라도 양파의 뒤를 우직하게 따라가고 싶습니다.

그 사랑을 위해 구체적으로 고난의 삶을 사는 것이 사랑을 보여 준 양파의 일생에 대한 신뢰이다. 이 생각은 시간이 지날수록 제 안에서 한결 튼실해져 가는 느낌입니다. 유럽의 사고방식, 유럽의 신학에는 친숙해질 수 없었지만, 제가 외톨이로 있을 때, 곁에서 제 괴로움을 훤히 꿰뚫고 있는 양파가 미소 짓고 계시는 듯한 느낌마저 듭니다. 마치 엠마오 나그네의 곁을 양파가 함께 걸으셨던 성경 이야기처럼 "자아, 내가 곁에 있도다." 하고.

밤에 작업을 끝내고 포도밭에서 반짝이는 별을 바라보노라면, 때로 그분이 나를 어디로 데려가실지 두려워지기도 합니다.

중학생처럼 서툴기 짝이 없는 글씨로 채워진 이 편지를 읽었던 장소를 미쓰코는 기억하고 있다. 병실 안이었다. 이혼한 뒤, 그녀는 시골의 아버지한테 얻어 낸 돈으로 하라주쿠에서 부티크를 열었다. 헤어진 남편도 도와준 덕택에, 파리의 유명 가게의 의상들을 구입할 수 있었다. 그리고 일주일에 한두 번, 도고 신사 뒤편에 있는 큰 사립병원에서 자원봉사도 했다. 발 작적인 행위였다. 그녀는 그 무렵, 후쿠다 쓰네아리의 『호레이쇼 일기』에 적힌 다음의 말이 자신의 마음을 고스란히 나타내고 있는 것 같았다. "나는 사람을 진정으로 사랑할 수가 없다. 한 번도 어느 누구를 사랑한 적이 없다. 그러한 인간이 어떻게 이 세상에 자기 존재를 주장할 수 있겠는가." 자원봉사를 시작한 것은, 그런 그녀의 도착적인 심정에서였다. 사랑이 다 타 버린 것이 아니라, 사랑의 불씨가 없는 여자. 남자와 애욕의 흉내 짓만은 여러 번 했으나, 불씨에 진짜 불꽃이 일었던 예는 없었다. 환자의 요강을 씻거나 식사를 도와주기도 하면서 미쓰코가 자신의 우스꽝스러움을 곱씹고 있을 즈음, 오쓰의 편지를 읽었다. 그러나 부럽다는 생각은 조금도 없었다. 오히려 오쓰의 말이 그녀를 상처 입혔다. 그녀는 짧은 그림엽서를 보냈다. 뭉크의 그림엽서였다고 기억한다. 고독한 남자의 얼굴이 그려진 그림엽서. 무얼 썼는지는 기억에 없으나, 필시 오쓰를 상처 입힐 만한 그 그림엽서를 일부러 골랐던 건……

오쓰가 미쓰코에게 보낸 편지

편지는 정말로 고마웠습니다. 나루세 씨의 그림엽서를 보고 있는 사이, 행간에서 느껴진 것은 외톨이인 당신의 마음이었습니다.

하지만 제 곁에 언제나 양파가 계시듯이, 양파는 나루세 씨 안에, 나루세 씨 곁에 있습니다. 나루세 씨의 괴로움도 고독도 이해할 수 있는 이는 양파뿐입니다. 그분은 언젠가 당신을 또 하나의 세계로 데려가시겠지요. 그것이 언제일지, 어떤 방법일지, 어떤 형태로일지 저희는 알 수 없습니다만. 양파는 무엇이건 활용합니다. 당신의 '사랑 놀음 흉내'도 '입에 담지 못할 밤'의 행동도(저는 통 짐작이 가지 않습니다만.) 마술사처럼 변용하십니다.

키니네를 먹으면 건강할 때는 고열이 나지만, 말라리아 환자에겐 없어서는 안 될 약으로 바뀝니다. 죄란 이 키니네 같은 거라고 나는 생각합니다.

키니네 이야기를 느닷없이 써서 놀라셨을 테지요. 저는 이 이야기를 이곳 이스라엘의 갈릴리 호반 키부츠에서 유대인 의사한테서 듣고 알았습니다. 지금에야 갈릴리 호반은 꿈처럼 아름다운 장소입니다만, 옛날 이곳은 말라리아 환자가 많았던 풍토병의 땅이었다고 합니다. 그분이 이곳에서 많은 열병 환자를 고쳤다는 기적 이야기가 성경에 있는데, 그건 말라리아였다는 군요.

저는 아직 신부가 되지 못했습니다. 신학교의 성직자 선생님들로부터 저는 신부가 되기 위해 필요한 순종의 덕이 모자라고, 진짜 신앙에 필요한 원칙을 잃어버렸다는 평가를 받았습니다. 순종의 덕이 부족하다는 것도 진짜 신앙이 부족하다는 것도, 제가 변함없이 유럽식 기독교만이 절대라고는 여겨지지 않는다고 답안에 쓰거나 말했기 때문이었습니다.

교회의 성직자들 앞에서 멍청한 말을 했다고, 지금은 다소 후회하고 있습니다. 하지만 저는 사람이 제각기 믿고 싶은 신을 선택하는 것이 태어난 나라의 문화나 전통이나 각자의 환경에 의한 경우가 많다고, 당연한 말이지만 그렇게 생각합니다. 유럽 사람들이 기독교를 선택하는 것은, 그 가정이 그러하거나 그 나라에 기독교 문화가 강하기 때문이겠지요. 중동 사람들이 이슬람교도가 되고 인도인 대부분이 힌두교도가 되는 것도, 다른 종교와 자신의 그것을 엄격하게 비교해서 선택했다고는 말할 수 없겠지요. 그리고 제 경우는 어머니라는 예외적인 사정의 영향이 있습니다.

예전에 나루세 씨가 "어째서 신 따위를 믿나요?"라며 따지고 들었을 때 머뭇거린 것은, 이 종교를 자신의 의지로 선택한 게 아니었기 때문입니다. 그러나 방금 쓴 것과 같은 의문이 늘 머릿속을 오갔습니다.

"자네가 그러한 가정에서 태어난 것은, 신의 은혜와 신의 사랑이라 생각하지 않는가?"

신학교의 지도 사제가 이렇게 물었을 때 저는 말했습니다.

"그렇게 생각합니다. 하지만 그렇지 않은 집안에서 태어난 사람이 타 종교를 갖는 건, 신의 은혜가 없어서일까요?"

악의로 한 말은 아니었습니다만, 이런 식의 말투가 종래의 기독교적 사고방식으로 굳어진 그를 상처 입혔습니다. 제가 가장 비판받았던 것은 구두시험에서,

"신은 다양한 얼굴을 갖고 계십니다. 유럽의 교회나 채플뿐

만 아니라, 유대교도에게도 불교도에게도 힌두교도에게도 신은 계신다고 생각합니다."

이렇게 발언했을 때였습니다. 이것은 유럽에 온 후로 조금씩 제 신념이 된 솔직한 고백이었습니다만 선생님께서는 기독교회 전체를 부정하는 것처럼 들렸나 봅니다.

"그 생각이야말로 자네의 범신론적인 과오라네."

호되게 꾸중 들었습니다. 당황한 저는,

"하지만 기독교 안에 범신론적인 것도 포함된 게 아닐까요? 신학교에서 저는 기독교라는 일신론이 범신론과 대립된다고 배웠습니다만 일본인으로서, 기독교가 이만큼 널리 퍼진 것도 그 안에 여러 가지가 잡거하고 있기 때문이라고 생각합니다."

그만 입 밖에 내고 말았습니다.

"여러 가지란 게 뭔지 말해 보게나."

"샤르트르 대성당을 순례했을 때, 그 대성당은 그 지방 사람들의 지모신(地母神) 신앙을 성모 마리아 신앙으로 승화시킨 거라고 책에서 읽었습니다. 즉…… 그 지역의 지모신 신앙을 뿌리 삼아 기독교를 키웠다고 생각했습니다. 16세기, 17세기에는 기독교에 귀의한 일본인이 상당히 있었는데, 그 사람들의 신앙심은 유럽인들의 것과는 다릅니다."

"어디가 다른가?"

"불교적인 거나 방금 비판받은 범신론적인 것이 거기에 혼재되어 있습니다."

선생님들은 침묵하셨습니다만, 침묵 속에는 분명히 불쾌감이 섞여 있는 것 같았습니다.

"그렇다면 정통과 이단의 구별을 자넨 어떻게 할 텐가?"

"지금은 중세와 다릅니다. 타 종교와 대화해야 하는 시대입니다."

"물론 법왕청도 그걸 인정하고 있다네."

"하지만 기독교는 자신들과 타 종교가 대등하다고 실제로는 생각하지 않습니다."

이때 저는 될 대로 되라지, 하고 자포자기의 심정이기도 했습니다.

"다른 종교의 훌륭한 사람들은 소위 기독교의 무면허 운전을 하는 것과 흡사하다고 어느 유럽 학자가 말씀하시던데, 이는 진정으로 대등한 대화라고는 할 수 없습니다. 저는 오히려 신은 여러 개의 얼굴을 갖고 계시며 각각의 종교에도 숨어 계신다고 생각하는 편이 진정한 대화라고 생각합니다."

침묵과 차가워진 표정. 저는 자신이 대단히 어리석은 발언을 했다는 걸 깨달았습니다. 선생님들이 저를 매우 위험한 사상의 소유자로 생각하고 계시는 건 분명했습니다.

"그렇다면……" 교장 선생님이 되레 제게 도움의 길을 열어 주시듯이 말씀하셨습니다. "자넨 어째서 불교 신자로 돌아가지 않나? 그러는 편이 자네 사고에 자연스러운 복귀가 아닌가?"

"아닙니다, 제가 자란 건…… 일본에서도 불교 신자의 집이 아니라, 선생님들과 마찬가지로 기독교 가정이었습니다. 그러므로 제가 신의 여러 얼굴 중에서도 선생님들과 똑같은 걸 선택하는 것이 제게는 자연스러웠습니다."

"그럼 자넨 개종을 어떻게 생각하나? 예를 들면 불교 신자가 불교를 버리고 기독교도가 된다든가."

"그건 있을 수 있다고 생각합니다. 저마다 자신한테 어울리는 이성을 결혼 상대로 선택하는 것과 마찬가지로."

될 대로 되라지 하는 심정과 더불어, 만약 내 사고에 근본적으로 잘못이 있다면 선생님들이 (아니, 내가 신뢰하고 있는 그분께서) 다시 단련시켜 주실 거라는 기대가 있었습니다. 다만 마음에도 없는 거짓말을 늘어놓는 일만은 제 인생을 위해서도 결코 하지 않겠노라 생각했습니다.

그 결과 당연한 거지만, 저는 또다시 신부가 될 자격을 얻지 못했습니다. 그럼에도 윗사람인 성직자들 가운데 너그러우신 몇 분이 저를 위해 노력해 주셔서, 이 이스라엘의 갈릴리 수도원에서 공부를 계속하고 일할 수 있는 길을 마련해 주셨습니다.

이런 이야기가 일본인인 당신한테는 재미없고 거리가 멀다는 건 잘 알고 있습니다. 알면서도 오늘 밤, 한밤중까지 써 버린 걸 용서해 주세요. 하지만 나는 누군가에게 이야기하고 싶어서 어쩔 수 없었습니다. 그분이 이 갈릴리에서 자신의 심정을 고독한 자, 병든 자, 고통받는 자에게 그토록 이야기하고 싶어 했던 것처럼……

저는 고독하기 때문에 필시 고독할 당신에게 이야기를 건네고 싶습니다. 한심하게도, 저는 고독합니다……

수도원 앞에 펼쳐진 갈릴리 호수. 가야금 호수라고도 불리며, 예수의 말씀이 있었고, 가버나움 마을의 어부 베드로가 고기를 낚던 이 호수는 오늘 밤 달빛으로 반짝입니다. 그분은…… 아니, 나루세 씨는 일본인이니까 예수라는 이름을 듣기만 해도 경원하실 테지요. 그렇다면 예수라는 이름을 사랑이라는 이름으로 부르세요. 사랑이라는 단어가 어쩐지 닭살 돋고 어색하다면, 생명의 따스함이라도 좋아요, 그렇게 부르세요. 그게 싫으면 늘 하던 대로 양파라도 좋아요.

이 갈릴리 호수에는 유대교도가 압도적으로 많은데, 기독교도도 이슬람교도도 있습니다. 저는 일본인이다 보니 그들이 무척 흥미를 보이는 통에 이따금 키부츠에 놀러 가기도 하고, 이슬람교도의 가정에 초대받기도 했습니다. 그들 안에서 저는 양파를 발견합니다. 그런데도 어째서 기독교도들이 다른 종교의 신도를 경멸하거나 은근히 우월감을 느껴야만 하는 걸까요. 저는 양파의 존재를, 유대교 사람에게서도 이슬람교 사람에게서도 느낍니다. 양파는 어디에나 있습니다.

편지의 모든 글자가 오쓰의 어리광 부리는 목소리로 가득했다. 상대방의 심정을 무시한 자신만의 신상 이야기는 미쓰코의 관심을 거의 끌지 못했다. 그녀는 종교와 인연이 없었고, 하물며 오쓰의 생활에는 흥미가 없었다. 지금의 그녀는 그의 고독보다 자신의 고독으로 힘이 부쳤다. 그녀가 자신에게 느끼는 건 사랑의 고갈이어서, 이혼 후에도 공허감을 채우기 위해 대학 시절의 옛 친구, 때로는 호텔 술집에서 마침 옆자리에 앉은 실업가 몇 명과도 관계를 가졌지만 그럴 때마다 발견한 것은 죽통에 머리를 쑤셔 박고 쾌락을 탐닉하는 남자들의 모습과, 그 동작을 물끄러미 응시하는 자신의 멍한 눈뿐이었다.

미쓰코는 병원의 자원봉사에 참가했다. 사랑이 말라 버린 자신이니까 더욱 사랑의 흉내 짓을 해 볼 자학적인 기분이 되었던 것이다. 환자들의 불평을 듣고, 위로의 말을 던지고, 거동할 수 없는 이의 입에 수프를 떠먹이고, 요강을 씻고, 그들의 감사를 받는 것쯤은 그녀에게 손쉬운 일이었다. 미쓰코는 그것이 깊은 마음에서 우러나온 사랑의 행위가 아니라, 연기라는 걸 알고 있었다.

왜냐하면 미쓰코는 한편으로는 저항할 기력 없는 노파가 잠든 모습을 지켜보는 사이, 갑자기 어떤 충동에 사로잡혀 일부러 기저귀를 갈아 주는 걸 잊어버린 척하거나, 먹여야 할 약을 환자에게 건네지 않은 적도 있었다. 그럴 때, 또 하나의 그녀의 목소리가 들렸다. (어차피 이 사람은 약을 먹어도 낫지 않는 환자니까. 더 이상 아무한테도 도움이 안 될 뿐 아니라, 가족에게도 무거운 짐이 되는 이 늙은이를 어서 편안히 해 주는 편이 훨씬 좋은 일이야.)

간호사도 의사도 그런 그녀의 양면을 알지 못한다. 연기하는 미쓰코를 보고 "훌륭하세요." 하고 주임 간호사는 말했다. 미쓰코는 더없이 겸허한 미소를 띠고 "아니에요." 하고 대답했다. 그리고 마음속으로는, 병원을 나간 자신이 간밤에 제국 호텔 12층에서 말을 걸어온 장년의 실업가를 따라 방으로 갔다는 사실을 이 주임 간호사가 알면 얼마나 황당한 표정을 지을까 하고 미소 속에 차가운 비웃음을 미끄러지듯 넣었다.

(신에게는 여러 얼굴이 있다고 오쓰 씨는 적었는데…….) 그녀는 남자와 침대에 같이 있을 때 문득 생각했다. (내게도 여러 얼굴이 있어.)

그럴 즈음, 한 해 한 번인 동창 모임이 있었다. 이 년 만에 모임에 나간 그녀는, 곤도 등 옛날에 어울리던 친구들이 제각기 미드나이트 블루의 양복을 입은 회사원이 되거나 그럴싸한 상대를 찾아 젊은 사모님이 된 모습을 보았다.

헤어진 남편과 그 친구들의 화제는 공통되게 골프와 자동차 이야기뿐. 여자들은 육아나 초등학교 입학 이야기에 열중했다.

"나, 이혼했어."

느닷없이 미쓰코가 모두에게 발표했다. 일동은 한순간 겁먹은 듯 침묵했는데, 여자 친구 하나가 말했다.

"어째서? 무슨 일이니?"

"난 너희하곤 달라서 좋은 사모님이 되지 못했거든."

"그래도 아이는 갖고 싶을 텐데."

"갖고 싶지 않아. 자신과 똑같은 인간을 이 세상에 낳는 건 안 할래."

다들 미쓰코의 말을 농담이라 여겨 웃자, 곤도가 그녀를 감싸려는 양,

"그렇지, 나루세 씨는 그 무렵 모이라로 불렸잖아."

그리운 듯 말했다.

"오쓰라는 학생을 놀렸지, 아로아로에서."

"그 녀석…… 신부가 된 모양이야." 하고 정보에 빠른 한 사

람이 가르쳐 주었다. "내가 졸업생 명부 만드는 일을 거들고 있는데 말이야. 주소를 물어보려고 고향집으로 연락했더니, 그 녀석 형님 말이, 오쓰는 신부가 되어 인도의 수도원에 있다고 하더군."

"인도 어디?"

"뭐라더라, 흔히 인도 사진에 나오는 데 있잖아. 갠지스강에서 다들 몸을 씻는 장소."

그러나 미쓰코를 포함해 누구 한 사람 그 지명을 아는 이는 없었고, 미쓰코 말고는 이 사실에 누구 한 사람 관심을 갖지도 않았다. 화제는 프로야구 선수 이야기와 롯폰기에 한 친구가 개업한 레스토랑의 실내장식으로 곧장 옮아갔다.

미쓰코는 친정으로 돌아갔을 때 아버지의 백과사전을 뒤져, 그때 이야기에 나온 인도의 도시는 여럿 있지만, 가장 유명한 곳이 바라나시라는 사실을 알았다. 그 사전에는 허리에 천을 감거나 사리를 입은 채 강에 몸을 담그고 있는 힌두교도 남녀의 사진이 실려 있었다.

7장
여신

아내와의 생활을 이런 이국의 호텔 방에서 회고하게 될 줄
은 한 번도 생각해 본 적이 없었다. 이소베의 인생 설계에서는
어쨌거나 남자인 자신이 아내보다 앞서 죽을 테고, 그 후 그
녀가 어떤 삶을 살아갈지는 그다지 상상해 보지 않았다. 아마
도 그녀는 노인 보험과 저금으로 그럭저럭 살아갈 수 있을 거
라고, 뭐 그때가 오면 그때 봐서, 하는 게 그의 의식 밑에 있던
막연한 상상이었다. 생각해 보면 이소베는 자신의 결혼 생활
에 중대한 가치나 깊은 의미를 두지 않는 구식 남자였다.

(나는 아내를 사랑했을까?)

그녀가 죽고 나서 돌연 공허해진 나날 속에서, 그녀가 매일
사용하던 젓가락, 침구, 옷장에 덩그러니 걸린 옷 같은 유품들
이 눈에 띌 때마다 이소베는 불현듯 이루 말할 수 없는 쓸쓸

함과 후회를 곱씹으면서 자문자답했다. 그러나 대부분의 일본 남성이 그러듯, 그는 '사랑한다.'라는 게 대체 무엇인지 결혼 생활에서 진지하게 생각해 본 적이 없다.

결혼 생활이란 그에게, 상호 보살피고 돌봐 주는 남녀의 분업적인 서로 돕기였다. 한지붕 아래 함께 생활하면서 눈에 콩깍지 씐 기분이 급속히 소멸되어 버리면, 나중에는 서로가 어떻게 도움이 되는가, 편리한가가 문제로 남는다. 외국의 아내처럼 남편의 출세를 위해 사교적이라든가, 여자로서 언제까지나 매력이 있는지 등은 그리 중요하지 않았다. 남편이 매일 파김치가 되어 회사에서 돌아왔을 때, 얼마만큼 투정을 받아 주고 안식처를 만들어 주는가가 아내로서 최대의 일이라고 그는 생각했다.

그러한 의미에서 그의 아내는 분명 양처였다. 안팎으로 주제넘게 나서지 않고, 외면적인 매력은 미흡했으나 조심스레 방해되지 않는 장소에 있었다.

"아내는 남편에게 공기와 같은 것이면 족합니다."

후배의 결혼 피로연 때, 그는 이런 이야기를 한 적이 있다.

"공기가 없으면 곤란해집니다. 그러나 공기는 눈에 보이지 않습니다. 중뿔나게 나서지 않습니다. 아내가 그런 공기 같다면, 부부는 오래오래 실패하지 않습니다."

테이블에 앉은 남자들에게서 웃음소리가 일었다. 그중에는 박수 치는 사람도 있었다.

"결혼 생활은 잠잠하고 단조로운 걸로 충분합니다."

옆자리에 앉은 아내가 이 말을 어떤 표정으로 듣는지는 이소베의 염두에 없었다. 하지만 그날 밤 귀가하는 택시 안에서도, 집으로 돌아와서도 그녀는 아무 말도 하지 않았고, 이소베는 아내도 남편의 말을 납득하면서 들었으려니 생각했다.

그런데 그는 그 이야기에서 중요한 대목을 말하지 않았다. 평범하고 잠잠하고 단조로운, 요컨대 이소베가 말하는 양처가 시간이 지날수록 지루해진다는 사실을 언급하지 않았다.

실은 그 결혼식이 있던 무렵은, 이소베가 아내한테 어느 부부에게나 있는 권태를 느끼던 시기였다. 그녀와의 생활이 너무나도 평범하고 단조로운 탓이기도 했다. 그의 말대로 서로가 공기 같은 존재가 되면, 아내는 아내 이외에 아무것도 아니게 되며, 여자도 아니게 되고 만다.

이소베는 결코 아내가 악처라고는 생각하지 않았다. 그러나 그즈음, 장년기에 들어 느슨해진 그는 양처가 아니라 어디선가 '여자'를 원했던 것 같다.

물론 이소베에게 이혼할 마음은 털끝만큼도 없었다. 더 이상 젊지 않은 그는 아내와 여자는 양립할 수 없다는 것쯤 잘 알고 있었기 때문이다. 고백하자면, 그는 화재로 번지지 않은 불장난을 두세 번 한 적이 있다.

그중 한 상대는 회사 용무로 때때로 이용하던 긴자에 있는 이탈리아 레스토랑의 여성 오너였다. 일본인의 입맛에 맞춘 일본 음식을 내면서 이탈리아 요리도 곁들이는 좀 색다른 가게여서 거래처 손님을 접대하기에는 안성맞춤이었다.

그녀는 사업상 언제나 나이보다 훨씬 젊어 보이는 차림을 했다. 대담하게 주홍빛 옷을 입거나 머리에 소녀처럼 검은 리본을 달고 나타나기도 하고, 새하얀 테이블에 흉하지 않은 매니큐어를 칠한 손으로 접시를 내놓았다. 처음 온 손님들도 만족할 수 있도록 꼼꼼히 신경을 썼다.

모든 게 아내와는 대극점에 있는 이 여성 경영자는, 이소베한테 이 무렵 아내로부터 받지 못한 것을 채워 주는 상대였다. 당시는 양녀가 아직 중학생으로 까닭 없이 그를 싫어하던 터라, 이소베는 그런 푸념을 그녀에게 늘어놓기도 했다.

"우리 집 애도 그랬다니까요." 그녀가 웃으면서 대답했다. "남편을 한때 지독히 싫어해서 도통 말을 걸거나 가까이 가려고도 않던걸요."

"왜 그럴까?"

"아빠가 드링크제 따위나 마시니까. 그 나이엔 이상적인 아버지상이 있어서, 그게 현실의 아빠와 너무 어긋나면 혐오감도 심해지는 법이에요."

"이상적인 아버지상이란 뭘까?"

"스포츠맨이고, 키도 훤칠하니 크고, 상냥하고." 그녀는 소리 내어 웃었다. "요컨대 미국 영화에 나오는 파파죠. 하지만 자기 아빠는 늘 피곤한 얼굴로 지하철역에서 스태미나 드링크를 마시잖아요. 일요일엔 아무것도 안 하고 텔레비전만 보는 아빠는, 어린 여자애에게 배반당한 심정이 들게 해요."

그녀의 웃음소리는 당시 텔레비전에 자주 나오던 다이치 기와코라는 여배우를 닮았다. 그러고 보니 얼굴 생김새며 체격도 유명한 그 여배우를 연상시켰다.

"음, 그런 음료나 마시는 아빠다 이거지."

테니스공을 서로 치고 받듯 재치 있는 대사를 툭툭 건네는 그녀를, 이소베는 아내와 슬쩍 비교했다. 아내라면 그의 의문에 이렇게 말했으리라. "당신이 그 애한테 무뚝뚝하니까 그러죠. 남자애한테 말하듯 얘기해서 그래요."

이 여주인과 어울려 술을 마시다가 실수라 부를 만한 일이 벌어진 적이 한 번 있었다. 현명한 그녀는 이소베가 가정을 버릴 만큼 무모한 남자가 아님을 알고 있었고, 쉰 살이 다 된 남자의 이혼이 얼마나 번거로운지도 잘 알고 있었다.

아내가 이 바람기를 눈치챘는지 어쨌는지 이소베는 알지 못한다. 그녀는 한마디도 그 사실을 입에 담지 않았다. 알아챘다 하더라도 모르는 척했으리라. 외도 후, 마음에 켕기는 구석은 있었으나 아내를 진심으로 배반했다는 감정은 별로 들지 않았다. 결혼에 의한 유대는 한두 번의 바람기와는 전혀 무관한 것이다. 요컨대 그에게 아내는, 누이한테 여성을 느끼지 않는 거나 다름없는 존재가 되어 있었다. 그 대신 세월과 더불어 눈에 보이지 않는 연대감이 먼지가 쌓이듯 조금씩 생겨나고 있었다.

부부애란 이 연대감을 가리키는 것일까? 당시 이것조차 생각해 본 적 없었던 이소베는, 아내가 암에 걸려 의사로부터 남은 수명을 전해 들었을 때, 반려가 없어진다는 경악과 공포로 그저 망연자실했다. 먹빛 하늘에 군고구마 장수의 목소리만 창밖에서 들려왔다.

그리고 그 유언이라 해야 할 헛소리, 아내가 그토록 강한 정열을 보이는 여자일 줄 그때껏 이소베는 생각조차 하지 못했다. 그녀가 그런 바람을 마음 깊숙이 감추고 있을 줄은 오랜 생활을 함께하면서 한 번도 생각해 본 적이 없다. 그리고 그는 약속했고, 약속은 조금씩 무겁고 깊은 의미를 지니고…… 그리고 지금, 이국땅에 와 있다.

녹빛을 띤 물로 몸을 씻고 나서 누마다는 새 스포츠 셔츠에 베이지색 바지를 걸치고 아래층 식당으로 내려갔다. 7시 전이라 식당에 손님이라곤 에나미 말고는 아무도 없었고, 이 안내원은 영자 신문을 읽으면서 아침을 들고 있었다.

"안녕하세요. 뭐 새로운 뉴스라도 있나요?"

누마다는 인도의 정치 사정에는 거의 무지한 데다 관심도 없었지만, 식탁에 놓인 신문 1면에 인디라 간디 수상의 사진이 크게 실려 있어 인사 삼아 물었다.

"아무래도 심상치 않군요." 에나미가 냅킨으로 입을 닦으며 대답했다. "시크교도가 움직이고 있습니다. 이 나라는 인디라 간디라는 카리스마적 존재로 간신히 질서를 유지하고 있습니다만."

"시크교도라 하면, 그 터번으로 머리를 감싸고 수염을 기른 인도인 말인가요?"

일단 이런 질문을 던지기는 했어도, 누마다에게는 흥미 없는 화제이다. 그는 에나미의 접시에 담긴 붉은 빛깔의 동그란 음식을 들여다보았다.

"뭔가요, 이거?"

"식초에 절인 양파."

"채소뿐이군요. 에나미 씨, 채식주의자인가요?"

"아침은 이것과 라씨라는 요구르트만 먹습니다. 손님들과 여행 중에는 점심과 저녁 식사로 아무래도 고기에 손이 가거든요. 저는 살찌기 쉬운 체질이에요. 한데 마음에 드셨습니까, 인도는?"

"자연을 보는 것만으로도 만족합니다. 바니안나무는 도처에 널렸고, 보리수나 우담바라도 쉽게 찾을 수 있고. 오늘 아침에도 눈을 뜨자마자 정원에서 새들이 어찌나 재잘대는지…… 두말할 게 없습니다."

"힌두교도는 시체를 태운 장소에 나무를 심습니다."

"일본도 벚나무가 그렇지요. 요시노산의 벚나무는 죄다 묘표를 대신했어요. 죽음과 식물은 깊은 관계가 있습니다."

"정말입니까? 그걸 몰랐네요. 아침 식사, 뭘 좀 시킬까요?"

"뜨거운 커피면 충분합니다."

"뭐든 배를 채워 두는 게 한낮의 관광에는 좋을걸요. 이 식초에 절인 양파는 어떻습니까?"

"힌두교도는 나무에 재생의 생명력이 있다고 믿는 거로군요."

"그렇습니다."

"그런 사고방식이 저는 맘에 듭니다."

날라 온 커피를 홀짝이면서 누마다는 기쁜 듯이 함박웃음을 지었다.

"전 동화 작가예요. 주로 아이들과 동물의 교류에 대해 씁니다. 그런데 인도에 와서 아름드리 바니안나무를 보고 있으려니, 이번엔 나무와 아이의 이야기를 쓰고 싶은 생각이 줄곧 드는군요."

"아아."

"알라하바드에서 이곳까지 올 때, 울창한 숲을 빠져나왔지요? 일러 주신 조류 보호구역이 있던…… 그런 숲은 처음이었습니다. 하지만 그사이 제가 느낀 건 숲의 수목 한 그루 한 그루의 목소리입니다. 뭔가 우리에게 이야기를 건네는 것 같더군요."

"1857년에 인도인이 영국에 반란을 일으켰을 때, 그 알라하바드 숲의 수목들이 교수대 대신 인도인을 목매다는 데 사용됐습니다. 버스에선 이 얘기를 하지 않았습니다만."

에나미는 누마다의 열기에 물을 끼얹는 말을 했다.

사 년이나 인도철학을 공부하고 귀국했으나 고생한 보람 하나 없이 어느 대학의 연구실에도 빈자리가 없다며 거절당한 그는, 여행사 안내원이라는 아르바이트를 해야 하는 불만을 마음 깊숙이 쌓아 두고 있었다. 솔직히 그는 먹고살기 위해, 코스모스사(社)의 의뢰로 안내해야만 하는 일본인 관광객을 경멸했다. 오로지 감사해하며 불교 유적지를 돌아다니는 노인네들, 히피나 다름없는 방랑을 즐기는 여대생들 그리고 누마다처럼 인도의 자연 속에서 잃어버린 무언가를 찾아내려는 남자. 그들이 일본에 갖고 돌아가는 토산품은 늘 뻔하다. 실크 사리, 백단 목걸이, 상감 세공, 스타 루비나 에메랄드 같은 보석, 은 팔찌. 예전에 미국이나 유럽의 관광객들이 휩쓸고 간 가게에서 지금은 일본인이 어정버정대는 모습을, 에나미는 가게 입구에 서서 경멸의 눈길로 보았다.

　물론 그는 이런 본심을 겉으로 드러내지 않는다. '면종복배(面從腹背)'라는 것이 지금 그의 인생 지침이다. 손님 앞에서는 싹싹하고 친절한 안내원일 것, 이것을 끊임없이 자신에게 주입한다.

　"누마다 씨는 야생동물 보호지구에 가실 예정이셨지요?"

　"그게 이번 목표예요. 저는 코뿔소새나 구관조처럼 무더운 나라에서 온 새의 고향을 이 눈으로 직접 보러 갈 겁니다."

　"어째서죠?"

　"개인적인 비밀인데요." 누마다가 웃으며 말했다. "에나미 씨도 비밀이 있을 테지요?"

　"있습니다. 이상하네요, 대개 일본 남자 관광객들은 이처럼 저와 단둘이 되면 개인적인 비밀을 털어놓듯이 여자 있는 집으로 안내해 달라고 슬며시 부탁하는 법인데. 누마다 씨는 다르군요."

　"전 싫습니다, 적어도 인도에서는 눈곱만큼도 없어요."

　"실례지만, 인도의 자연은 생각하고 계시는 이상으로 외설적입니다."

　"창조와 파괴의 양면을 지닌 모순된 자연 말인가요? 이미 그런 유의 설명은 인도 해설서에서 질리도록 읽었습니다."

　"내일 아침 일찍 갠지스강의 목욕 풍경을 구경하게 됩니다. 오른편 물가에는 크고 작은 다양한 가트와 건물이 늘어서 있지만, 드넓은 강을 사이에 둔 왼편 물가는 수목이 뒤덮고 있을 뿐이죠. 힌두교도에게 왼편 물가는 부정(不淨)하다는 이미지가 있기 때문이라는데, 그 왼편 물가에…… 가 본 적이 있어요."

"그래서……."

"자연이 지닌 을씨년스러운 외설을 그토록 느낀 장소도 달리 없을 겁니다."

"그런 말로 놀리시는 거죠?"

"그렇습니다. 누마다 씨가 워낙 순진한 분이니까. 아이코, 다들 일어나셨군, 실례하겠습니다."

가벼운 차림의 남녀 관광객이 하나같이 카메라를 들고 잇달아 식당으로 내려온다. 에나미는 재빨리 자리에서 일어나 그들의 아침 식사 주문을 보이에게 통역해 준다.

아까와는 전혀 딴판인 안내원의 모습에 시선을 주면서 누마다는, 에나미가 말한 '외설적인 자연'이라는 단어를 반추했다. 그것이 무엇인지 어렴풋이 본능적으로 예감되는 게 있었으나 동화 작가인 그의 세계에서 자연은 결코 잔혹하지도 을씨년스럽지도 않았다. 인간과 생명을 교류해 주는 것이어야만 한다.

누마다는 정원으로 나가 두 팔을 벌리고 크게 심호흡을 했다. 인도의 10월 중순은 여전히 무덥다고 들었는데, 아직 오전 8시 전이어서인지 상쾌함 그 자체인 대기 속에 도쿄의 콘크리트 숲에서는 오래도록 맡아 보지 못한 흙과 햇살의 내음이 있다. 누마다는 입에 가득 넘칠 만큼 공기를 빨아들여 몸속에 쌓인 지저분한 나쁜 공기를 내뱉고 있었다.

"야아, 기공법을 하시는군요?"

입을 아직도 우물거리며 현관에서 나온 기구치가 누마다에게 친근하게 말을 건넸다.

"제 나름의 심호흡입니다."

"좋은데요. 저도 매일 아침, 진향법(眞向法)이라는 체조를 빼먹지 않고 있지요. 인도에 와서도 눈을 뜨면 바닥에 앉아서 합니다."

"죄송한데요."

뒤에서 젊은 산조 부부가 큰 소리로 말을 걸었다.

"셔터 좀 눌러 주실래요?"

"셔터."

"여길 눌러 주세요."

산조 부부는 카메라를 누마다에게 내맡긴 채, 자신들은 마거리트 같은 꽃이 흐드러지게 피어 있는 언저리로 물러났다. 넉살 좋게 남편은 아내의 허리에 손을 두르고, 신부는 산조의 어깨에 머리를 기대고 나란히 섰다.

"저래도 일본인인가. 수치심이고 뭐고 없구면."

카메라를 눈에 갖다 댄 누마다 옆에서 기구치가 혀를 끌끌 차면서 혼잣말을 했다.

"보기 좋은데요, 신혼이니까."

"우리 시절에는 생각도 못 했어."

"저희 때는 해외 신혼여행 같은 건 도저히 불가능했죠. 일본이 번창해서 젊은이들도 외국 사람 못지않게 된 거지요."

"서너 장 더 부탁드려요."

기구치와 누마다의 소곤거림을 알아채지 못한 산조가 뻔뻔스레 청했다.

드넓은 정원 입구에서 넝마 자루와 바구니를 늘어뜨린 노인과 젊은이와 소년이 이쪽으로 다가온다. 노인은 성냥개비처럼 깡말랐고, 철사 줄 같은 다리를 반바지 밑으로 내놓고 있었다.

"나마스테."

소년이 비굴한 웃음을 띠며 물었다.

"자파니? 자파니?"

누마다가 막 익힌 힌디어로 "하안."이라고 대답했으나, 그다음 말은 통하지 않았다. 현관에 모여 있던 일본인들 틈에서 에나미가 모습을 드러내더니 노인과 대화를 나누고는 이어 설명했다.

"몽구스[10]와 뱀의 싸움을 보여 준다는군요. 이 집단은 사페라라는 뱀 부리는 이들입니다. 불가촉천민이죠. 마을 전체에 뱀 부리는 사람과 그 가족들이 살고 있습니다."

고목처럼 앙상한 노인이 웅크리고 앉아 기묘한 음색으로 피리를 불기 시작하자, 바구니 뚜껑이 기울면서 접은 우산 같은 코브라가 얼굴을 내밀었다. 산조 부인은 소리를 지르며 남편에게 달라붙었다.

---

10) mongoose. 고양이족제비. 독사를 사냥하는 동물로 알려져 있다.

"괜찮아." 산조가 아내에게 말했다. "독이빨은 빼 놓았어. 그렇죠, 에나미 씨?"

"그렇습니다. 잘 아시네요."

"텔레비전에서 본 적이 있거든요. 몽구스도 뱀을 진짜로 물어 죽이지 못하도록 이빨을 빼 놓습니다."

"안 되겠군요, 산조 씨는." 하고 에나미는 흥이 깨진 다른 손님들을 보았다. "속임수가 들통나면 모처럼 찾은 인도가 싱거워집니다."

관광버스가 정원 입구에서 미끄러져 들어오자, 하얀 먼지가 풀썩 일어났다. 일본인들이 둘러싼 가운데, 몽구스가 솜씨 좋게 달려들어 코브라를 짓눌렀다. 박수가 터지자 노인은 나뭇가지 같은 손가락을 자루에 넣어 흉물스러운 잿빛 뱀을 끄집어냈다. 여자들의 겁에 질린 소리가 여기저기서 났다.

"머리가 둘 있는 뱀이라네요."

에나미는 의무적으로 이렇게 일러 주고는 문득 자신이 이 머리가 둘 있는 뱀 이야기를 관광객들에게 몇 번이나 했을까 하고 갑자기 혐오스러운 기분에 사로잡혔다. 내가 인도에서 배운 건 이런 시시껄렁한 이야기를 떠들기 위해서가 아니었어. 타지마할은 짓는 데만 이십이 년이 걸렸다든가, 무굴 왕조의 황제 샤 자한이 아름다운 왕비 뭄타즈를 그리며 지었다는 둥 똑같은 목소리로 똑같은 대사를 지껄이기 위함이 아니었어.

(아무도 인도를 제대로 이해할 리 없어. 그런데도 일본에서 온 종교인들이나 문화인들은 귀국하면, 인도를 속속들이 이해한 양 말을 늘어놓지.)

이런 혐오스러운 기분을 떨쳐 내듯이 그는 안내원으로서의 웃음과 밝은 목소리를 냈다.

"자아, 버스에 타 주세요. 이제부터 기온이 올라갑니다만, 버스엔 에어컨이 있어 시원할 겁니다."

버스에서도 거리의 온갖 냄새가 느껴졌다. 땀내, 시궁창 냄새, 노점의 튀김 냄새 그리고 색이 강렬한 놋쇠나 구리 용기들이 어둑한 가게 안에서도 반짝이고 있다. 노랑, 감빛, 검정 사리를 휘감은 여자들의 흐름. 깡마를 대로 말라 등뼈와 어깨뼈가 툭 불거진 잿빛 소가 걸어가고 있다. 먼지가 풀썩이는 가운데 코끼리 한 마리가 섶나무를 등에 지고 마냥 쫓기어 간다.

"마침내 인도 중의 인도라고 할 만한 바라나시로 들어왔습니다."

마이크를 입에 대고 에나미가 암송한 내용을 매끄럽게 들려주었다.

"동네는 바루나강과 아시강이라는 두 강과, 본류인 갠지스 강변에 있습니다. 어제도 설명해 드렸듯이 두 강이 만나는 장소는 힌두교도에게 성스러운 땅이라 여겨지고 있습니다. 부유한 사람은 기차나 자동차로, 가난한 사람은 도보로 이 동네까지 순례를 떠나옵니다. 그들의 신앙에 따르면 갠지스강의 성스러운 물에 몸을 담글 때는 모든 죄가 씻기고, 죽음이 찾아왔을 때 그 시신의 재를 강에 흘려보내면 윤회로부터 해방된다고 합니다."

관광버스의 코스는 늘 정해져 있다. 바라트마타 사원, 힌두 대학의 구내 그리고 갠지스강의 목욕 터.

그러나 에나미는 그런 정해진 장소가 아니라 그만의 특별한 힌두교 사원으로 관광객을 데려가는 일이 있었다. 관광객에 대한 친절과, 일종의 답례하는 감정이 섞인 안내이기도 했다.

아침 녘 상쾌했던 대기가 정오 무렵엔 습기를 띤 후텁지근한 무더위로 변했다.

에나미는 오전에는 일부러 갠지스강의 가트[11]에 가는 걸 피했는데, 이는 일본인 관광객들에게 단순한 호기심으로 이 성스러운 강, 성스러운 의식, 성스러운 죽음의 장소를 구경시키고 싶지 않았기 때문이다. 목욕하는 힌두교도를 배 위에서 보며 일본인들이 으레 하는 말은 뻔했다.

"시신의 재를 강에 흘려보내다니."

"용케 병에도 안 걸리나 봐, 인도 사람들은."

"못 참겠어, 이 냄새…… 인도 사람들은 아무렇지도 않은 걸까?"

이번에도 아무튼 경멸과 편견이 뒤섞인 관광객의 이런 말들을 들어야 하겠지만, 그건 해거름에나 족하다.

그 대신 그는 일본인 눈에는 유독 '인도적'으로 보이는 비슈와나트 사원의 좁다란 거리로 그들을 데려갔다. 암시장처럼 양쪽으로 빽빽이 늘어선 작은 가게들에는 별의별 진기한 물

---

11) ghat. 계단식 목욕장.

건들이 있다. 사탕수수를 양동이 물에 씻어 롤러에 넣고 짜낸 주스를 파는 가게, 야자열매를 큼직한 식칼로 갈라 그 안에 빨대를 꽂아 파는 야자 가게. 빈랑나무나 향료를 넣은 나뭇잎을 만 담배를 파는 가게.

"씹는담배예요. 다소 쌉쌀한 맛인데 여행 이야기 삼아, 어떠세요?"

에나미가 데려가는 가게도, 개가 누워 있는 가게 앞에서 하는 설명도 언제나 똑같다. 웃으면서 싹싹한 목소리로 말한다.

"여기서는 판이라고 부릅니다. 입안이 약간 붉어질 텐데요."

재미있어하면서 씹는담배를 입에 넣고, 그 쓴맛에 얼굴을 찡그리는 남자 손님. 여자들이 그걸 보고 웃는다. 카메라 셔터 소리. 그들 바로 곁을 천칭을 짊어진 반라의 남자가 지나간다.

"저건 요구르트 장수입니다."

"인도 실크를 사고 싶은데, 여긴 가게가 없을까요?"

햇살이 차츰 강해진다. 에나미는 손님들 가운데 미쓰코에게 가벼운 관심을 가졌다. 챙 넓은 모자를 쓰고 선글라스를 낀 옆모습이 에나미를 끌어당겼다. 여자 손님에게 흔히 보이는 어리광이나 되바라진 구석이 없고, 뺨에 미소를 띠고 있다.

(이 여자…… 같이 자면…….) 하고 그는 그 옆모습에 눈길을 주며 슬며시 상상해 본다. (어떤 표정을 지을까.)

지금까지 안내원 아르바이트를 하면서 에나미는 딱 두 번 여자 관광객과 잔 적이 있다. 둘 다 어디서나 볼 수 있는 중년 주부였다. 습기 머금은 인도의 열기에는 인간의 성을 자극하는 무언가가 깃들어 있다. 힌두교가 지닌 야릇한 분위기에도 그런 게 있다. 미쓰코를 이따금 관찰하면서, 그는 그녀가 어떤 남자 관계를 가졌을까 하고 얼핏 생각한다.

이른 점심 식사. 끝난 것이 1시. 그러고 나서 버스는 손님을 태우고 나크사르 바가바티 사원으로 향한다. 일본인들 대부분에게는 지루하고 극히 몇몇 사람에게만 흥미를 돋우는 이 사원은 보통의 인도 여행 일정에는 들어 있지 않고 에나미만이 특별히 안내하는 장소이다.

"이 사원의 이름은 은혜를 베푸는 여성이라는 의미입니다."

그는 한 걸음 발을 내딛자마자 후끈한 열기가 끼치는 석회 냄새 나는 어둠침침한 지하로 모두를 이끌었다. 그렇다, 이곳에는 인도가 지닌 외설적이고 축축한 공기가 고여 있었다.

"바가바티의 바가는 여성 성기를 가리킵니다."

에나미가 일부러 시치미 뗀 얼굴로 설명했다.

"바가라." 하고 남자 목소리가 되돌아왔다. "한데 바카니[12] 무덥구만, 찜통인걸."

두세 명이 이 서툰 익살에 웃었으나 미쓰코의 표정에는 반응이 없었다.

"여기로 안내한 것은, 힌두교의 일면을 느껴 주십사 해서입니다. 제 설명보다도 벽에 새겨진 다양한 여신상에서 인도의 모든 신음, 비참함, 공포를 느끼실 겁니다. 말씀을 건네주시면 설명해 드리지요."

남녀 몇이 내부의 후텁지근함을 견디다 못해 더 이상 발을

---

12) '엄청'이라는 뜻의 일본어.

들여놓으려 하지 않았다. 일본인들은 불상과 달리 힌두교의 신들 따위에는 흥미도 관심도 없었고, 그들에게 그것은 아무 상관없는 구질구질한 조각에 불과했다.

끈적끈적한 공기. 어둠침침한 지하의 내부. 께름칙한 조각상이 떠올라 있다. 조각상이 지닌 께름칙함에는, 인간이 자신의 의식 밑에서 꿈틀거리는 무엇, 의식 밑에 숨어 있는 무엇을 똑바로 바라보는 혐오감이 있었다.

낡은 돌계단을 내려간다. 미쓰코는 그 순간 자신의 마음 깊은 곳으로 들어가는 느낌이었다. 내시경으로 마음 깊숙한 곳을 들여다보는 듯한 불안과 쾌감이 뒤섞여 있다.

등 뒤로 이소베의 거친 숨소리가 들렸다. 워낙 무덥다. 누마다가 그 뒤를 따른다.

"조심하세요, 발밑을."

어둑한 전등이 거무스름한 벽이란 벽을 마치 동굴처럼 보이게 했다. 거무튀튀한, 나무뿌리처럼 외설스럽게 뒤엉킨 물건이 떠올라 있었다. 일본인들은 침묵했고, 그 조각상들은 미동도 하지 않았다.

눈이 어둠에 익숙해진다. 남녀처럼 뒤엉킨 것이 여러 개의 손이며 다리라는 걸 알았다. 그 손에 든 것도 인간의 두개골이나 목임을 조금씩 판별할 수 있었다. 요상한 관을 쓰고 호랑이, 사자, 멧돼지, 물소 같은 짐승을 타고 있는 여신들.

"이건 전부 같은 여신인가요?"

미쓰코의 질문에 에나미가 곁으로 다가서자, 반소매 밖으로 드러난 그의 지방질 몸에서 심한 땀내가 풍긴다.

"아뇨, 하나하나 다릅니다. 이름을 알고 싶으세요?"

"가르쳐 주신대도 도저히 외울 수 없어요. 제겐 다들 똑같이 보이는걸요."

"인도의 여신은 온화한 모습뿐만 아니라, 무서운 모습을 드러내는 경우가 많습니다. 그건 그녀가 탄생과 동시에 죽음도 포함하는 생명 전체의 움직임을 상징하기 때문이겠지요."

"같은 여신이라도 성모 마리아하곤 상당히 다르네요."

"다릅니다. 마리아는 어머니의 상징이지만, 인도의 여신은 격렬하게 죽음이나 피에 취하는 자연의 움직임을 상징하기도 합니다."

남자들은 미쓰코와 에나미의 대화를 잠자코 듣고 있었다. 그들은 영문도 모르게 불합리하고 추악한 여신상 그 어디에도 마음이 끌리지 않았다. 여신이라는 단어에서 남자들은 '상냥한 것' '모성적인 것'을 기대했던 것이다. 더구나 이 지하실의 푹푹 찌는 무더위 탓에 얼굴도 목도 후줄근히 땀투성이가 되고 말았다.

"어쩐지 여기선 살아가는 즐거움이나 희망이 없어지는걸."

누마다가 피곤한 목소리로 혼잣말처럼 중얼거렸다. 그가 여태껏 동화 속에서 생각해 온 자연은 이렇듯 황량하고 무서운 것이 아니었다. 인간을 부드러이 포용해 주는 자연이었다.

이소베 역시 벽을 가득 메운 여신들 속에서 어느 하나 상냥함을 발견할 수가 없었다. 아무리 그 육체가 풍만한 젖가슴이나 대지의 풍요를 나타내는 푸짐한 허리를 보여 준다 해도, 그 어디에도 죽은 아내의 미소를 닮은 것은 없었다.

기구치는 거뭇거뭇 추악한 군상 전체에 미얀마에서 죽음의
거리를 걸었던 일본 병사들의 망령 같은 모습을 중첩시키고,
손목에 찬 염주를 굴리며 아미타경의 한 구절을 읊조렸다. "일
체세간(一切世間), 천인아수라등(天人阿修羅等), 문불소설(聞佛
所說), 환희신수(歡喜信受)."

　"너무 덥네요. 밖으로 나갈까요?"

　누마다가 못 견디겠다는 듯이 말하자,

　"이제 하나만 더." 에나미가 제지하며, "제가 좋아하는 여신
상을 봐 주세요."

　그는 1미터도 채 안 되는 수목 같은 것을 가리켰다.

　"불빛이 어두우니까 가까이 다가오세요. 이 여신은 차문다
라고 합니다. 차문다는 묘지에서 살고 있습니다. 그래서 그녀
의 발치엔 새한테 쪼아 먹히거나 자칼한테 잡아먹힌 인간의
시체가 있는 거지요."

　에나미의 커다란 땀방울이 마치 눈물처럼, 군데군데 촛불
의 잔해가 남아 있는 바닥에 떨어져 내린다.

　"그녀의 젖가슴은 이미 노파처럼 쭈글쭈글합니다. 하지만
그 쭈그러든 젖가슴에서 젖을 내어 줄지어 있는 아이들한테
나눠 줍니다. 그녀의 오른발이 문둥병으로 짓물러 있는 걸 알
아보시겠습니까? 배도 허기 때문에 움푹 꺼질 대로 꺼졌고,
게다가 그걸 전갈이 물어뜯고 있습니다. 그녀는 이런 병고와
아픔을 견디면서도, 쭈그러든 젖가슴으로 인간에게 젖을 주고
있습니다."

　한 시간 전만 해도 붙임성 있게 농담을 던지던 에나미가 이

때 돌연 얼굴을 일그러뜨렸다. 그의 뺨을 흘러내리는 땀은 마치 눈물인 양 보였다. 미쓰코도 누마다도 기구치도 이소베도 얼떨떨해지는 동시에 이 남자가 뒤틀린 뿌리 같은 이 여신상에 어떤 상념을 갖고 있는지를 느끼지 않을 수 없었다.

"저는 이 차문다상을 무척 좋아합니다. 이 도시에 올 때마다 이 상 앞에 서지 않은 때가 없었습니다."

"마음에 들었어, 나도." 뜻밖에도 기구치가 실감 어린 목소리로 말했다. "난 말이야, 미얀마 전선에서 죽을 뻔했는데, 이 비쩍 마른 상을 보니 빗속에서 죽어간 병사들을 떠올리게 되는군. 그 전쟁은…… 괴로웠어. 그리고 병사들 모습이…… 다들 이랬지."

"그녀는…… 인도인의 모든 괴로움을 나타내고 있습니다. 오랫동안 인도인이 겪어야만 했던 병고와 죽음과 굶주림이 이 상에 드러납니다. 오랫동안 그들이 고통받아 온 모든 질병에 이 여신은 걸려 있습니다. 코브라와 전갈의 독에도 견디고 있습니다. 그런데도 그녀는…… 헐떡이면서, 쭈그러든 젖가슴으로 인간에게 젖을 주고 있습니다. 이것이 인도입니다. 이런 인도를 여러분께 보여 드리고 싶었습니다."

에나미는 자신의 감정을 부끄러워하는 듯 꾀죄죄한 커다란 손수건으로 땀에 젖은 얼굴을 북북 닦았다. 그는 인도에 견주어 이 수난의 여신을 설명했지만, 실은 이 여신을 볼 때마다 남편한테 버림받고도 온갖 괴로움을 견디며 자신을 키워 준 어머니를 떠올렸다.

"그럼 이건 다른 여신들과 달리…… 인도의 성모 마리아 같은 건가요?"

"그리 생각하셔도 좋습니다. 하지만 그녀는 성모 마리아처럼 청순하지도 우아하지도 않고, 아름다운 의상도 걸치고 있지 않습니다. 반대로 추하고 늙었고, 괴로움에 헐떡이며 그걸 견디고 있습니다. 이 치켜올려진, 고통으로 가득 찬 눈을 한번 보세요. 그녀는 인도인과 함께 괴로워합니다. 조각상이 만들어진 건 12세기인데, 그 괴로움은 현재에도 그대로입니다. 유럽의 성모 마리아와 다른, 인도의 어머니 차문다입니다."

다들 말없이 에나미의 이야기를 듣고 있었다. 그리고 저마다 마음속으로 상념에 잠겼다.

"나갈까요?"

에나미가 가뿐하게 모두를 재촉했다.

"다른 분들이 기다리느라 지쳤을 테니까요."

그가 걷기 시작하자, 이소베와 기구치가 옆에 다가와 인사를 했다.

"고맙네, 좋은 걸 보여 줘서."

기구치가 여기에 한마디 덧붙였다.

"이 지하실을 가 보고…… 나는 비로소 이 나라에 어째서 석가모니가 나타나셨는지…… 알게 된 느낌일세."

"그렇습니까?"

에나미는 이때 진심으로 기뻐하는 표정이었다.

"그리 말씀해 주시니, 내일 부처님이 수행 후 첫 제자에게 모습을 나타내신 장소를 구경하실 의미가 있습니다."

밖으로 한 걸음 내딛자 강한 햇볕이 이마에 와 부딪쳤다.

동굴 내부에 들어가지 않은 산조 부부와 여자들은 냉방이 되는 관광버스 안에서 시원한 코카콜라나 야자열매 주스를 사 마시고 있다.

"어땠어요?" 산조가 물었다.

"이 땀 좀 보세요." 에나미가 원래대로 돌아와 싹싹하게 대답했다. 산조가 웃으며,

"그러니까 난 안 들어간 거예요. 어차피 먼지투성이 불상일 테죠?"

"불상이 아니라 여신상입니다."

"마찬가지예요. 이제부터 어디로 갑니까?"

"성스러운 갠지스강입니다."

"라인강에 가고 싶었는데." 산조의 신부가 철없이 말했다. "무엇보다 거긴 이렇게 덥지 않아."

"드디어 어머니 갠지스강입니다."

차 안의 냉방으로 겨우 한숨 돌리자, 에나미는 마이크를 집어 들었다.

어머니라는 단어는 조금 전 지하실에 발을 들여놓았던 몇 사람에게, 독사와 전갈에 물리고 문둥병을 앓고 굶주림을 견디며 아이들에게 젖을 나눠 주던 여신을 떠올리게 했다. 인도의 어머니. 어머니가 지닌 포근한 부드러움이 아니라, 뼈와 가죽만 앙상한 채 허덕이며 살아가는 노파의 이미지. 그럼에도 불구하고 그녀는 여전히 어머니였다.

"오늘 견학은 내일을 위한 예비적인 것입니다. 내일 막 태양 광선이 구름을 가를 무렵에 나갈 생각인데, 주무시느라 참가 하지 않을 분을 위해 지금 안내해 드리는 겁니다."

"이른 아침이 더 재미있나요?"

산조가 새된 목소리로 질문했다.

"재미있는 게 아니에요. 성스러운 것입니다. 금빛 햇살이 어둠을 가르는 걸 신호 삼아, 이 도시로 모여든 순례자들이 이곳저곳의 가트로 몰려옵니다. 그들은 앞다퉈 어머니 강에 몸을 담급니다. 어머니 강은 산 자도 죽은 자도 받아들입니다. 성스럽다는 건 그런 뜻입니다."

"시신의 재를 흘려보낸 곁에서 목욕한다는데 정말인가요?"

"정말입니다."

"싫어, 난." 산조의 젊은 아내가 남편에게 말했다. "그런 더러운 건 안 볼 거야."

"예에, 예에, 버스에 남아 계셔도 좋습니다. 속이 불편해지시면 곤란하니까요."

에나미가 지당한 말씀이라는 듯이 미소를 띠고 끄덕였다. 산조는 아내를 감싸듯,

"불결하다는 생각을 안 하나, 인도인들은?"

"천만에요. 여러 번 말씀드리다시피 갠지스강은 힌두교도에게 성스러운 어머니 강입니다. 바로 그렇기 때문에, 언젠가 그곳에 흘려보내지려고 그들은 기차나 도보로 긴 여행을 계속해 이 도시로 옵니다. 저기 창밖을 보세요. 기다란 나무 지팡이를 짚은 늙은 행자가 지금 교차로를 건너고 있네요."

214

백발 도깨비처럼 깡마른 늙은 행자가 그대로 사람들 소용돌이 속으로 빨려 들어간다.

"이곳은 죽기 위해 모여드는 도시입니다. 이곳에 도착하는 몇 개의 도로, 이를테면 판치코시 로드, 라자 모티 찬드 로드, 라자 바자르 로드. 동서남북에서 많은 순례자들이 죽기 위해 찾아옵니다. 보세요, 그들을 태운 버스와 자동차가 달리고 있지요? 버스나 자동차를 탈 수 없는 자는 그 늙은 행자처럼 시간을 들여 걸어서 옵니다. 일본 같은 나라엔 그런 도시는……." 에나미는 말에 힘을 실었다. "절대로 없겠지요. 절대로."

죽기 위해 오는 길. 기구치는 그 말에서 미얀마의 '죽음의 거리'를 떠올렸다. 볼살이 푹 꺼진 죽은 병사들의 얼굴, 진흙탕 길에 쓰러져 신음 소리를 내고 있는 부상병 무리. 몽유병자처럼 걸었던 그 '거리'. 그 거리만 통과하면 살아남을 수 있다고 한 가닥 희망을 품었던 길. 아까의 늙은 행자도, 갠지스강에 기어코 가 닿으면 환생할 수 있다는 소망을 갖고 있을까.

사람 물결 속에서 이소베는 맨발의 소녀 몇을 보았다. 소들과 양들 사이로 한 소녀가 빠져나가더니 사라졌다. 다른 소녀는 튀김 가게 앞에 서서 허기진 눈초리로 포장마차 사내가 젓가락으로 과자를 건져 올리는 걸 지켜보고 있었다.

"찾아요."

아내의 필사적인 헛소리가 다시 들린다.

"약속해요, 약속해요."

그는 이번에 에나미에게 얘기해서 혼자만 이 바라나시에 남을 생각이었다. 예정표에 의하면, 내일부터 일행은 석가모니가 처음 설교를 한 사르나트를 기점으로 불교 유적 여행에 나선다.

(꼭 찾을게. 기다리고 있어.)

이소베는 마음속으로, 셀 수 없을 만치 중얼거린 똑같은 말을 되풀이했다.

"봐? 말아?"

그의 등 뒤로 두 여자의 속삭임이 들려온다.

"봐야지. 모처럼 비싼 돈을 내고 이곳에 온 거잖아. 이야깃거리 때문에라도 안 보면 손해 아냐?"

다사스와메드 가트에 도착한 버스에서 일본인들이 줄줄이 내리고, 산조 부인만이 자리에 남았다. 가트란 강으로 내려가기 위한 계단이다.

구걸하는 여자애들이 순식간에 그들 주변을 에워쌌다. 몸부림치며 입에 무언가를 집어넣는 시늉을 하는 아이, 엉금엉금 기면서 손가락 없는 손을 내미는 문둥병 걸린 여자는 일본인들의 동정을 불러일으켰다. 산조가 동전을 주고 일부러 들으란 듯이 소리 질렀다.

"어째서 이 아이들을 보호시설에 넣지 않습니까?"

"인도에 오시는 일본인들은 다들 똑같은 질문을 하시네요."

에나미는 그런 산조에게 웃음을 띠었다.

"이 아이들을 보호시설에 보내면 그 가족들은 굶주립니다. 그들은 가족에게 중요한 재산이에요. 몸이 불편한 아이도 문둥병 걸린 여자도 그 병을 이용해 소중한 일꾼이 되고 있는 겁니다."

"몹쓸 나라로군. 이 나라의 정치가는 누굽니까?"

"모르시는군요, 어머니 갠지스강을 연상시키는, 인디라 간디 수상입니다. 네루의 따님이죠. 인도의 어머니로 일컬어지고 있습니다."

모양도 색깔도 난잡하고 질서가 없는 건물들은 순례자의 숙소, 왕후의 여관, 사원이다. 이 건물들 사이에 강에 바치는 겐다 꽃을 파는 꽃집들이 늘어서 있었다.

그곳을 빠져나오자 강이 홀연히 모습을 드러냈다.

오후의 햇빛을 반사하는 드넓은 강은 완만한 곡선을 그리며 흐르고 있다. 수면은 잿빛으로 탁하고, 수량이 풍부해 강바닥은 보이지 않는다. 가트에는 아직 사람들과 행상들이 남아 있다. 흐름의 속도는 멀리 강 위로 떠오른 잿빛 부유물의 이동으로 알 수 있었다. 자그맣게 보이는 그 부유물이 서서히 다가왔는데, 부풀어 오른 채 죽은 잿빛 개였다. 하지만 누구 한 사람 그것에 주목하지 않는다. 이 성스러운 강은 인간뿐만 아니라 살아 있는 모든 것들을 보듬어 실어 간다.

얕은 여울에서 남녀 몇몇이 빨랫감을 돌에 쳐 대고, 물가에 친 줄에 걸어 말리고 있다. 그들은 도비라 불리는, 세탁을 평생 직업으로 삼는 아웃 카스트이다. 물가로 내려가는 돌계단에서는 민머리에다 안경을 낀 늙은 브라만 승려가 커다란 우산을 세워 놓고 손님을 기다리고 있다. 브라만 승려 곁에는 핏빛 같은 버밀리언 가루를 파는 사내가 앉아 있는데, 이 가루는 브라만 승려가 힌두교도의 이마에 동글게 발라 축복하기 위한 것이다.

산조는 좀 전까지 분개를 하고 마구 업신여기던 걸 까맣게 잊은 듯이 아끼는 카메라를 챙겨 들고 이러한 풍경들을 연신 찍어 대고 있었다.

"산조 씨!"

에나미가 당황해서 큰 소리로 말했다.

"이제부턴 화장터가 가까워지면서 시신들이 잇달아 가트로 실려 옵니다. 시신은 절대 찍지 마세요. 유족들이 노발대발할 테니까."

"시신을 찍어선 안 된다? 알고 있습니다. 그러니까 찍고 싶은 거지요. 카메라맨으로서."

"농담이 아니에요. 절대로 삼가 주세요. 다른 분들께 폐를 끼치게 됩니다."

에나미의 말대로 가트에 장례 행렬의 남자들이 한 무리 나타났다. 3미터 남짓한 막대기 두 개를 들것 삼아, 거기에 불긋한 천으로 감싸고 금빛 테이프를 휘감은 시체라 여겨지는 것을 동여매어 강어귀에 두었다. 그들은 거기서 자신들의 순서가 오기를 진득하게 기다리고 있었다. 죽음의 냄새를 맡았는지, 처음에는 파리 떼가 끓더니 어느 틈엔가 까마귀 떼가 그 언저리를 서성거리기 시작했다. 하지만 유족들은 웅크린 채 그걸 쫓으려고도 않는다.

강은 변함없이 묵묵히 흐르고 있다. 강은, 이윽고 재가 되어 자신 속에 흩뿌려질 시신에도, 머리를 그러안고 꼼짝도 않는 유족 남자들한테도 무관심했다. 이곳에서는 죽음이 자연의 일부라는 사실이 똑똑히 느껴졌다.

건너편 가트에서 대여섯 명의 남녀가 목욕을 하고 있다. 남자는 하반신에 흰 천을 두르고 여자는 알록달록한 사리를 휘감은 채 물에 몸을 담그고는 합장하고, 입을 헹구고 머리를 감고, 다시 가트로 돌아간다. 목욕 후에는 돌계단에서 잠시 쉬었다가 또다시 강에 들어가는 사람도 있다.

다소 그늘이 졌다. 좀 전까지 돌계단에 내리쬐던 햇볕이 조금씩 물러가고 있다. 하지만 강은 아무런 변화도 없이 한결같이 흘러만 간다.

"화장터입니다."

에나미가 유황처럼 노란빛을 띤 연기가 피어오르는 마니카르니카 가트를 가리켰다.

"그 왼편에 늘어선 2층, 3층 건물은 죽음을 기다리는 노인이나 불치병 환자만을 무료로 받아 주는 숙소입니다. 그들은 죽으면 화장터로 곧장 실려 갑니다. 그나마 장작 값이 없는 가난한 이들은 그대로 강에 떠내려 보냅니다만."

"화장터 사진도 못 찍나요? 시신은 안 찍을 테니. 에나미 씨, 부탁해 보세요."

촬영을 고집하는 산조의 억지스러운 요구에 에나미는 세게 고개를 내저었다.

"안 됩니다, 절대로 안 됩니다."

"돈을 쥐여 주면 어떨까요?"

"사진을 찍히는 유족 입장이 한번 되어 보세요. 그건 힌두교도와 시신에 대한 모욕입니다."

가트의 돌계단에 걸터앉은 미쓰코와 이소베는 에나미의 화난 목소리를 들었다.

"신혼여행이라면서 저이는 마누라를 버스에 혼자 내버려 둔 채 사진에만 정신을 팔고 있네요. 도무지 이해가 안 되는걸."

이소베가 우윳빛 수면을 바라보며 말했다. 미쓰코는 자신도 신혼여행 때 남편을 파리의 호텔에 두고 자신만의 세계를 찾아 랑드 숲을 걸었던 일을 떠올렸다.

"이소베 씨 같은 부부는 이제 흔치 않죠. 돌아가신 사모님을 찾으러 이 나라에 오시다니."

"그렇지만 이 강물에서 미역 감는 인도인들은 다들 환생을 믿고 있습니다. 당신도 이곳에서…… 찾고 계실 테지요."

"제 경우는 살아 있는 친구예요. 만나건 안 만나건 상관없어요."

"그런가요, 그 사람은 무슨 일을 하고 있지요?"

"신부가 되었다고 들었어요."

"신부? 신부가 힌두교도의 동네에 산다?"

이소베가 의아해하는 표정을 지었을 때, 등 뒤에서 에나미와 누마다의 대화가 들렸다.

"화장되지 않는 건 장작 값을 못 내는 가난한 사람 그리고 일곱 살 이하의 어린이입니다. 아이의 시신은 갈대로 만든 배에 태우고, 가난한 사람은 그대로 수장(水葬)을 합니다."

"물고기를 낚는 사람도 있네요."

"예, 그 생선을 이 동네 호텔에선 식탁에 올립니다. 관광객한테는 비밀이지만요. 이제 슬슬 돌아갈까요? 내일 아침 일찍 이곳에 올 겁니다."

해가 기울었으나, 갠지스강만은 조금 전과 마찬가지로 모든 것에 무심한 채 천천히 움직이고 있다. 누마다는 그곳이 죽은 자들의 다음 세계인 듯한 느낌이 들었다. 그는 자신이 아주 오래전에 쓴 동화를 마음에 되살렸다.

신키치의 할아버지도 할머니도 야쓰시로 바닷가 마을에 살았습니다. 할아버지는 팔 년 전 돌아가셨지만, 건강하셨을 적에는 오징어잡이 명인이라 불리며 마을에서 인기 있는 어부였습니다. 하지만 술을 무척 좋아하셨고, 그래서 돌아가신 거라고 신키치의 아버지는 투덜거리곤 했습니다.

도쿄에 있는 신키치는 할아버지 댁에 별로 가지 않습니다. 삼 년 전, 백중맞이 때 아리아케 바다로 돌아왔습니다. 그리고 낮에는 반짝반짝 빛나는 야쓰시로 바다에서 친척 형들한테 헤엄치는 법을 배우고 밤에는 밤낚시를 따라다니기도 하면서, 매일매일이 너무나 신나고 즐겁기만 했습니다. 바닷가에서 보면 오징어잡이 배의 불빛은 마치 불의 다리처럼 죽 이어집니다. 백중맞이 밤, 할머니와 친척들은 초롱에 불을 밝혀, 하나하나 배에서 바다로 떠내려 보냈습니다.

여기저기서 촛불이 켜진 초롱이 흘러갑니다.

"할아버지는 이 바다에서 물고기가 되어 살아 계신단다."

할머니가 진지하게 신키치에게 일렀습니다.

"이 바다는 우리가 죽은 뒤에 사는 세상이란다. 할머니도 언젠가 숨을 거두면, 이 바다를 흘러 흘러 물고기가 되어, 할아버지를 만날 수 있단다."

할머니는 진심으로 그렇게 믿고 있는 모양입니다. 친척 형에게 신키치가 "정말이야?" 하고 묻자, 형이 진지한 낯으로 대답했습니다.

"정말이고말고. 마을 사람들은 다들 그렇게 생각해. 내 여동생도 초등학생 때 죽었는데, 지금은 물고기가 되어 이곳 바다 저 깊숙한 데서 헤엄치고 있어."

누마다의 이 동화는 대학생 무렵의 습작으로, 마음에 드는 작품 중 하나이다. 그다음에는 마을 근처에 큰 공장이 들어서서 그 폐수가 바다를 오염시키고 물고기를 괴롭히고 어촌 사람들을 병들게 하는 이야기가 나오는데, 이건 동화치고는 너무나 가슴 아픈 이야기가 되겠기에 끊어 버렸다. 마을 사람들이 그 공장을 고소한 것은, 질병의 원인을 만드는 폐수를 흘려보낸 것만이 아니라 조상이나 돌아가신 부모님, 친척, 형제가 물고기가 되어 살고, 이윽고 그들도 거기서 다시 태어날 다음 세상을 파괴했기 때문이다. 하지만 다음 세상 따위를 믿지 않는 저널리즘이 그런 것보다는 환경 파괴나 질병 쪽에 중점을 두어 보도한 사실도 누마다는 동화에 끼워 넣고 싶었다.

8장
잃어버린 것을 찾아서

금속을 마구 긁어 대는 듯한 소리는 머리맡의 전화였다. 그 날카로운 울림은 무언가 이변이 생겼음을 알리고 있었다. 하얀 팔을 내뻗어 미쓰코는 수화기를 집어 들었다.

"나루세 씨인가요? 미안합니다. 이 시각에 전화드리는 게 참으로 실례인 줄 알지만." 안내원 에나미의 목소리였다. "기구치 씨가 열이 심합니다. 손님들 중에는 인도에서 설사를 일으키는 분이 많아서 준비해 온 항생제를 드시게 했는데, 그다지 효력이 없는 모양입니다."

"전 의사가 아닌걸요."

"예, 압니다. 하지만 병원에서 일하셨잖아요. 좀 도와주시겠어요?"

"프런트에 연락하셨나요?"

"이곳 프런트는 영 도움이 안 됩니다. 아무것도 모르는 여자애가 당직자인데, 내일에야 의사한테 연락한다는 말뿐입니다. 그래서 제가 지금 대학 병원에 연락해서 의사를 데려올 참인데, 그동안만이라도 기구치 씨를 지켜봐 주시겠습니까?"

그녀는 서둘러 옷을 갖춰 입고 복도로 나왔다. 오전 3시경으로, 캄캄했다. 복도 벽에 갖다 붙인 듯이 도마뱀붙이 한 마리가 찰싹 달라붙어 있다. 밖에서는 벌레들이 홍수처럼 울어대고 있었다. 프런트에서는 얼굴이 피로에 전 에나미가 낡아빠진 소파에 다리를 쭉 뻗은 채 입을 벌리고 눈을 감고 있었다. 그리고 벽 여기저기에 핀 꽂힌 곤충처럼 큼직한 나방이 앉아 있다. 프런트 여자가 너덜너덜한 잡지를 뒤적이며 볼썽사납게 하품을 했다.

"아아." 에나미는 눈을 뜨고 용수철 달린 인형처럼 벌떡 일어났다.

"힘들겠어요, 안내원 일도."

"가끔씩 있지요, 이런 일이. 그래도 손님들은 대개 항생제로 낫곤 했는데."

"증상이 어떤가요?"

"하여간 고열입니다. 식중독인가 싶었지요. 갠지스강에서 잡힌 송어를 먹으면 탈 나는 사람이 많으니까요."

맨발에 걸쳐 신은 슬리퍼 소리를 내면서 그는 미쓰코를 데리고 계단을 올라갔다. 기구치의 방은 2층으로 미쓰코의 방 반대편 복도에 있었다.

"기구치 씨, 한달음에 의사를 불러올 테니까요." 에나미가 문을 열고 전등을 켰다. "그동안 이 나루세 씨가 옆에서 돌봐 주시겠답니다. 나루세 씨는 병원에서 자원봉사를 하셨으니 안심이 됩니다."

담요 양끝을 붙잡고 기구치는 얼굴을 절반은 거기에 파묻은 채 헐떡이고 있었다.

"미안하네. 폐를 끼치는구면."

열이 상당히 심한 듯 몸을 바들바들 떨고 있다. 땀투성이가 된 얼굴이 어둑한 불빛 아래서도 한눈에 드러났다.

에나미의 발소리가 복도 저 멀리 사라지고, 방 안에 기구치와 미쓰코, 단둘만 남았다. 꾀죄죄한 욕실의 타월은 어쩐지 지저분하여, 미쓰코는 자기 전용의 수건과 오드코롱을 가지러 방으로 갔다. 돌아왔을 때도 기구치는 여전히 떨고 있었다.

"땀을 닦아 드리죠."

열기와 땀내가 미쓰코의 코를 찔렀다. 그것은 자원봉사 시절에 겪은 환자들의 체취를 한꺼번에 떠올리게 했다. 어떻게 몸을 움직여야 하는지, 어디서부터 닦으면 좋은지를 미쓰코는 잘 알고 있다. 오드코롱 향이 퀴퀴한 냄새와 열기를 조금이나마 가셔 주었다.

"죄송합니다, 아주머니."

"걱정 마세요."

"병사였을 때 말라리아를 앓았지요. 키니네로 다 나았는데, 재발한 건지도 모르겠네요."

미쓰코도 기구치가 말한 병명을, 살집 하나 없는 그의 가슴을 닦아 주면서 생각하고 있었다. 오한과 떨림이 또다시 몰려왔는지 기구치는 담요를 몸에 둘둘 감고서도 이가 부딪는 소리를 내고 있다.

"지금은 키니네를 사용하지 않아요. 훨씬 더 잘 듣는 프리마퀸이라는 약을 쓰죠. 프리마퀸이라면 인도의 의사도 틀림없이 알고 있을 거예요."

"아주머니……." 기구치가 틀니를 빼낸 입으로 물었다. "의사가 와 줄까요?"

미소 지으며 미쓰코는 끄덕였다. 애매한 미소는 그녀가 병원에서 '애정의 흉내 짓'을 할 때의 얼굴이었다. "눈을 감고…… 주무세요. 괜찮아요. 옆에 있을게요."

그녀는 환자의 손을 잡고 손등을 쓸어 주었다. 이것도 자원봉사 무렵 자주 했던 '애정의 흉내 짓' 가운데 하나이다. 기구치는 해 주는 대로 가만히 있었다. 삼십 분 남짓 지나자 정원 안쪽에서 희미하게 자동차 소리가 들렸다. 귀를 기울이던 미쓰코가 말했다.

"차가 왔어요. 에나미 씨와 의사예요. 생각보다 빠르네요."

기구치는 몹시 지친 듯 눈을 감았다. 헤드라이트 불빛이 주마등처럼 방 창문을 지나갔다. 미쓰코는 방문을 열고 두 사람을 기다렸다. 방으로 들어온 의사는 아직 삼십 대의 젊은 인도인으로, 간디처럼 테가 없는 안경을 끼고 있었다. 그는 기구치의 가슴에 밀어붙이듯이 청진기를 갖다 댔다. 그러고는 미쓰코를 기구치의 아내로 생각했는지 "미세스." 하고 불렀다.

혈액을 뽑는 것과 주사를 놓는 것이 환자의 종교 계율에 어긋나지 않는지 물었는데, 그 영어 발음이 퀸즈 잉글리시[13]여서 미쓰코는 그가 필시 런던에서 유학했을 거라 생각했다.

"말라리아인가요?"

에나미가 묻자, 의사는 어깨를 으쓱해 보이고 해열 주사를 놓은 다음, 기구치의 혈액을 작은 시험관에 넣었다. 그리고 에나미에게 눈으로 신호를 보내고 복도로 나갔다.

이윽고 피로로 충혈된 눈을 깜박거리며 에나미가 미쓰코를 손짓해 불렀다.

"야단났군요. 악성 전염병이나 말라리아면 입원을 안 할 수 없고. 한데 저는 오늘 저녁엔 손님들을 데리고 부다가야로 가야 하니. 물론 기구치 씨를 혼자 내버려 둘 수 없으니까 경우에 따라선 입원을 시켜 드리고, 콜카타의 관련 회사에 일본인 한 사람을 보내 주십사 부탁하겠지만, 오늘 저녁까지는 빠듯하네요."

"하지만 이런 예상 밖의 사태는 지금껏 늘 있었을 테죠?"

"있었지요. 하지만 항생제로 낫는 설사나 복통 환자뿐이었고, 말라리아는 처음입니다."

"제가……." 하고 미쓰코는 잠시 침묵하고 나서 말했다. "남아 있을까요?"

"정말입니까?"

에나미가 눈을 동그랗게 뜨고 말했다. 하지만 그는 그걸 내심 기대하고 있었던 게 분명했다.

---

13) 영국 표준 영어.

"그렇게 해 주신다면야 정말로 안심입니다. 나루세 씨라면 말도 통하고."

"영어는 신통찮은걸요. 그래도 콜카타의 일본인이 와 주실 때까진 어떻게든 해 보죠."

"부탁합니다. 부탁합니다. 그 대신 모레는 꼭 돌아올 테니, 이틀만 애써 주시면 됩니다. 물론 회사와 연락해서 나루세 씨의 인도 체재비는 깎아 드리겠습니다."

"그런 배려는 안 해도 돼요. 전 석가가 깨달은 부다가야 같은 깨끗한 장소는 성미에 안 맞아요. 오히려 악취가 풍기는 이 동네가 훨씬 마음에 들 정도예요. 이곳에 남게 해 주시는 게 되레 감사한걸요."

"진심으로 알겠습니다, 그 말씀."

미쓰코는 다시 예의 미소를 떠올렸다. 그러나 이때는 자신의 본심을 숨기기 위한, 여느 때의 미소가 아니었다. 인도에 와서 차츰 흥미를 일으킨 것은 불교가 태어난 나라 인도가 아닌, 청정과 불결, 신성과 외설, 자비와 잔인함이 혼재되어 공존하는 힌두의 세계이다. 석가모니에 의해 정화된 불교 유적을 보기보다는, 온갖 것들이 혼재되어 있는 강변에 하루라도 더 남아 있고 싶었다.

"전 좀 더 기구치 씨를 지켜보겠어요."

그녀가 중얼거렸다.

"당신은 이제 곧 아침의 갠지스강으로 모두를 데리고 가야 잖아요. 좀 쉬는 게 좋겠네요."

"갠지스강에 안 가실 건가요, 나루세 씨는?"

"기구치 씨의 용태가 이대로라면 그냥 내버려 둘 수 없어요……."

혼자가 된 그녀는 정신없이 잠든 기구치 곁에 걸터앉아 틀니를 뺀 얼빠진 듯한 그 얼굴을 내려다보았다. 신기하다. 바로 보름 전까지만 해도 전혀 알지 못했던 노인 곁에서 밤을 보낸다. 이 인도의 죽음 같은 밤, 불교에서 말하는 무명의 밤. 일본에서는 상상도 할 수 없는, 온통 검정 일색으로 칠해진 밤.

문득 『테레즈 데케이루』의 한 부분을 떠올렸다. 테레즈가 남편 베르나르를 간병하는 밤의 장면이다. 오늘 밤과 완전히 똑같은, 희미한 불빛도 없고 희미한 소리도 들리지 않는 검정 일색의 아르즐루즈의 밤이었다. 테레즈는 남편의 잠든 얼굴을 보면서 돌연 어두운 충동에 사로잡힌다.

미쓰코가 좋아하는 장면. 오늘 밤만이 아니라, 예전에 신혼 여행에서 남편의 잠든 얼굴을 보면서 그녀가 느꼈던 그 충동. 선량 그 자체로, 일 외엔 자동차와 골프밖에 관심이 없는 남자의 얼굴. 그걸 응시하고 있으면, 미쓰코는 언제나 『테레즈 데케이루』의 그 장면이 떠올랐다. 몇 번이고 몇 번이고 거듭 읽고, 그 속에서 어쩐지 어두운 자신의 모습이 투영된 것을 발견할 수 있었던 그 페이지를.

이 기구치라는 노인이 어떤 사람인지는 전혀 모른다. 아내는 있는지, 젊은 시절에 어떤 생활을 했는지. 무슨 일로 혼자 인도 여행에 참가하게 되었는지, 뉴델리에서 이곳까지 이 노인에게 아무런 흥미도 없었다. 하지만 이 아무 관계도 없는 노인의 잠든 얼굴을 내려다보고 있자니, 테레즈와 똑같은 감정이 한순간이나마 가슴을 스친다. 그녀의 마음 깊숙이 깃든 파괴적인 것, 힌두의 여신 칼리와 똑같은 것을⋯⋯.

"가스통 씨."

가위눌린 기구치가 헛소리를 했다.

"가스통 씨, 가스통 씨."

무슨 말을 하는 건지 미쓰코는 이해할 수 없었으나, 그녀는 노인의 이마에 맺힌 땀을 타월로 닦았다. 그리고 두 시간 전의 고열이 꽤 가라앉았다는 걸 알아챘다. 알아채는 동시에 그녀 자신도 인생의 깊은 피로를 느끼고, 의자에 걸터앉은 채 눈을 감았다.

얼마나 잠들었는지 알 수 없었으나 복도를 부산하게 오가는 몇 사람의 발소리에 미쓰코는 눈을 떴다. 어느 틈엔가 동이 터 창문으로 오후의 무더위를 짐작게 하는 햇살이 일찌감치 비쳐들고, 호텔 정원에서 작은 새들이 지저귀는 소리가 들렸다. 환자는 방심한 듯이 입을 벌린 채 계속 잠들어 있었는데, 이마에 손을 갖다 대니 열은 거의 내린 모양으로 땀내 물씬한 체취만이 태풍 뒤의 냄새처럼 남아 있었다.

발소리를 죽여 방을 나가자 마침 맞은편에서 에나미가 두 여성과 오고 있는 참이었다.

"갠지스강에서 방금 돌아왔습니다. 정말 수고하셨어요. 두 시간 전 출발 때, 잠깐 방을 들여다보았는데 한참 주무시고 계시는 것 같아 깨우지 않았습니다. 정말 도움이 되었습니다."

에나미는 어지간히 피로가 눈에 묻어 있었으나, 두 여성은 팔팔했다.

"힘드셨겠어요, 나루세 씨." 그중 한 사람이 들뜬 목소리로 말했다. "하지만 어쩌면 안 가신 편이 더 나았는지 몰라요. 강 주변은 개들과 소들의 똥으로 지저분하고, 물가는 시신 태우는 냄새로 난 장엄하기는커녕 속이 울렁거리지 뭐예요. 정말이지 시신의 재를 흘려보내는 바로 그 옆에서 힌두교도가 입을 헹구기도 하고 머리도 감더군요."

"여러 번 말씀드리다시피 그걸 보고 인도에 끌리는 사람과 철저하게 싫어지는 사람, 두 부류로 나뉘죠."

에나미는 인도를 위해 늘 그러듯 변명을 했다.

"누마다 씨나 이소베 씨는 감동하시던걸요."

"일본인 힌두교도가 있었어요." 두 여자가 한꺼번에 말했다. "힌두교도와 똑같이 하얀 천을 허리에 두르고, 그렇죠, 에나미 씨?"

"도티라고 합니다. 여자가 입고 있는 건 사리."

"힌두교도의 시신을 화장터로 나르는 일을 거들더군요. 깜짝 놀랐다니까요."

"저도 놀랐습니다, 처음엔 인도 마니아인 젊은 히피인가 싶었는데, 단순한 여행자가 아니라고 하니."

"이야기해 보셨어요?"

"예, 조금. 더 깜짝 놀란 건 그의 직업이 신부라는 거예요. 기독교 신부가 어째서 힌두 옷차림을 하고 있느냐고 물었더니, 인도에 온 이상 그 지역의 복장을 하는 것이 자연스럽다고. 그가 날라 온 건, 돈 없이 길가에 쓰러져 죽은 이들의 시신이라더군요."

미쓰코는 세 사람과는 딴 방향에 눈길을 둔 채 잠시 침묵했다. 마침내,

"그 사람, 이름이 뭐라던가요?"

가칠한 목소리로 물었다.

"글쎄, 그쪽에서 말하지 않았는데, ……하지만 이 도시의 아슈람에 살고 있다더군요. 저도 이곳엔 여러 번 와 봤어도 그런 일본인은 처음이네요."

"아슈람."

미쓰코의 목소리는 여전히 가칠했다.

"힌디어로 수도원이라는 뜻입니다."

오쓰다. 그 남자는 오쓰다. 미쓰코는 가슴에 북받치는 감정을 밖으로 내보내지 않으려 애썼다.

"나루세 씨는 뭔가 짚이는 데라도 있습니까?"

미쓰코는 얼굴을 옆으로 돌려 끄덕였다.

"대학 시절…… 동창생…… 같습니다."

에나미는 뭔가 낌새를 느꼈는지 한순간 침묵한 다음, 아침 식사는 했느냐고 화제를 바꾸었다.

"네, 곧 하러 가겠어요. 하지만 그 전에 기구치 씨를 한 번 더 보고 올게요."

그녀는 기구치의 방으로 돌아오면서 가슴을 스치는 감정을 곱씹었다.

그 오쓰가, 가는 곳마다 좌절하고 실패만 해 온 그 남자가,

이런 장소에서 시신을 화장터로 나르고 있다. "신이란 단어가 싫다면 양파라 불러도 됩니다." 손 강변에서 들은 오쓰의 가칠하고 힘겨운 목소리가 귀 깊숙이 잉걸불처럼 남아 있다. 그 남자는 여전히 질리지도 않은 채 양파를 위해 살아가고 있다. 미쓰코한테는 찾아지지 않는 것을 위해.

기구치의 방을 들여다본 뒤 미쓰코는 제 방으로 돌아와 세수를 하고 식당으로 내려갔다. 일본인 손님들은 아침 식사를 마치고, 정오까지의 자유 시간을 보내기 위해 정원을 산책하거나 시내로 나갔다. 식당에는 한 인도인과 그의 지시에 따라 지저분한 접시를 치우는 소년이 있었고, 일행 중 한 사람만이 담배를 피우며 창문 유리에 레이스 같은 그물코 모양을 그리는 수목을 바라보고 있었다.

"안녕하세요."

미쓰코가 인사를 했다.

"나루세 씨군요, 누마다라고 합니다. 당신은 기구치 씨의 간병 때문에 여기에 남으실 거라더군요."

"네, 하지만 그 때문이라기보다 전 이 동네가 마음에 들거든요."

"그렇습니까? 저도 에나미 씨한테 부탁해서 남기로 했습니다. 오늘 아침 갠지스 강변에 나갔다가 새삼 그리 결정했지요. 폐는 끼치지 않을게요."

누마다가 온화한 미소를 지으며 이어 말했다.

"전 동화를 쓰는 사람입니다만, 제 동화 중에 규슈의 야쓰시로 바다가 나오는 게 있습니다. 그곳 사람들은 죽은 이들은 모두 바닷속에서 물고기가 되어 계속 살아간다고 믿지요. 바다는 그들의 다음 세상입니다. 그곳 사람들에게 바다는 마치 힌두교도의 갠지스강 같은 것입니다."

이런 이야기를 정신없이 늘어놓는 남자라면 함께 호텔에 남는 것도 괜찮겠다고 느낀 미쓰코는,

"남아 주시는 편이 마음 든든해요."

보이가 가져온 다르질링 차를 마시며 대답했다.

다행히도 기구치의 혈액에서는 말라리아 병원충이 발견되지 않았다. 고열은 더위와 노령에 따른 피로와 무슨 세균에 의한 것으로, 입원할 필요도 없이 며칠 안정을 취하면 된다고, 에나미가 정오 무렵 어제의 젊은 의사한테서 전화로 들었다. 미쓰코는 여전히 불안했다.

"확실한가요, 그 진단?"

"괜찮습니다. 제가 필사적으로 바라나시의 대학 병원에서 당직 의사를 불러왔으니까요. 이젠 나루세 씨도 여행에 복귀하셔야죠."

"아니에요, 전 남겠어요. 제가 남는 게 기구치 씨한테도 안심이 될 테죠."

"야단났군, 이소베 씨도 누마다 씨도 산조 씨 부부도 같은 이야기들을 하시니. 산조 부인은 더 이상 인도를 돌아다니는 건 싫다고."

그러나 에나미로서도 노인에게 일어날 만일의 사태를 생각

해 그러는 편이 물론 나았다. 그렇게 하면 콜카타에 있는 일본인을 굳이 부르지 않아도 된다.

2시, 부다가야로 향하는 일행을 태우기 위해 버스가 도착했다. 이소베와 누마다와 미쓰코는 모두를 배웅하러 현관까지 나왔다. 버스가 떠나가자 갑자기 공허해진 호텔 정원에는 그네만이 미지근한 바람에 삐걱거리는 소리를 내며 흔들리고 있었다.

"쓸쓸해지고 말았군."

삐걱거리는 그네 소리를 들으며 이소베가 중얼거렸다. 사람 그림자 없는 정원은 벌레 소리도 조용하고, 멀리 칸트역 쪽에서만 어렴풋한 웅성거림이 전해진다. 누마다가 문득 생각났다는 듯이 말했다.

"산조 씨 부부는?"

"글쎄, 모르겠는데요."

"이제부터 어떻게 하실 건가요?"

"전……." 이소베가 더듬거리듯 말했다. "잠깐…… 외출하려고요."

"갠지스강입니까?" 아무것도 모르는 누마다가 물었다. "저도 동행해도 될까요?"

"아니, 실은…… 개인적인 볼일이 좀 있어서 혼자 가고 싶습니다."

사정을 짐작한 미쓰코가 누마다에게 눈짓을 했다.

"누마다 씨, 기구치 씨의 용태가 좋아지면 저를 강에 데려가 주세요."

"좋습니다. 나도 그 강이 마음에 들더군요. 몇 번을 봐도 좋아요."

세 사람은 제각기 2층으로 돌아왔는데, 미쓰코와 누마다 두 사람은 기구치의 방을 들여다보았다.

이소베는 열쇠로 방문을 열고, 아직 침대 정리가 안 된 딱딱한 침대에 걸터앉아 햇볕이 따가운 창문으로 눈길을 주었다. 카무로지 마을의 라지니 푸니랄이라는 소녀. 버지니아 대학에서 가르쳐 준 그 소녀.

인도에 온 후로 이소베는 일본에 있을 때보다 훨씬 자주 아내를 떠올리게 되었다. 그것도 두 사람의 일상생활, 보잘것없는 광경을.

이를테면 출근하려고 구두를 신고 있을 때, 등 뒤로 아내가 건네는 말.

"오늘은 늦나요?"

"아니, 식사 시간엔 돌아와."

"저녁은 지리나베¹⁴⁾로 할까 봐요."

"좋을 대로 해, 난 상관없어."

그런 아침, 부부의 사소한 대화.

혹은 아내가 능숙한 손놀림으로 뜨개질하는 광경. 그는 바둑 잡지를 보며 바둑판에 돌을 늘어놓고는 한숨을 쉰다.

"글렀어."

"뭐가 글렀다는 거예요?"

---

14) 어육을 두부, 채소와 같이 냄비에 끓여 초간장에 찍어 먹는 요리.

"바둑을 둔 지 오 년이나 됐는데 초단조차 못 땄어. 오늘도 점심시간에 이시카와 군하고 두었는데, 삼 년차인 그이한테 보기 좋게 당하고 말았지. 역시 나이 들어 배워 봤자, 글렀어."

"그래도 즐겁잖아요?"

레이스 뜨던 손을 멈추고 아내가 입발림으로 위로한다.

"잘하고 못하고를 떠나 본인이 재미있으면 그걸로 충분하잖아요."

아내가 살아 있는 동안은 아예 떠올릴 일이 없었던 흔해 빠진 부부의 대화, 행복하지도 불행하지도 않았던 장면. 그런 장면이 먼 나라에 와서, 오후의 호텔 방에서 어째서 이렇게 갑자기 아프도록 가슴을 조이며 되살아나는 걸까. 아내는 극히 평범한 주부였고, 이소베도 흔한 보통 남편이었다. 살아 있는 동안은 감정을 억누르던 성격의 아내가 죽기 직전에야 처음으로 뜻밖의 면을 보였다.

이소베는 운동화로 갈아 신고, 열쇠와 지도와 카메라를 들고 방을 나갔다.

택시가 올 때까지 프런트의 매니저에게 카무로지 마을의 위치를 물어보았다. 이미 에나미한테서 이야기를 들은 때문인지 콧수염을 기른 가무잡잡한 얼굴의 매니저는 "제가 운전사에게 일러 두지요." 하고 불안해하는 이소베에게 손가락으로 동그라미를 만들었다.

택시가 왔다. 그 뜨끈한 좌석에 앉았을 때, 고통과 흡사한 심장의 고동을 느꼈다. 그는 아내가 살아 있는 동안 사후의 환생 따위는 한 번도 생각해 본 적이 없다. 그러나 아내의 그

외침으로 인해, 다짜고짜 거대한 차가 눈앞에 뛰어들어 한 인생의 방향도 행선지도 바꿔 버리듯이 재생(再生) 또는 환생이라는 두 글자가 출현하게 된 것이다.

그러면서도 이소베는 여전히 반신반의했다. 버지니아 대학에 연락을 취해 친절한 연구원한테서 편지를 받고 나서도 그는 솔직히 의심이 가시지 않았고, 확실한 것은 그때의 아내 목소리뿐이었다. 믿을 수 있는 건 마음속에 숨어 있던 아내에 대한 애착이었다. 그리고 지금 여기서 누군가가 만약 내세가 있어 또다시 결혼하겠느냐고 묻는다면, 지금의 이소베는 곧장 아내의 이름을 댈 게 분명했다.

미쓰코는 환자의 방에 전화를 걸었다.

"예."

기구치의 가라앉은 목소리가 바로 되돌아왔다.

"어떠세요, 기분은?"

"아아, 당신이군요. 덕분에 열도 내리고 썩 좋아졌습니다. 정말로 신세를 졌습니다."

"다행이네요, 식욕은요?"

"예, 낮에 에나미 씨가 수프와 샌드위치를 룸서비스로 갖다 주었지요. 샌드위치에는 아직 손을 댈 엄두가 안 납니다만, 의사도 저녁 무렵에 한 번 더 와 줄 모양이더군요."

"저는 잠깐 마을에 나가 봐도 괜찮겠어요? 물론 마을에서 다시 전화드릴 거예요."

"폐만 끼치는군요. 이젠 지낼 만하니 나갔다 오세요."

채비를 해서 로비에 내려오자, 누마다가 무릎 위에 스케치 북을 올려놓고 그녀를 기다리고 있었다.

"기구치 씨는 무척 좋아지신 것 같아요."

"정말 잘됐네요."

"전화 한 통화 더 하는 동안, 기다려 주시겠어요?"

미쓰코는 프런트에서 바라나시의 가톨릭교회로 전화를 걸어 달라고 부탁했다. 수화기를 받아 들고 귀에 대자 한참 동안 신호만 울릴 뿐 아무도 나오지 않더니, 겨우 듣게 된 건 나이 든 여자의 목 쉰 힌디어였다. 프런트 남자를 바꿔 주었는데 결국 얻을 수 있었던 정보는, 오쓰인가 하는 일본인은 없고 영어를 할 줄 아는 선교사들도 외출했다기에 교회의 주소를 아는 정도로 체념해야만 했다.

"이 동네에서 누군가를 찾고 계신가요?"

택시에 올라타자, 아까의 전화를 뒤에서 듣고 있던 누마다가 물었다.

"오늘 아침 다른 분들하고 강 구경을 가셨을 때, 일본인을 만나지 않으셨어요?"

"관광객이요?"

"아뇨, 화장터에서 일하는 사람이요."

"아아, 힌두교도와 똑같은 차림을 한 일본인."

"그 일본인이 저의 대학 시절 친구인 것 같아요. 신부가 되고 싶다는 말을 했거든요."

"그래서 그를 찾으려고 강까지 가시는 건가요?"

"어쩌면 화장터에 아직 있지 않을까 싶어서."

"무척 절친했나 보군요."

무심코 한 누마다의 말에 미쓰코는 자신도 모르게 얼굴을 붉혔다. 그녀는 자신의 젖가슴 사이를 오르내리던 오쓰의 머리를 생생하게 떠올렸다.

"냄새가 나요."

그녀는 서둘러 이야기를 돌렸다.

"무슨?"

"다른 나라에선 나지 않는 냄새가. 인간의 냄새가."

"싫은가요?"

"싫지 않아요. 좋아요. 이 냄새는 절 피곤하게 만들지 않아요. 유럽 같은 델 가면 전 뭐 잘 알지는 못해도, 프랑스가 바로 그 반대예요. 사나흘 만에 완전히 뼛속까지 녹초가 되고 말거든요."

"호오, 어째서일까요?"

누마다는 호기심과 반가움이 뒤섞인 눈길로 미쓰코를 보았다.

"글쎄, 프랑스는 워낙 질서정연해서 혼돈스러운 구석이라곤 없잖아요. 카오스가 너무 없는걸요. 콩코르드 광장이나 베르사유 정원을 걷고 있으면 전 그 지나치게 정연된 질서를 아름답다고 여기기 전에 먼저 지치는 성격이거든요. 거기에 비하면 이 나라의 난잡함이나 온갖 것들이 공존하는 광경, 선도 악도 혼재하는 힌두교 여신들의 조각상이 오히려 성미에 맞아요."

"서구인은 카오스를 싫어하죠. 나루세 씨는 혼돈스러운 쪽을 좋아하는 편인가요?"

"그렇게 따질 만한 게 못 돼요. 그저 좋을 것도 싫을 것도 없어요."

창문으로 불어 드는 제법 선선해진 바람과 누마다의 악의 없는 눈빛에 미쓰코는 절로 마음이 푸근해져 농담을 했다.

"저 역시, 스스로도 자신을 통 알 수 없는 혼돈스러운 여자예요."

"흐음."

누마다는 애매한 응답을 했다.

어제와 마찬가지로 저녁 해 아래 시끌벅적한 동네로 들어간다. 석양이 가게마다 진열된 도금 접시나 항아리에 반사되고, 커다란 인도 영화 간판 앞에 관객들과 릭샤들이 늘어서고, 전깃줄에는 무수한 까마귀들이 음표처럼 앉아 있고, 양들과 소들은 목 방울을 울리며 자동차를 멈추게 하고 있다.

그가 아내의 사후에 겨우 이해한 것은 부부의 인연에 대해서다. 셀 수 없을 정도로 많은 남녀가 있지만, 그중에서도 인생의 동반자가 된 인연. 필시 그것은 우연한 만남일 게 틀림없는데도, 지금의 이소베는 그 인연이 태어나기 전부터 있었던 느낌이 든다.

택시 창문 밖으로, 하얗게 푸석한 길 한쪽에 가로수로 심긴 가주마루가 이어진다. 자동차가 피워 올리는 모래 먼지. 가로수 저편에 펼쳐진 보리밭. 독수리 두 마리가 무너져 내리는 농가의 담벼락에 앉아 있고, 밭에서는 시커멓고 덩치 큰 물소가 농부에게 이끌려 천천히 걷고 있다. 모든 게 인도 어디에나 있는 시골 풍경이다.

아내와의 추억에 젖는다.

결혼 20주년을 기념해 처음으로 부부가 홋카이도로 여행 갔을 때의 일을. 부부는 비행기 대신 도호쿠 지방을 통과하는 침대 열차를 이용했다. 여름의 해 질 녘, 우에노역을 출발한 차창으로 스쳐 지나는 수목의 이파리가 반짝이고, 붉게 물들어 가는 하늘에 산 그림자가 아름다웠다. 문득 정신을 차리니, 아내는 뺨에 미소를 띤 채 저 멀리 산등성이를 응시하고 있었다. 그녀는 아무 말이 없었으나, 신혼여행 이후 처음으로 하는 남편과 둘만의 여행에 행복해하고 있었던 게 분명하다. 하지만 이소베는 그것이 되레 참을 수 없이 멋쩍어서, 자리에서 일어나 뷔페 차로 음료수를 사러 갔다. 돌아와서는 여전히 뺨에 미소가 남아 있는 아내에게 "이봐, 마실 거라도 사 오지 그래." 하고 나직이 호통쳤다. 그런 하찮은 추억이 잇달아 물거품처럼 떠올랐다 사라진다.

택시는 울퉁불퉁한 길로 요란하게 흔들리며 여러 개의 마을을 통과했다. 어느 마을에나 공동 우물이 있고, 우물 주변에서는 항아리나 물통을 내려놓은 여자들이 머리를 감거나 발을 씻고, 판잣집처럼 기우뚱한 오두막 안에서 남자가 이발하고 있다. 벌거숭이 아이가 우물 주변을 뛰어다니고 있다.

햇볕이 내리쬐는 이런 마을에 아내가 다시 태어나 살고 있다. 이런 생각만으로도 펜치로 가슴을 세게 조이는 듯한 심정이 되었다. 지저분한 우물가를 이리저리 뛰어다니는 알몸뚱이 아이들 속에 아내가 섞여 있다. 믿을 수가 없다. 꿈이라도 꾸는 양, 이소베는 내가 대체 이 무슨 어리석은 행동을 하고 있는가 싶어 손수건을 쥔 손에 힘을 주었다.

"돌아가 주게."

묵묵히 정면을 바라보고 있는 운전사에게 말을 걸려던 참이었다. 목구멍에 딱 걸린 그 목소리가 입에서 막 나오려 했을 때, 이소베의 심정이 반영된 건지 운전사가 돌연 뒤돌아보며,

"카무로지, 카무로지."

모래 먼지 이는 저편을 가리켰다. 목적지인 카무로지가 금방이라는 것이다.

가리키는 방향은 통과해 온 모든 길과 똑같은 풍경으로, 가주마루가 늘어선 보리밭 위로 까마귀가 날고 농부는 물소를 잡아끌고 있다. 해거름 가까운 햇볕이 강렬하게 온통 모든 걸 짓누르고 있다.

눈을 감고 아내의 목소리를 들으려 했다. 어째서인지 오늘 아침까지도 귀 깊숙이 들려오던 아내의 마지막 목소리는 되살아나지 않았다.

모래 먼지를 일으키며 택시가 우물 앞에서 멈췄다. 이곳에도 벌거숭이 아이들이 모여 있고, 엄마나 누이로 보이는 여자들이 사리를 적신 채 항아리에 퍼 담은 물을 머리에 끼얹고 있었다. 그녀들은 급정거한 택시에서 내린 운전사와 이소베의 모습을 불안스러운 눈길로 응시하고, 아이들은 손을 내밀어 돈을 구걸하기 시작했다.

그 아이들 속에 머리와 눈동자 색이 새까만 소녀가 있었다. 그녀도 이소베 앞에서 무언가를 입에 넣는 시늉을 했다.

"라지니."

이소베는 종이를 꺼내, 에나미가 써 준 힌디어로 말했다.

"라지니?"

소녀는 고개를 세게 저었다. 하지만 손은 계속 내밀었다.

"라지니, 라지니, 라지니."

이소베의 입내를 내며 아이들이 법석을 피웠다. 그러나 그들은 아무것도 이해하지 못한 것 같았다. 인생에 패배한 듯한 슬픔이 이소베의 가슴에 북받쳤다.

"이번 여행에서 뭐가 마음에 들었나요?"

"저요?" 미쓰코는 잠시 말이 없다가 "우선 갠지스강 그리고 그 찜질방 같은 어두운 지하실에서 본 여신 차문다상. 그때 들은 에나미 씨의 이야기도 좋았어요. 온 얼굴이 땀범벅이 돼서 그 땀이 뚝뚝 바닥을 적셨잖아요."

그녀는 나무뿌리가 마구 뒤엉킨 듯이 몸부림치는 여신의 거무스름한 모습을 떠올렸다. 뉴델리에서는 자비와 흉포함이 공존하는 여신 칼리의 상에 마음이 끌렸지만, 이 도시에 와서 좋았던 것은 그 숨 막힐 정도의 무더위 속에서 견딘 이십 분이었다.

가트 근처의 길에는 오늘도 아이들 외에 손가락을 죄다 잃은 문둥병 환자들이 늘어서서 구걸을 하고 있었다. 손가락 없는 그 손과, 지저분하기 짝이 없는 천으로 짓무른 피부를 감춘 남녀가 누마다와 미쓰코에게 흐느끼는 듯한 소리를 냈다.

"똑같은 인간인데." 참다못한 누마다가 울먹이다시피 말했다. "이 사람들도…… 똑같은 인간인데."

미쓰코는 응답하고 싶지 않았다. 그렇다고 해서 관광객인 우리가 무얼 해 줄 수 있겠는가 하는 목소리가 마음 깊숙이에서 들려온다. 산조나 누마다 같은 값싼 동정은 미쓰코를 안절부절못하게 한다. 사랑의 흉내 짓은 더 이상 원치 않았다. 진정한 사랑만을 원했다.

가트는 어제와 똑같은 풍경으로, 도티에서 물방울이 떨어져 내리는 긴 머리 인도인이 큼직한 우산 아래 앉은 승려에게서 축복을 받고 있었다. 화장터에 다가가니, 거기에는 머리에서 발까지 검은 천을 휘감은 시신이 땅바닥에 놓여 있었다. 화염 속에서는 딴 시신이 한창 태워지고 있었다. 타다 남은 인육을 노리고 갈색 들개와 불길한 독수리 떼가 멀찍이서 가만히 살피고 있다.

"할머니의 유해로군요."

누마다가 시신의 앙상한 발과 발목을 보고 중얼거렸다. 불꽃에 얼굴은 보이지 않는다. 미쓰코는 이 노파의 인생을 여신 차문다에 중첩시켰다. 여신처럼 노파는 이 세상에서 고통을 겪고 견디고, 그럼에도 쭈그러든 젖가슴으로 아이들에게 젖을 먹이고 죽은 거라고 생각했다. 그리고 오쓰가 그런 사람을 십자가를 지듯 지고, 이 강까지 날라 온다…….

"보이지 않나요?"

"누가요?"

"제 친구. 오늘 아침 누마다 씨가 만나신 일본인."

"그렇네요, 도무지 눈에 띄지 않네요."

"역시."

"그 사람, 신부님이죠? 전화를 걸었던 교회에 가 보는 게 어때요?"

갑자기 이소베를 떠올렸다. 지금쯤 그는 어디에 있을까? 그 편지에 적혀 있던 마을에서 문제의 소녀를 만났을까? 이 동네에서 자신이 오쓰를 찾는 것처럼 이소베도 이 시간, 죽은 아내를 찾고 있다.

"누마다 씨, 환생을 믿으세요?"

"저 말인가요? 유감이지만, ……아직 잘 모르겠다는 게 본심입니다."

"저도 마찬가지예요. 그런데 인생에는 이해할 수 없는 것들이 많이, 남아 있죠."

"무슨 뜻인가요, 그건?"

"저의 그 친구가 이 동네에서 하고 있는 일을 생각했어요. 그 친구는 보통 사람이 보기엔 바보 같은 삶을 살아왔지만…… 이곳에 와 보니, 제겐 어쩐지 바보가 아닌 듯 보이기 시작했어요."

교회 초인종을 아무리 눌러도 응답이 없었다. 이 이상 초인종을 누르는 게 극단적인 무례라고 여겼을 때, 그제야 나막신을 질질 끄는 발소리가 들리면서 문이 열리고, 하얀 수도복을 입은 백인 노신부가 깐깐한 표정으로 미쓰코를 마주 보았다.

"오쓰? 여긴 없어."

오쓰라는 이름을 듣자, 그지없이 완고한 노신부의 얼굴에 당혹감 이상의 불쾌감이 떠올랐다.

"전 그의 대학 시절 친구예요."

"그에 대해 난 아무것도 몰라."

"어디에 있는 걸까요?"

"몰라."

"이 동네에 있겠죠?"

"그럴 거라 싶지만, 그 이상은 몰라. 우리는 그에 대해 책임지지 않아."

노신부는 서부극에 나오는 법을 수호하는 늙은 보안관처럼 완고한 용모를 지녔다. 법을 수호하는 보안관이 법을 어긴 남자에 대한 불쾌감을 억누르듯 말했다. 그리고 서둘러 문을 닫았다.

옅은 저녁 햇살이 교회를 둘러친 담을 물들이고 있었다. 시커먼 들개 두 마리가 담 아래서 쓰레기를 뒤지고 있었다. 미쓰코는 그곳에 자신이 떼밀려 내쳐진 기분이었다. 아니, 내쳐진 건 그녀가 아니라 오쓰이다. 서부극의 보안관 같은 얼굴을 한 노신부가 오쓰에게 호의를 갖고 있지 않음은 방금의 어투에서 분명히 알 수 있다. 리옹의 수도회에서도 제대로 어우러질 수 없었던 것처럼, 그 남자는 여기서도 무언가 실패를 했으리라.

"있는 곳을 알아냈나요?"

택시 앞에 서서 그녀에게 말을 건 누마다에게 그녀가 손을 저으며,

"틀렸어요."

"당신을 기다리면서 방금 이 택시 운전사와 이야기를 해 봤지요. 갠지스강의 화장터에서 시신을 나르는 남자들 가운데 일본인은 없는가 하고. 그랬더니 그 사람 말이, 자기는 모르지만 근처에 인도인과 결혼한 일본 여성이 경영하는 펜션이 있으니, 그 펜션에 물어보면 알 수 있을지도 모르겠다더군요."

"무슨 펜션인가요?"

"구미코 하우스라 하던데요. 젊은 일본인 여행자들이 숙박하러 많이들 온다는군요."

"연락을 해 볼까."

"저녁 식사를 어디 딴 호텔에서 하고, 그 호텔에서 구미코 하우스에 연락하시는 게 어떨까요?"

운전사에게 가장 가까운 디럭스 호텔의 이름을 묻자 "호텔 클락스."라고 암기한 듯이 대답했다. 택시가 사람과 소와 릭샤의 소용돌이를 빠져나가자, 느닷없이 전방에서 무언가가 파열되듯 요란한 악대 소리가 울려 퍼졌다. 사람들의 외침과 웃음소리가 뒤섞여, 차의 경적이 몇 번씩이나 거듭 울렸다.

"매리지, 매리지."

운전사는 얼굴이 환해지며 누마다와 미쓰코에게 설명했다. 요 앞 호텔에서 성대한 결혼피로연이 열려서 도로가 혼잡하다는 거였다.

"빠져나갈 수 있을까?"

누마다가 걱정스레 묻자, 인도에 와서 두 사람이 여러 번 들은 말이 튀어나왔다.

"노—프라블럼."

하지만 그 대답에도 불구하고, 오 분이 지나고 십 분이 지나도 차는 도통 움직이지 않는다.

"그 호텔 이름은?"

참다못한 누마다가 다시 말을 걸자, 운전사는 태연한 표정으로 아까와 똑같은 호텔 이름을 댔다.

"호텔 클락스."

누마다와 미쓰코는 얼굴을 마주 보며 그만 웃고 말았다.

"진심인지 놀리는 건지 도무지 알 수가 없군요."

"이것도 인도일 테죠. 그럼 인도 결혼식을 보러 가자고요."

두 사람은 바로 택시에서 내려, 다소 설레는 기분으로 차들로 혼잡한 거리를 걷기 시작했다. 크리스마스 트리처럼 나무에서 나무로 알전구를 걸쳐 놓은 호텔 앞에서 악대가 북을 두드리고 트럼펫을 불고 있었다. 턱시도를 입은 젊은이들과 호화스러운 비단 사리를 몸에 두르고 이마에 붉은 점을 찍은 여성들이 줄줄이 호텔로 빨려 들어간다.

"부유층의 결혼식이군요."

누마다가 중얼거렸다.

"강변에서 우리가 보고 온 사람들과는 별세계로군."

미쓰코가 곁에 있는 화려한 사리 차림의 아가씨에게 물었다.

"다들 무얼 기다리는 거죠?"

"신랑이 지금 백마를 타고 와요."

아가씨가 보조개 팬 동글한 얼굴에 미소 짓고, 세련된 퀸즈 잉글리시로 대답했다.

"백마로?"

"네, 여기 신랑은 백마를 타고 신부 있는 데로 와요. 그것이 우리 나라의 아름다운 풍습이에요."

쉬고 있던 악대가 또다시 작렬하는 소리를 내고, 양복 차림의 젊은이들이 일제히 도로 쪽에서 몰려들어 환성을 지르고 박수를 쳤다.

붉은 터번을 감고 백마에 올라탄 신랑이 마침내 모습을 드러냈다. 악대 소리에 흥분한 말에서 어설프게 내린 그는 운동 경기의 승리자처럼 두 손을 올렸다. 에워싼 초대 손님들이 바구니에서 하얀색 빨간색 축복의 꽃을 집어 그에게 던진다.

"당신은 여행자?"

동글한 얼굴의 보조개 아가씨가 미쓰코에게 호의적인 시선을 보냈다.

"일본 분이시죠?"

"네."

"인도의 결혼식을 보시는 건 처음인가요? 함께 안으로 들어가요. 호텔 정원에서 가든 파티를 하고 있거든요."

"전 초대받지 않았어요. 그리고 친구도 있어요."

"행복한 자리에는 초대받지 않아도 참석할 수 있어요. 이 나라에선."

머뭇머뭇 사양하는 누마다를 억지로 끌어 호텔 정원에 발을 들여놓자, 그곳에도 알전구를 휘감은 나무들에 과자며 과일이 널린 새하얀 테이블이 눈을 시리게 했다. 급조된 무대에서는 무희 셋이 손과 발을 섹시하게 놀려 대며 춤추고 있었다. 네 명의 악사가 제각기 나무로 만든 악기를 울리며 반주하고 있다.

보조개 아가씨가 친구들에게 누마다와 미쓰코를 소개하자 순식간에 두 사람 주위로 상냥한 미소를 띤 청년들이 에워싸고,

"재미있습니까?"

"무척 재미있어요."

"일본의 결혼식하고는 달라서겠죠."

"그런 뜻이 아니라." 미쓰코는 여느 때의 심술궂은 충동에 사로잡혔다. "결혼식이 너무나 인도적이라서 그래요."

"호오." 그녀를 둘러싼 청년들은 일제히 기뻐하는 표정을 지었으나, 그 기뻐하는 표정에 미쓰코는 종이 뭉치를 내던지듯 빈정거렸다.

"아까까지 전 갠지스강 옆에서 많은 아이들을 만났습니다. 아이들이 늘어서서 제게 손을 내밀었어요. 세 시간 후……." 그녀는 프랑스어보다 능숙지 못한 영어 단어를 찾았다. 의미가 통하면 되겠지. "다른 계층 사람들의 이토록 멋지고 호화로운 파티를 보고 있습니다."

잘 차려입은 젊은이들의 얼굴에서 사교적인 웃음이 사라지고 굳은 표정이 되면서 저마다 무슨 말을 하기 시작했다. 안경을 낀 한 사람이 목사 같은 어조로 설명하기 시작했다.

"부인은 아마도 우리 나라의 카스트를 비판하시는 것일 테지요."

"비판하는 게 아니에요. 그저 차이가 하도 심해 깜짝 놀랐어요."

"설명드리겠습니다." 청년의 어투는 점점 목사를 닮아 갔다. 혹은 미국 영화에 나오는 젊은 변호사 같았다. "암베드카르 박사라는 이름을 들어 보셨나요?"

"아뇨."

"인도의 헌법을 만들고 독립 인도의 법무 대신을 지낸 사람입니다. 그가 만든 헌법에서는 예전의 종교적인 계급 차별을 금하고 있습니다. 잘 아시겠지만, 저희가 존경하는 마하트마 간디는 아웃 카스트를 하리잔(신의 아이)이라 불렀습니다."

연설 투의 영어는 미쓰코에게 어려웠지만, 여기까지는 대강 의미를 파악했다. 그녀는 그의 입술 움직임을 보면서 갑자기 에나미가 투덜거리던 말을 떠올렸다. (인도인 인텔리의 꼴불견은 말이죠, 프라이드만 높고 알맹이가 부족한 장광설에다 괜히 으스대는 점이랍니다.)

"지금은 하리잔 가운데 공무원도 있습니다. 대학에서 일하는 사람도 있습니다."

"그렇군요.(아이 시—.)"

"외국 분들한테서 당신과 똑같은 질문을 자주 받습니다. 하지만 인도는 꾸준히 전진하고 있습니다. 당신은 네루와 현재 인도의 여성 수상인 인디라 간디 수상의 왕복 서간을 읽어 보셨나요? 세계적인 베스트셀러이니까 일본어로도 틀림없이 번

역되었을 겁니다."

"도쿄에서는 베스트셀러였던 것 같아요. 전 읽어 보지 못했지만."

"꼭 읽어 보셔야 합니다. 그 책에서 네루는 딸 인디라에게 이렇게 말합니다. 지금의 아시아는 유럽에 짓눌려 있지만 원래 아시아가 훨씬 앞서 있었다. 이를 회복하는 것이 인도인의 사명이라고."

청년의 단순한 장광설이 듣기 성가셨다. 그녀는 눈으로 누마다를 찾았으나, 알록달록한 사리와 턱시도를 입은 초대 손님들 속에 묻혀 그의 모습은 보이지 않았다.

"당신은 인디라 간디 수상을 여성으로서 어떻게 생각하세요?"

"전 인도 정치에 대한 지식이 전혀 없는걸요."

"그녀는 인도의 어머니입니다. 인도의 다양한 종교, 다양한 민족의 대립이나 모순이 그녀가 지닌 여성으로서의 부드러움과 강인함으로 지탱되고 있습니다."

"죄송해요. 친구를 찾아올게요. 여러 가지 설명을 해 주셔서 고마웠습니다."

"오해가 풀려서 저희도 기쁘군요."

그녀는 이런 변명을 믿지 않았다. 청년의 공허한 이야기에서는 미쓰코가 가장 싫어하는 위선의 냄새가 썩은 생선내처럼 풍겼다. 여신 칼리에게는 자비와 더불어 사악함이 있었지만, 위선은 없었다. 여신 차문다에게는 고뇌와 질병과 사랑이 나무뿌리처럼 뒤엉켜 있었지만, 위선은 존재하지 않았다. 미쓰코는 여신 칼리와 차문다와 갠지스강이 있는 인도를 사랑했으나, 이 청년의 연설은 좋아할 수 없었다.

그녀를 에워싸고 있던 거무스름하니 건강한 피부에 사교적인 온후함을 갖춘 청년들의 얼굴이 편안한 미소를 되찾았다.

"과일 펀치는 어때요?"

아까의 보조개 아가씨가 전투로 엉망진창이 된 도시를 쭈뼛쭈뼛 탐색하러 온 여자처럼 다시 모습을 보였다.

"고마워요." 미쓰코가 거듭 빈정거렸다. "전 펀치보다 강한 알코올을 좋아해요. 친구를 찾아올게요."

그녀는 정원에서 호텔로 돌아와, 그곳에 늘어선 선물가게 앞에서 심드렁하게 쇼윈도를 보고 있는 누마다에게 말했다.

"간신히 도망쳐 왔어요. 어서 빠져나가요."

"다들 나루세 씨를 에워싸고 있더군요. 인기 만점이던걸요."

"인도의 헌법 이야기를 장황스레 들어야 했어요. 펀치 맛 같은 이야기였어요."

누마다는 그 의미를 알지 못한 채 서글서글하게 말했다.

"구미코 하우스에 전화를 해 두었습니다."

"정말이에요? 그래서……" 미쓰코는 얼결에 들뜬 목소리로 말했다. "뭔가 알아내셨어요?"

"예."

누마다는 조금 망설이고 나서,

"당신의 친구는…… 동네의 추잡스러운 장소를 드나들고 있다는군요. 그곳에 가면 만날 수 있을 거라고."

"추잡스러운 장소? 무슨 일을 한대요, 그가?"

"모르겠습니다. 어쩌실 건가요, 그 집에 가겠어요?"

"피곤해요."

미쓰코는 한숨과 함께 자신도 모르게 푸념이 나왔다. 오늘 오후는 눈에 보이지 않는 오쓰에게 휘둘리고 있는 기분이었다. 그녀는 자신과 함께 있어 준 누마다에게 말했다.

"죄송해요. 당신의 시간을 망쳐 버렸네요."

"괜찮습니다. 저는 다른 동네에 가기보다 이 바라나시에 있는 것이 좋거든요. 식사는 어떻게 하실 건가요?"

"우리 호텔로 돌아가요. 결혼식 하는 사람들한테 또 붙잡히는 건 질색이니까."

호텔 앞에는 아직도 구걸하는 아이들이 남아 있었다. 초대 손님 하나가 동전을 그들의 머리 위로 뿌리자, 아이들은 서로 다투면서 땅바닥을 기어 다녔다. 그 모습을 보고 있자니 조금 전 청년이 말한 하리잔(신의 아이)이라는 단어와 목사처럼 매끄러운 연설조의 말투가 미쓰코에게 되살아났다.

"이곳을 빠져나가면 큰길이 나오겠는데요."

누마다는 유독 동굴 같은 샛길에 먼저 들어갔다.

동물 냄새며 지린내가 코를 찔렀다. 숨을 멈춘 채 미쓰코는 시끌벅적함이 전해지는, 깊숙한 입 속을 닮은 이 뒷길을 나아갔다. 발에 무언가가 닿아 자신도 모르게 소리를 질렀다.

"왜 그러세요?"

"뭔가 밟은 것 같아요."

누마다는 몸을 숙여 발치를 응시했다.

"사람이다. 살아 있는……."

"병들었나요?"

"모르겠어요. 굶주려 쓰러진 건지도 모르지요."

아까 결혼식장의 남자처럼 누마다가 동전을 뿌리는 소리
가 울렸다. 뿌려진 동전 소리는 허무하고도 무력한 울림을 띠
었다.

9장
강

호텔로 돌아와 구석에 자리한 단 하나뿐인 식당에 가니, 소년티가 채 가시지 않은 보이가 졸린 듯 앉아 있고, 이소베가 한가운데 테이블에서 위스키 병을 놓고 마시고 있었다. 도마뱀붙이 한 마리가 접착제로 붙여 놓은 듯이 벽에 찰싹 달라붙어 움직이지 않았다.

"안녕하세요."

미쓰코는 이소베에게 인사를 하고 누마다와 함께 케첩 얼룩이 묻은 테이블에 앉았다. 아무것도 묻지 않았지만, 이소베의 취한 얼굴과 땀이 밴 이마를 보는 것만으로도 이 남자 역시 허무한 하루를 보냈음을 알 수 있었다.

"어떻게 됐나요, 친구는?"

이소베 쪽에서 얼굴을 들고 말을 걸어왔다.

"뭐, 헛걸음했어요."

"그렇군요, 나도…… 마찬가지예요."

"안 계시던가요?"

"시내로 이사했습니다. 일자리를 찾아 온 가족이 떠났다는 군요."

"주소는?"

"알 턱이 있나요. 가난한 마을이더군요. 옛날 일본에도 그런 마을은 없었건만."

이소베가 절망을 내동댕이치듯 말했다. 온후한 그가 이토 록 취한 모습인 것만으로도 마음의 괴로움이 전해져 온다.

누마다도 그녀도 침묵한 채, 보이가 가져온 홀쭉한 닭고기 를 입으로 가져갔다.

"나루세 씨, 돌아오는 길에 내가 무얼 했을 것 같아요?"

이소베가 위스키를 컵에 절반쯤 따르면서 엉겨 붙는 투로 말했다.

"난 말이죠…… 점쟁이 집에 갔어요. 인도의 점쟁이 집에."

"믿으세요?"

"믿기는요. 마누라가 다시 태어났다는 이 편지 이야기도 난 믿지 않습니다. 다만, 인간이란 참 묘하더군요. 오기가 생긴 건 지도 몰라요, 지푸라기라도 잡는 심정이었는지도 모르지요. 고용한 택시 운전사가 동정해서인지 갑자기 이 동네에서 유명 한 점쟁이한테 물어보면 어떻겠냐고 하더군요. 역시나 인도인 만큼, 그 점쟁이는 손님의 전생이 어떠했는지, 내세에 무엇이 될지를 알아맞히기로 유명한 모양이에요. 웃기죠. 그런 집에까지 따라나선 나 자신이 얼마나 웃기는지."

그는 자포자기한 듯 호박빛 액체를 단숨에 들이켜고,

"점쟁이는 말이죠, 목달이 비슷한 옷을 입은 남자인데, 그렇지, 인도의 네루가 자주 그런 차림이었어요. 대학 교수 같은 낯짝을 해 가지고 손가락에 큼직한 보석이 박힌 반지를 끼고…… 그녀는 새롭게 다시 태어나 지금은 아주 행복하다, 이렇게 자신만만하게 말하더군요. 티크 목재 책장에서 뭔가 커다란 책을 꺼내고선, 마누라의 이름을 로마자로 써서 뭔가 계산하더니 그러곤 비싼 요금을 뒤집어씌우는데."

미쓰코는 잠자코 눈을 내리깔고 나이프와 포크를 말없이 움직였다. 환영을 좇고 있는 이소베가 부담스러웠다. 사정을 모르는 누마다도 이소베의 낌새에 짓눌려 아무 말도 하지 않았다.

"그래서 내가, 지금 그녀는 어디에 있나? 물었더니 알아 놓을 테니 내일 다시 오라는 거예요. 어차피 엉터리 주소를 가르쳐 주고, 돈을 뜯어낼 테지만……."

"가실 건가요?"

"예, 갑니다. 한심하지요, 이 심정에 결말을 짓기 위해. 그러면 깨끗이 단념할 수 있어요. 그래요, 인도에 와서 이만큼 했으면 죽은 마누라도 성불해 주겠지요. 안 그래요, 나루세 씨?"

그 병실에서 어리광 한 번 부리지 않고 누워 있던 이소베의 아내 얼굴이 떠오른다. 그리고 거의 매일이다시피 일이 끝난 뒤 병문안을 오던 이 남자. 어디에나 흔히 있는 평범하고 눈에 띄지 않는 부부. 그런 부부 간에도 아무도 꿰뚫어 볼 수 없는 그들만의 드라마가 있었다.

"이거 참, 실례했습니다. 취해 주정을 하고 말았군요."

정신을 차린 이소베는 침묵하고 있는 두 사람에게 사과했으나, 목소리는 거의 울먹임에 가까웠다. 3분의 1가량 남은 위스키 병을 움켜쥐고 자리에서 일어났다.

"다시 태어난다는…… 있을 수도 없는 일을 바란 게…… 잘못이었지요."

그는 울다 웃는 표정을 보이더니 식당을 떠나갔다.

"어떻게 된 겁니까, 저 사람?"

누마다가 어안이 벙벙해진 듯 물었다.

"글쎄, 무슨 일일까요?"

미쓰코는 시치미를 뗐다. 하지만 그녀는 그때 생각했다. 이소베와 자신은 환영을 좇고 있다는 점에서 결국 똑같다고. "그보다도 기구치 씨가 염려되네요. 잠깐 전화를 걸고 올게요."

다음 날 10월 31일.

사건이 일어났다.

아침에 화장을 마친 미쓰코가 1층으로 내려가자 프런트에는 아무도 없고, 열 명 남짓한 종업원들이 식당에 단 하나뿐인 텔레비전 앞에 모여 있었고, 일본인으로는 누마다와 이제막 회복한 기구치가 식사도 않고 텔레비전을 응시하고 있었다.

텔레비전 화면에는 사리 차림을 한 인디라 간디 수상의 얼굴만이 정지된 채 비치고 있다.

미쓰코를 보고 누마다가 말했다.

"큰일입니다. 살해되었어요, 인디라 간디가."

"수상이? 누구한테?"

"잘 몰라요."

미쓰코도 파고들 듯이, 화면에 연신 내비치는 은발 여성 수상의 정지된 초상을 응시했다. 아나운서는 정부 대변인이 오늘 아침 9시경, 수상이 관저에서 암살되었다고 말한 내용을 되풀이하고 있다.

"야단났군."

누마다가 식탁 의자에 걸터앉자, 이를 따라 기구치도 앉더니 한숨을 쉬었다. 누마다가 끄덕이며 말했다.

"자칫했다간 우리 관광객들 발이 묶일지도 몰라요. 에나미 씨와 다른 일본인들이 내일 이곳으로 돌아올 텐데, 국내 비행기가 뜰지 걱정되네요. 필시 계엄령이 내릴 테니까."

"에나미 씨라면 틀림없이 연락해 줄 거예요." 미쓰코가 중얼거렸다. "그때까지 조용히 지내기로 해요."

어제부터 전혀 얼굴을 보이지 않던 산조 부부가 화사한 표정으로 식당으로 내려왔다. 산조는 이미 아끼는 카메라를 어깨에 늘어뜨리고 있었다.

"안녕하세요. 오늘도 날씨가 좋군요. 어라, 무슨 일 있습니까?"

"이 나라의 수상이 암살당했어요. 오늘 아침."

"그런가요, 그래서 다들 모여 있는 거로군요. 하지만 우리와는 상관없는 일이고…….."

"농담 아냐. 까딱했다간 우리 귀국마저 연기될지 몰라."

역시나 누마다도 화난 듯 소리 질렀다. 그 순간 산조의 신부
가 앳된 얼굴을 일그러뜨리고,

"어떡할 건데? 그러니까 유럽으로 가자고 했잖아."

"그 대신 사진을 여러 장 찍었잖아. 사진은 결국 소재거든.
아무도 안 찍는 걸 찍는 게 이기는 거야."

산조가 연신 변명해 댄다.

프런트에서 전화가 요란스레 울린다. 그걸 신호 삼아 텔레
비전에 못 박혀 있던 종업원들이 흩어졌다. 프런트에서 "미스
나루세, 텔레폰." 하는 소리가 들렸다.

고개 숙여 아침 식사 메뉴를 펼치고 있던 미쓰코는 곧바로
에나미한테서 온 연락이다 싶어 자리에서 일어났는데, 짐작대
로 에나미의 다급한 목소리가 수화기 저편에서,

"알고 계신가요? 오늘 아침의 대사건."

"네, 텔레비전으로. 지금 어디세요?"

"파트나입니다. 여긴 현재로선 평온합니다만, 델리에서는 군
대가 나선 모양이에요. 아직 정보를 얻을 수가 없습니다. 하지
만 말이죠, 저희는 내일 틀림없이 바라나시로 돌아갑니다. 다
들 정세를 살피면서 안전하게 행동해 주세요. 오늘 아침 사건
도 시크교도의 불만이 폭발한 때문인 것 같은데, 시내에서 방
화 공격이 있을지도 모르니까 외출은 조심해 주세요."

"알겠어요."

"한데 기구치 씨는 괜찮습니까?"

"오늘 아침엔 벌써 저희와 같이 식당에 계세요."

미쓰코가 전화를 끊었을 때, 드디어 이소베가 몹시 지친 표정으로 식당에 얼굴을 내밀었다.

"간밤엔 주정을 부려 정말 죄송합니다."

"이해해요."

이소베는 암살 소식을 듣고는, 숙취에서 깨어난 듯 텔레비전을 지켜보았다.

이윽고 화면에는 수상 관저 주변을 경계하는 전차와 군인들, 여기저기 연기가 피어오르는 뉴델리시가 비쳤다. 또다시 종업원들이 식당으로 모여든다. 여섯 명의 일본인은 알아듣기 힘든 인도식 영어에 가까스로, 수상이 텔레비전에 나오기 위해 관저에서 집무실로 향하는 좁은 길에서 호위 경관에 섞여 있던 시크교도에게 사살되었음을 알았다.

"시크교도가 대체 뭡니까?"

산조가 그제야 날라 온 아침 식사를 하면서 물었으나, 에나미가 없는 일본인 그룹은 힌두교도와 시크교도의 복잡한 대립이나 관계는 전혀 알지 못한다.

"여행 안내서에는 머리에 천을 감고 단도를 찬 무리라고 쓰여 있던데."

누마다가 자신 없는 대답을 했다.

"아무튼 상황을 알 수 있을 때까지는 호텔에 남기로 해요."

미쓰코가 제안하자 산조는,

"괜찮아, 괜찮아요. 호텔 정원에는 택시도 서 있고, 문제없어요."

카메라를 들어 올리며 못내 아쉽다는 듯 말했다.

"진짜 아까운걸. 델리에 있었다면 퓰리처상 감의 사진도 찍을 수 있었을 텐데."

"아직 모르겠나? 당신 한 사람은 그래도 좋지만, 여러 사람한테 폐를 끼치는 거잖아."

기구치가 병에서 갓 회복한 사람이라고 여겨지지 않는 힘 있는 목소리로 나무랐다.

오후가 될 때까지 각자 방이나 식당에서 대기하기로 했다. 뉴델리에서는 외출 금지령이 내려지고, 힌두교도와 시크교도 간의 폭동이 일어나 여기저기 화재가 발생했다는데, 이 동네는 마치 아무 일도 없었다는 듯 한층 무더워졌고 정원의 새들은 신나게 지저귀고 있다. 그런데 산조가 프런트 남자에게, "외출할 수 있나?" 하고 물었더니, "노―프라블럼."이라 대답했다고 한다.

"전 나갔다 오렵니다. 이곳에선 멋진 융단을 싸게 구할 수 있어요. 처가에서 부탁을 받았거든요."

그는 계속 텔레비전을 보고 있는 누마다에게 말했다.

"시시한 일로 모처럼의 여행을 헛되이 할 순 없죠. 더구나 마누라는 유적 구경은 이제 지긋지긋해도, 비단이나 융단을 사는 거라면 찬성이라네요."

오후의 햇살을 피하기 위해 커튼을 쳐 놓은 방 안에서 이소베는 병에 조금 남은 위스키를 컵에 따라 마시는 참이었다. 어디선가 그날의 군고구마 장수의 목소리가 들려오는 듯한 느낌이었다.

"군고구마아, 군고구마."

방 안은 그의 마음처럼 공허했다. 커튼 틈새로 하얀 빛줄기가 새어 나오고, 진디 한 마리가 닳아빠진 카펫 속으로 잽싸게 숨어들었다.

"당신 탓이야." 하고 이소베는 아내에게 변명했다. "난 찾았어…… 당신은 아무 데도 없었어." 그는 어릴 때 여동생과 한 '숨바꼭질' 놀이를 떠올렸다. "난 찾았어."

"있고말고요."

"그 엉터리 점쟁이밖에 난 더 이상 기댈 데가 없어."

이소베는 아내의 목소리를 듣지 않으려고 독한 술을 목구멍으로 흘려 넣었다. 오늘의 돌발적인 뉴델리 사건이 내게 이런 어리석은 짓거리에 눈을 뜨게 해 주었다. 그 일이 없었다면 나는 이 시간, 그 목닫이 옷을 입은 점쟁이를 찾아갔으리라. 천장에서 삐걱거리며 돌아가는 낡은 선풍기. 겉만 번지르르한 큼직한 사전 같은 책을 그러안고 책상 위에 내려놓는 거창한 동작. 커다란 보석 반지를 낀 손가락. 미국이나 유럽에서 온 부자 여성들한테 그 손가락으로 돈을 엄청 우려 냈을 게 분명하다.

"점 보는 걸 좋아했지."

문득 그는 새해를 맞아 아내와 첫 신사 참배를 가면, 그녀가 어김없이 길흉을 점치는 제비 번호표를 뽑던 걸 떠올렸다. 그리고 매표소 남자가 그 표의 숫자를 보고 건네는 종이에 '吉(길)'이라 적혀 있을 때 보이던 그녀의 은근한 미소. 예전엔 대수롭지 않게 여기던 그런 아내의 사소한 몸짓을, 이렇듯 멀고도 무더운 나라의 시내에서 떠올려 본다.

취기가 몸에 퍼지면서, 그는 바닥에 흐르는 오후의 하얀 빛을 물끄러미 응시하고 있었다. 이것이 인도의 오후 빛이다.

마찬가지로 그 하얀 빛을 보면서 미쓰코도 자신의 방, 오렌지색 소파에 걸터앉아 있었다. 에어컨이 낡았는지 방 안에 연신 나직한 소리가 울린다. 모처럼 인도까지 왔건만, 오늘 하루가 무의미하게 흐른다. 무엇 때문에 나는 인도에 오고 말았을까? 아니, 그보다도 어째서 다른 사람들처럼 이런저런 유적지나 성지를 둘러보지 않고, 이 마을에 남은 것일까? 그녀는 다른 관광객이 반기는 타지마할 궁전도 인도 무용 쇼도 거의 흥미가 없었다. 마음에 찡하도록 와닿는 건 갠지스강 그리고 에나미가 설명해 준 여신 차문다, 문둥병에 문드러지고 독사에 휘감겨 야위고 축 늘어진 젖가슴으로 아이들에게 젖을 먹이는 그 모습이다. 거기에는 현세의 괴로움에 허덕이는 동양의 어머니가 있었다. 그것은 고상하고 품위 있는 유럽의 성모와는 전혀 달랐다.

창문으로 비쳐드는 하얀빛은, 그녀에게 또한 방과 후 쿠르톨 하임의 채플을 돌연 떠올리게 했다. 그날 그녀는 악의를 품고 거기서 오쓰를 기다렸다. 아래층에서 장중한 소리를 내며 커다란 시계의 차임이 울리고, 눈앞에는 표지가 너덜너덜한 성경이 펼쳐져 있었다.

그는 아름답지도 않고 위엄도 없으니, 비참하고 초라하도다
사람들은 그를 업신여겨, 버렸고
마치 멸시당하는 자인 듯, 그는 손으로 얼굴을 가리고 사람
들의 조롱을 받도다
진실로 그는 우리의 병고를 짊어지고
우리의 슬픔을 떠맡았도다

(난 어째서 그 사람을 찾는 걸까?)

그 사람 위에 여신 차문다의 상이 겹치고, 그 사람 위에 리옹에서 본 오쓰의 초라한 뒷모습이 덧씌워진다. 생각건대 미쓰코는 알게 모르게 오쓰의 뒤에서 무언가를 뒤쫓고 있었던 듯하다. 예전에 그녀가 경멸해 내버린 '아름답지도 않고 위엄도 없는' 피에로라는 별명의 남자. 그녀 자존심의 장난감이 된 주제에, 그 자존심을 깊게 상처 입힌 남자를.

문을 두드리는 소리가 나더니 누마다의 목소리가 그녀의 상념을 깼다.

"마을이 상당히 평온해진 모양입니다. 산조 부부도 이소베 씨도 외출했어요. 저도 마을을 둘러볼까 하는데. 같이 가시렵니까?"

어제와 다름없이 천장에서는 기름이 모자란 선풍기가 삐걱

대는 소리를 내며 돌아가고, 위엄을 내보이기 위해 벽 쪽의 책
장에는 가죽 표지 책을 죽 늘어놓았다. 책장 앞의 커다란 책
상에서 네루의 차림새를 닮은 목닫이 옷을 입은 점쟁이가 자
리에 앉으며 말했다.

"노──프라블럼."

그는 굵직한 은색 파커 만년필로 종이에 무언가를 끄적이
더니 반지 낀 손을 내밀었다. 그것은 이소베가 원하는 주소였
다. 이소베가 물끄러미 바라보자 점쟁이의 뺨에 어렴풋이 교
활한 웃음이 증기처럼 떠다니다 사라졌다. 그 순간 알고는 있
었지만 이소베의 마음에 분노보다도 체념 어린 심정이 퍼져
갔다. 잽싸게 점쟁이가 말했다. "100루피."

밖으로 나오자 해거름 무렵인데도 후텁지근한 열기가 거리
를 뒤덮고, 바람은 없었다. 그가 타고 온 택시 운전사가 그 무
더위 속에서 끈기 있게 기다려 주었다. 여기서도 어린 오누이
가 이소베 곁을 맴돌며 손을 내밀면서 점쟁이와 마찬가지로
돈을 졸랐다.

누나인 듯한 네다섯 살짜리 아이의 배고픈 척하는 연기를
보자 이소베는 갑자기 공포가 밀려들었다. 어쩌면 이 아이는
아내가 아닐까? 다시 태어난 아내가 아닐까? 그 생각이 칼로
가슴을 에는 듯이 스쳐 갔다. 그는 황급히 동전을 아이에게
건네고, 택시에 몸을 숨겼다.

주소가 적힌 점쟁이의 종이에 시선을 떨구더니 운전사는
고개를 끄덕이고 액셀을 밟았다. 오토 릭샤가 소리를 내며 옆
을 달리고, 사탕수수 주스를 파는 포장마차 앞에는 소가 엎

드려 있었다. 이소베는 이러한 광경에 멍하니 눈길을 주면서
도 꿈속에 있는 느낌이었다. 그는 운전사에게 일러 준 그 주소
에 다시 태어난 아내가 있으리라고는 믿지 않았다. 하지만 호
스피스에서 의사로부터 임종 날을 전해 들은 말기 암 환자처
럼, 한 가닥 희망이라도 붙잡으려는 허무감을 그는 견디고 있
었다. (이젠 단념할 수 있어.) 그는 자신에게 타일렀다. (이젠 깨끗
이 단념할 수 있어.)

판잣집이 늘어선 작은 광장에 릭샤 두세 대가 손님을 기다
리고 있었다. 자전거와 릭샤 수선 가게에서는 남자들이 분주
히 조립 작업을 하고, 길가에는 현란한 색채의 시바 신 화상
을 진열한 노점이 있었다. 그리고 과일을 땅바닥에 내려놓은
여자가 웅크리고 있다.

"여기(히어)."

운전사는 차를 세웠다.

"어디? 어느 집인가?"

이소베가 묻자 운전사는 고개를 젓고는, 아까 받은 점쟁이
의 종이를 돌려주었다. 질 나쁜 종이에는 거리 이름만 적혀 있
을 뿐, 번지는 생략되어 있었다. 각오한 일이기는 했으나 역시
분한 마음이 치밀었다.

그럼에도 그는 차에서 내려 릭샤 수선 가게로 들어갔다.

"라지니라는 소녀를 아는가?"

"라지니."

"라지니, 어린 소녀."

남자들은 이상스레 이소베의 얼굴을 보더니, 서로 침이라도

내뱉는 듯한 힌디어로 떠들기 시작했다. 그리고 이 빠진 한 노인이 코맹맹이 목소리로 길 안쪽을 가리켰다.

"라, 지, 니."

해거름의 후텁지근한 무더위 속에 겨우 서늘한 기운이 얼핏 섞였지만, 누마다나 미쓰코에게 이미 친숙해진 그 땀과 가축과 흙 내음 뒤섞인 바라나시 특유의 냄새는 마을에 들어서자 한층 짙어졌다.

"새 파는 가게, 새 가게."

누마다가 혼잣말을 했다.

"왜 그러세요?"

"새 가게에 도중에 들러도 될까요?"

"물론이죠, 누마다 씨는 저를 위해 많은 시간을 내 주셨잖아요. 새 가게에서 무얼 사시려고요?"

"구관조."

"구관조라면 도쿄에서도 팔지 않나요?"

"그건 모두 꼬리가 잘려 있습니다. 저는 야생 구관조를 찾고 싶거든요."

미쓰코는 의아한 듯이 누마다를 보았으나 더 이상 아무것도 묻지 않았다. 그녀에게나 어느 누구에게나 말하고 싶지 않은 비밀이 있다. 자원봉사를 할 때 그녀는 비밀스러운 자기 이야기를 털어놓으려는 환자(주로 중년 이상의 여성 환자들이었다.)가 막 입을 떼려고 할라치면 못 들은 척 등을 돌리곤 했다. 그리고 그 등으로, 그런 고백을 받은들 아무것도 할 수 없다는 거절을 내비쳤다. "간호 부장님의 금지령이에요. 자원봉사자는 환자분들의 개인적인 일에 끼어들면 안 된다고." 이것이 그녀가 늘 하던 말이었다.

누마다는 구관조를 사는 이유를 묻지 않는 미쓰코에게 시큰둥했으나 그 미쓰코가,

"저기, 새 가게 같은데요." 하고 가건물 가게를 가리키자, 허둥지둥 그쪽으로 몸을 돌렸다.

원숭이가 말뚝에 매어 있다. 여러 겹으로 겹친 초롱 모양 새장에서는 잉꼬가 지저귀고, 떠들썩한 소리를 내며 닭이 상자 안을 어슬렁거리고 있었다.

"그레이트 힐 미나(구관조)는 없나?"

누마다가 가게 입구에서 물었다. 구관조의 영어 이름을 몰랐던 미쓰코는, 누마다가 일시적 기분에서가 아니라 여행 전부터 이 새를 구입할 작정이었음을 짐작했다. 가게 주인과 한동안 이야기를 주고받고 나서 누마다는 호텔과 자신의 이름을 일러 주고, 미쓰코 곁으로 돌아왔다.

"호텔로 배달해 준답니다."

"구관조를 일본에 가져가실 건가요?"

"아니요." 하고 누마다는 의미 있는 웃음을 지었다. "그 반대죠…… 예전에 구관조가 제 목숨을 구해 주었거든요. 이번엔 그 답례를 하는 겁니다. 센티멘털한 행동일 테지만……."

바깥에서 봐도 그 건물은 주변의 건물과 구분이 가지 않았다. 어느 집이건 피부병처럼 회반죽 벽이 벗겨져 있었는데, 그 하나가 누마다가 프런트에서 알아낸 매춘부집이었다.

"당신의 친구가 오는 곳이 이 집이 아니라 해도…… 단서는 잡을 수 있을 테지요."

"이런 일까지 부탁드려…… 정말 죄송합니다."

"괜찮습니다. 실은 저도 당신의 보물찾기를 즐기고 있거든요. 그런데 어째서 그 신부를 끈질기게 찾는 겁니까?"

거리낌 없는 누마다의 질문에 미쓰코는 쌀쌀맞게 대답했다.

"당신이 구관조를 찾으시는 것과 똑같아요."

"그런가."

그런가 하고 입으로는 말했어도, 누마다는 미쓰코가 쌀쌀맞은 이유를 알 턱이 없었다.

"어떡하시렵니까, 저 혼자 저기 들어가서 물어봐 드릴까요?"

"아녜요, 데려가 주세요. 여자 혼자 이런 집 앞에 서 있는 건 되레 이상해요."

"그렇기도 하네요."

두 사람이 회반죽이 너덜너덜한 계단을 올라가려는데, 길에 서서 그들을 지켜보던 남자가,

"노—레이디. 노—." 하고 손을 저었다. 누마다가 뒤돌아보며 대답했다.

"노—프라블럼."

계단에는 군데군데 구정물이 고여 있고, 쓰레기장 같은 안뜰에는 꾀죄죄한 빨래가 내걸려 있었다. 꼭대기까지 올라간

곳에 나무 문이 있고, 동그란 방범 구멍이 마치 괴물의 눈처럼 이쪽을 노려보고 있다. 벨을 누르자 그 구멍으로 누군가가 이쪽을 살피고 나서,

"유——, 웰컴."

열쇠를 돌리는 소리가 들렸다. 그리고 앞니가 두 개밖에 없는 사내가 억지웃음을 띤 얼굴을 불쑥 내밀었는데, 그순간 미쓰코를 보고,

"레이디, 노——."

아까 길가에 서 있던 남자와 거의 똑같은 목소리와 말투였다. 누마다가 말했다.

"일본인 남자를 찾고 있다. 그는 여기 와 있나?"

"노——."

사내는 문을 닫으려다 누마다가 주머니에서 1달러짜리 지폐를 꺼내자, 그대로 멈췄다. 그 열린 공간 깊숙한 곳에 미쓰코는 동물 우리 비슷한 창살이 있는 걸 발견했다. 창살 너머로 걸레 같은 사리를 걸친 여자들이 이상스러울 만치 눈을 반짝이며 이쪽을 살피고 있었다. 야생 고양이 같은 눈빛이었다. 그녀들 가운데 아직 소녀티 나는 여자애 하나가 허름한 이부자리 위에 비스듬히 앉아 있었다.

사내의 손바닥에 다시 1달러가 놓이자, 그의 얼굴에 천박한 웃음이 떠오르며 매수당한 배반자의 표정이 되었다.

"그는 아직 안 와."

"언제 오나?"

"몰라."

빠진 이와 이 틈새로 사내는 얼빠진 발음을 냈다.

"어디에 있나?"

"몰라."

"그가 오면, 여기로 전화하라고 말해 줘."

누마다가 다시 1달러를 건네자 사내는 깔보는 듯한 웃음을 짓다가, 계단 아래서 발소리가 들리자마자 개를 내쫓듯이 손을 휘저으며 돌아가라는 신호를 보냈다. 어젯밤 결혼식장에서 미쓰코에게 멋들어진 연설을 하던 청년과 똑같은 양복을 입은 젊은이가 미쓰코를 보고 멈춰 서더니 안으로 들어가기를 망설였다.

누마다 뒤에서 미쓰코는 한 걸음 한 걸음, 너덜너덜한 벽을 손으로 짚으면서 고인 구정물을 밟았다.

"어떡할 건가요?"

"이젠 관둘래요. 누마다 씨한테 너무 폐를 끼쳤어요."

저녁 안개가 마을을 감싸고, 그녀는 갑자기 자기 인생의 모든 것이 무의미하고 헛된 것처럼 느꼈다. 이 인도 여행뿐만 아니라 지금까지의 모든 것이. 대학 생활도, 짧았던 결혼 생활도, 위선적인 자원봉사 흉내 짓도. 처음 방문한 이 마을에서 오쓰를 찾아 돌아다닌 것도. 하지만 이러한 어리석은 행동 깊숙이 그녀는 자신도 X를 원하고 있다는 사실만은 막연히 느꼈다. 자신을 채워 줄 게 틀림없는 X를. 그러나 그녀는 그 X가 무엇인지 알 수 없다.

느닷없이 어제 들은 것과 완전히 똑같은 악대의 폭발하는 듯한 울림이 먼 데서 이쪽을 향해 들려온다.

"또 결혼식인가?"

누마다가 걸음을 멈추고 소리 난 방향으로 시선을 돌렸다. 큰북이 울리고, 거기에 보조를 맞춰 꽤 많은 사람들이 줄지어 걸어온다.

"데모군요."

그러나 악대가 연주하는 것은 어두운 장송행진곡이었다. 그 곡에 맞춰 발걸음을 옮기는 남자들이 치켜든 하얀 장막에는 힌디어와 영어가 거뭇거뭇 적혀 있었다.

"우리는 인디라(간디)를 잊지 않는다."

"인디라는 우리의 어머니." 장막 아래서는 어젯밤 결혼식에서 본 듯한 상류 힌두교도들이 엄숙하게 걷고 있었는데, 그 뒤로는 구걸하는 아이들이며 초라한 행색의 남녀들도 있었다. "인디라는 우리의 어머니!" 그들은 소리 높여 외쳤다. 헬멧을 쓴 경관이 그 행렬을 상당히 진지하게 경계하고 있었다.

"인디라는 우리의 어머니."

누마다는 장막의 글자를 소리 내어 읽었다.

"어머니는 죽었도다. 어머니는 죽었도다."

"나, 루, 세, 씨."

돌연 누군가가 일본어로 미쓰코의 이름을 불렀다. 귀에 익은 그 목소리. 대학 시절 들었던 그 목소리. "나, 루, 세, 씨." 하는 독특한 목소리. 그녀는 거기서 지저분한 긴 소매 웃옷(아차라)과 닳고 닳은 청바지를 입은 오쓰를 보았다.

"당신이…… 저를 찾는다는 얘길 들었기에. 나마스테—."

"나마스테—."

미쓰코는 자신의 목소리가 가칠해진 걸 느끼고, 억지로 미소 지었다.

"찾았어요, 꾱장히. 교회에서도 들었고."

"미안합니다." 금세 사과하는 오쓰의 버릇은 세월이 흐른 지금도 전혀 고쳐지지 않았다. "전 이미 교회에는 안 있습니다. 힌두교도의 아슈람에서 받아 주었습니다."

"아슈람?"

"수도원 같은 곳입니다."

"힌두교도로 개종했나요?"

"아뇨, 저는…… 옛날 그대로입니다. 이래 봬도 기독교 신부입니다. 하지만 힌두교의 사두들이 따뜻이 맞아 주었습니다."

"어디서 이야기를 좀 해요. 우리 호텔에 가실래요?"

"이런 차림으로는…… 호텔에서 싫어할 텐데요."

"예쁜 정원이 있으니까. 그 정원에 벤치도 있고."

"그럼 호텔 드 파리에 묵고 있겠네요?"

"잘 아시네요."

"거기서 세탁 일을 하는 이가 제 친구인 아웃 카스트입니다. 그곳 정원은 유명하지요."

미쓰코는 호기심 어린 눈으로 이쪽을 보고 있는 누마다를 소개했다.

"정말 고마웠어요. 전 지금 친구와 호텔로 돌아갈까 해요."

"인디라는 우리의 어머니, 우리는 인디라를 잊지 않는다." 행렬은 구호를 계속 외치며 세 사람 앞을 스쳐 지나갔다. "어머니는 죽었도다. 어머니는 죽었도다."

10장
오쓰의 경우

　눈치 빠른 누마다는 두 사람을 택시에 태우고는 새 가게에 한 번 더 가 봐야겠다며 데모 군중 속으로 모습을 감추었다. 차 안에서 잠시 말이 없던 오쓰가 대뜸 말했다.

　"소란스러운 때에 인도에 왔군요."

　"네, 한데 어떤 사정인지 통 알 수가 없어요."

　"뉴델리 여기저기서 폭동이 일어나고 있는 모양입니다."

　"이 동네는 의외로 조용해요."

　"그건 여기가…… 인도인에게 성지이기 때문입니다."

　"인디라의 유해도 갠지스강에 뿌려지나요?"

　"예. 그녀도 아웃 카스트의 빈민과 다름없이 갠지스강에 뿌려지겠지요. 장례식은 11월 3일이라는군요."

길었던 하루가 끝나자, 바라나시는 갑작스레 서늘해졌다. 정원에서는 다시 태어난 듯 온갖 벌레들이 울어 대고, 아무도 건드리지 않건만 그네가 저 혼자 삐걱대고 있다. 오쓰는 마냥 송구스러운 듯 두 다리를 가지런히 모아 벤치에 얌전히 앉아 있었다. 그 겁먹은 듯한 모습은 대학 구내의 벤치에서 그녀의 놀림을 견디고 있던 예전의 그를 떠올리게 했다.

"샌드위치 드실래요? 음료수는?"

그녀가 대학 시절과 똑같은 말투로,

"그럼 당신은 힌두교도와 같이 살고 있겠군요?"

"예. 이 나라에서 힌두교도는 나이가 들면 집을 자식한테 물려주고 방랑 수행하는 여행을 떠납니다. 그런 사람들을 사두라고 부르는데, 저를 사두가 받아 주었습니다."

"버려진 개처럼."

"예, 전 그때 버려진 개와 다름없었습니다." 오쓰가 축농증에 걸린 듯한 목소리로 말했다. "그 무렵엔 정말로 난감했습니다."

"힌두교도들과 같이 산다고…… 야단맞지 않았어요? 교회로부터."

"전 늘 교회로부터 꾸중만 들어 왔습니다."

"잘 모르겠지만." 잠시 침묵한 뒤 미쓰코가 입을 열었다. "아직 당신은 신부?"

"예, 낙오했습니다만……."

샌드위치와 홍차 포트를 날라 온 프런트의 남자가 오쓰를 보고는 노골적으로 언짢은 표정을 지었다.

"저를 흔히 아웃 카스트로 잘못 알아봅니다. 이런 차림새를 하는 건 시신을 나르기 위해서지요. 선교사들 같은 복장으론 시신도 못 나릅니다. 힌두교도는 이교도가 화장터에 들어오는 걸 거절하니까요."

"화장터에 나온다는 얘길 듣긴 했지만…… 시신을……." 미쓰코는 깜짝 놀라, "나르는 건가요?"

"예, 이 마을 여기저기에는, 갠지스강에서 죽기 위해 간신히 당도했다가 길가에 쓰러진 사람이 많습니다. 시(市)의 트럭이 하루에 한 번 순회하지만 제대로 못 보고 놓치는 경우도 있지요."

"봤어요, 전."

"아직 숨이 남아 있는 사람은 강변의 시설로 데려갑니다. 이미 숨을 거둔 사람은 가트에 있는 화장터로."

미쓰코는 그저께 마니카르니카 가트에서 목격한 불꽃의 움직임을 눈에 떠올렸다. 대나무 침대에 실리고, 빨강 검정 천에 감싸여 미라 같았던 노파의 시신. 만약 그 천을 벗겨 내면, 거기서 바로 문드러진 여신 차문다가 나타나리라. 어느 시신에도 제각기 인생의 괴로움, 제각기 눈물의 흔적이 남아 있다.

"당신도…… 힌두교의 화장터에."

"그래요, 돈 있는 사람이라면 그 가족이 들것에 실어 데려갈 테지요. 하지만 가난한 외톨이 아웃 카스트를 나르는 이는 많지 않습니다. 그래도 그 사람들 역시, 갠지스강에 흘려 보내지고 싶어서 이 동네까지 다리를 질질 끌며 왔으니까요."

"당신은 힌두교의 브라만도 아니면서……."

"그게 중요한가요? 만약 그분이 지금 이 마을에 계신다면."

"그분? 아아, 양파 말이에요?"

"그렇습니다. 양파가 이 마을에 들르신다면, 그이야말로 길가에 쓰러진 자를 등에 업고 화장터로 가셨을 겁니다. 마치 살아 있을 때 십자가를 등에 지고 걸었듯이."

"하지만 당신의 행위는 그 양파의 교회에서 평판이 나쁠 테죠?"

미쓰코는 반사적으로 예전의 학우에게 가시 돋친 말을 했으나, 이러한 말을 입에 담은 스스럼없는 자신이 추하게 느껴졌다.

"전…… 어디서건 평판이 나빴지요. 대학에서도 신학생 때도, 수도원에서도…… 그리고 이곳 교회에서도. 하지만 이젠 상관없습니다."

"그건, 당신의……."

"알고 있습니다. 그러나 결국 양파가 유럽의 기독교뿐 아니라 힌두교 안에도, 불교 안에도 살아 계신다고 생각하기 때문입니다. 생각할 뿐 아니라, 그런 삶을 선택했기 때문입니다."

활짝 열린 식당 창문으로, 오늘 도착한 미국인 관광객들을 위해 인도 음악 쇼가 열리고 있었다. 아코디언과 비슷한 악기인 하모늄 연주가 끊어질 듯 끊어질 듯 흘러나온다.

"한데 당신은 일생을 망쳤어요."

"후회는 하지 않습니다."

"당신이 신부란 걸 힌두교도들은 알고 있나요?"

"길가에 쓰러진 사람들 말인가요? 물론 모를 테지요. 하지만 힘이 다한 그들이 강변에서 불꽃으로 감싸일 때, 저는 양파에게 기도드립니다. 제가 건네는 이 사람을 부디 품에 안아 주십시오, 하고."

"그럼 당신은 불교나 힌두교가 말하는 환생을 믿는 게 되잖아요. 적어도 당신은 신부 아닌가요?"

오쓰의 삶에 대한 패배감이 들었지만 그녀는 아직 조금 남은 자존심으로 그렇게 질문했다.

"양파가 죽임을 당했을 때." 오쓰가 땅바닥을 가만히 응시하면서 중얼거렸다. 마치 자신을 향해 일러 주듯이. "양파의 사랑과 그 의미를 살아남은 제자들은 겨우 알게 되었습니다. 제자들은 한 사람도 남김없이 모두 양파를 모르는 척 버리고 도망쳐 살아남았으니까요. 배반당하고서도 양파는 제자들을 계속 사랑했습니다. 그래서 그들 한 사람 한 사람의 뒤가 켕기는 마음에 양파의 존재가 깊이 새겨져, 잊을 수 없는 존재가 되었던 것입니다. 제자들은 양파의 생애 이야기를 하기 위해 먼 나라로 떠났습니다."

오쓰는 인도의 가난한 아이들에게 그림책이라도 읽어 주는 듯한 말투로 중얼거리고 있었다.

"그 후로 양파는 그들 마음속에 계속 살았습니다. 양파는 죽었습니다. 그러나 제자들 속에 환생했습니다."

"잘 모르겠어요." 미쓰코가 강한 목소리로 어깃장을 놓았다. "딴 세계 이야기를 듣는 기분이에요."

"딴 세계 이야기가 아닙니다. 보세요, 양파는 지금 당신 앞에 있는 제 안에도 살아 있으니까요."

분명히 오쓰의 말에는 오쓰의 괴로움 직한 삶이 뒷받침되어 있었다. 그것은 매끄럽게 혀끝에서 나올 뿐인, 과일 펀치 맛 나는 결혼식장의 청년이 하던 말과는 달랐다.

　이때 정원 등에 불이 들어오고, 불빛이 부스럼 난 오쓰의 옆모습을 비추었다.

　"갠지스강을 볼 때마다 저는 양파를 생각합니다. 갠지스강은 썩은 손가락을 내밀어 구걸하는 여자도, 암살당한 간디 수상도 똑같이 거절하지 않고 한 사람 한 사람의 재를 삼키고 흘러갑니다. 양파라는 사랑의 강은 아무리 추한 인간도 아무리 지저분한 인간도 모두 거절하지 않고 받아들이고 흘러갑니다."

　미쓰코는 더 이상 어깃장을 놓지는 않았으나 자신과 오쓰 사이에 벌어진 거리를 느끼고 있었다. 오쓰의 삶도 그 이야기도 문자 그대로 그녀와는 딴 세계의 것이었다. 그녀는 양파에 대해 아무것도 몰랐지만, 양파가 그녀한테서 오쓰를 완전히 빼앗은 사실만은 알 수 있었다.

　"오쓰 씨, 얼굴에 부스럼이 났네요."

　"압니다, 창녀 집 같은 델 드나들고 있으니까요."

　"설마…… 그 여자들을 안았나요?"

　"안았지요, 하긴 남자들을 위해 뼈 빠지게 일만 하다 죽어 버린 불쌍한 여자들의 누더기 같은 시신이었지만요."

　오쓰가 농담하는 걸 미쓰코는 처음 들었다. 그것은 오쓰가 마음의 여유를 지니고 있음을 나타냈다.

　인도 음악 쇼가 끝나자, 모기 떼 소리처럼 미국인들의 웃음

소리와 대화가 들려왔다. 그것이 신호인 양 오쓰는 벤치에서 일어섰다.

"이만 가 봐야겠습니다…… 내일 아침에 일이 있어서."

그가 슬픈 듯한 미소를 지으며 말했다.

"나루세 씨를 평생 다시는 못 만날지도 모르겠군요."

"왜 그런 말을 하세요? 내일 어디로 가세요?"

"알 수 없습니다. 길가에 쓰러진 사람이나 숨을 거둔 순례자는 매일 이 마을 어딘가에 있으니까요. 어느 집 뒷문에 기댄 채 죽기도 하고, 병든 창녀는 구정물이 흥건한 땅바닥으로 쫓겨납니다. 그러니 이른 아침, 갠지스강에서 화장이 시작될 시간에 마니카르니카 가트 언저리를 서성대고 있을지도 모르겠습니다."

이소베는 술집을 찾았다. 어젯밤과 마찬가지로 마시지 않고는 견딜 수 없는 심정이었다. 이제 그는 그 대학교수 같은 얼굴을 한 점쟁이를 원망하지 않았다. 이 나라 사람들의 가난을 목격하면서, 그는 그들이 구걸할 뿐 아니라 몸의 결함이나 병든 손발까지 이용해 살아갈 양식을 얻고 있는 걸 보았다. 그 점쟁이도 그중 한 사람으로 '인도의 불가해한 신비'를 이용해 먹고살아 가야 한다는 것은 이소베도 이해했다. 다만 뭐라 말할 수 없는 참담함이 가슴에 들어차 있다.

그 참담함에 술을 마시고 싶었다. 예감한 대로 불결 그 자체인 골목길을 헤맸으나 라지니라는 이름의 여자아이가 여럿 이어서 만나는 라지니마다 제각기 겁먹은 듯한 눈초리로 이소베를 쳐다보고 손을 내밀며 "바—부—지—, 박시—시." 하고 돈을 구걸했다.

이소베는 정처 없이 걷고 또 걸었다. 큰길에는 결코 가게를 내지 않는 술집을 뒷골목에서 겨우 발견했다. 먼지투성이의 정체 모를 통조림이며 잡곡을 파는 이 가게에서 그가 "위스키."라고 말하자 주인은 고개를 젓더니 대신 인도 술병을 꺼내 주었다. 그리고 병을 가리키며 "찬, 찬." 하고 이름을 가르쳐 주었다.

이소베는 병을 입에 갖다 대고 나발을 불며 방향도 생각지 않은 채 거리를 헤맸다. 취기가 얼른 머리를 마비시켜 이 참담한 기분을 지워 주기만을 바랐다.

길에서 인도인들이 싸움을 하고 있었다. 남자들 몇이 어느 집으로 달려 들어가 장년의 사내를 질질 끌어내더니 마구 때린다. 코피로 얼굴이 범벅 된 사내는 고함을 질러. 대고, 이윽고 경관이 오자 가해자인 남자들은 바람처럼 도망쳤다.

구경하고 있던 한 청년이 묻지도 않았는데 이소베에게 변명하듯 설명했다.

"그는 시크교도의 리더입니다. 당신은 시크교도가 오늘 아침 간디 수상을 살해한 것을 알고 있나요?"

그리고 그는 갑자기 과장스레 손으로 얼굴을 덮었다.

"시크교도가 우리의 어머니를 죽일 이유는 없습니다. 수상은 시크교도인 자일 싱을 인도의 대통령으로 삼은 분이니까."

이소베는 이 자리에서 빠져나가려고, 영어를 잘 못 알아듣는 척했다. 걸음을 내딛는 이소베 뒤에서 청년이 충고했다.

"일찍 호텔로 돌아가는 게 좋아요. 몇몇 마을에선 야간 외출 금지령이 내려졌습니다. 이 마을도 델리와 마찬가지로 분쟁이 시작되면, 외국인들은 위험해요."

지금의 이소베는 그런 종교상의 분쟁에는 관심이 없었다. 일본인인 그는 이 나라에서 힌두교도와 시크교도가 다투는 배경도 사정도 전혀 모른다. 결국 종교조차 서로 증오하고 대립해 서로 사람을 죽인다. 그런 것을 신뢰할 수는 없었다. 지금의 그에게는 오직 아내에 대한 추억이 이 세상에서 가장 가치 있는 것이었다. 그리고 잃고 나서야 비로소 아내의 가치, 아내의 의미를 알게 된 느낌이었다. 남자로서 일이나 업적이 전부라 생각하며 살아왔으나, 그게 전부는 아니었다. 그는 자신이 얼마나 에고이스트였는지 깨닫고, 아내에 대한 미안함을 사무치게 느꼈다.

취기가 돌면서 방향을 잃고, 그저 지쳐 녹초가 될 작정으로 발을 움직였다. 피로와 취기에 곤드레만드레가 되고 싶다. "사―." "사―." 하고 릭샤 운전사들이 좌우에서 말을 걸어온다. 이소베는 왼쪽에 꽃집과 구리 항아리를 파는 노점이 가게를 막 닫고 있는 걸 보고, 강 옆까지 와 있음을 알아챘다.

가트를 오르는 돌계단에 아직 걸인 몇이 누워 있었다. 그들이 이소베를 발견하고는 목소리를 냈다. 동전을 던져 주고 가트를 뛰어올라, 강변에 널린 얼마 안 되는 빨랫감 뒤로 몸을 숨겼다.

눈앞은 거대한 강. 달빛이 은박 같은 강 수면에 반사되고 있다. 목욕객의 그림자도 없고, 대낮의 시끌벅적함도 없다. 배 한 척도 떠 있지 않다.

빨래를 두드리는 바위 하나에 걸터앉아, 이소베는 남쪽에서 북쪽으로 묵묵히 계속 흘러가는 주석 빛깔의 강을 바라보았다. 이따금 검은 부유물이 강 수면에 떠다닌다. 모든 것에 무심한 채, 강은 부유물과 더불어 떠나간다.

손에 든 술병을 강물에 던졌다. 수많은 힌두교도들이, 이 거대한 흐름에 의해 정결해지고 보다 나은 재생으로 이어진다고 믿는 강. 아내도 무언가에 의해 실려 갔을까?

"여보."

그는 불러 보았다.

"어디로 간 거야?"

예전에 아내가 살아 있을 때는 이렇듯 생생한 기분으로 아내를 부른 적이 없다. 아내가 죽기까지 그는 대부분의 남자들과 마찬가지로 일에 열중하고 가정은 등한시했다. 애정이 없어서가 아니다. 인생이란 우선 일, 열심히 일하는 것이며, 그런 남편의 모습을 여자 또한 좋아하리라 생각해 왔다. 그리고 아내에게 자신에 대한 애정이 얼마큼 깃들어 있는지는 한 번도 생각하지 않았다. 동시에 그런 안심 속에 그녀와의 유대감이 얼마나 강하게 깃들어 있었는지도 자각하지 못했다.

그러나 임종 때 아내가 내뱉은 헛소리를 듣고 나서, 이소베는 인간에게 둘도 없이 소중한 유대감이 무엇이었는지 알았다.

가끔씩 소란스러움이 마을에서 전해져 온다. 힌두교도가

다시 시크교도를 덮친 건지도 모른다. 제각기 자신이 옳다고 믿고, 자신들과 다른 이를 미워하고 있다.

복수나 증오는 정치 세계뿐 아니라, 종교 세계에서도 마찬가지였다. 이 세상은 집단이 생기면 대립이 발생하고 분쟁이 벌어지고, 상대방을 깎아내리기 위한 모략이 시작된다. 전쟁을 거쳐 전후의 일본에서 살아온 이소베는 그러한 인간이나 집단을 싫증나게 보았다. 정의라는 단어도 지겹도록 들었다. 그리고 어느새 마음 깊숙이 아무것도 믿을 수 없다는 막연한 기분이 늘 남았다. 그래서 회사 내에서 그는 사근사근하게 누구와도 잘 지냈지만, 어느 한 사람도 진심으로 믿지 않았다. 저마다 마음 깊숙이 자신만의 에고이즘이 있고, 그 에고이즘을 호도하기 위해 선의니 옳은 방향이니 주장하는 것을 실생활에서 납득하고 있었다. 그 자신도 그걸 인정하고서 풍파 일지 않는 인생을 꾸려 왔다.

하지만 외톨이가 된 지금, 이소베는 생활과 인생이 근본적으로 다르다는 걸 겨우 알게 되었다. 그리고 자신에게는 생활을 위해 사귄 타인은 많았어도, 인생에서 정말로 마음이 통한 사람은 단 두 사람, 어머니와 아내밖에 없었음을 인정하지 않을 수 없었다.

"여보."

그는 또다시 강을 향해 불렀다.

"어디로 갔어?"

강은 그의 외침을 받아 내고 그대로 묵묵히 흘러간다. 그런데 그 은빛 침묵에는 어떤 힘이 있었다. 강은 오늘까지 수많은 인간의 죽음을 보듬으면서 그것을 다음 세상으로 실어 갔듯이, 강변의 바위에 걸터앉은 남자의 인생의 목소리도 실어 갔다.

11장
진실로 그는 우리의 병고를 짊어지고

안뜰에서 들개 두세 마리가 쓰레기 더미를 뒤지고 있었다. 돌아온 오쓰를 보자 들개들은 눈을 번득이며 으르렁 소리를 냈으나 덤벼들지는 않았다. 악취 나는 석조 건물 안은 캄캄했다. 이 아슈람에 사는 다섯 명의 사두는 아침이 빠른 탓에 이미 잠자리에 들었다. 1층 가장 구석진 공간, 만약 그걸 방이라 부를 수 있다면 그곳이 오쓰에게 주어진 침소인데, 그는 그 부서져 가는 문을 열고 땀과 한낮의 열기가 남은 안으로 들어가 알전구에 불을 켰다. 불빛이 축축한 침대의 움푹 꺼진 곳이며 그 꺼진 자리 위에 내팽개쳐진 책 몇 권을 비추었다. 기도서, 우파니샤드 그리고 마리아 테레사의 책. 모기가 윙윙댄다. 그는 일본에서 보내 온 모기향을 피운 다음, 웃옷(아차라)을 벗고, 신고 있는 차팔(인도의 샌들)을 벗고, 나무통에 담긴

물로 천을 적셔 상반신을 꼼꼼히 닦았다.

무릎을 꿇고 잠시 기도했다. 그러고 나서 『마하트마 간디 어록집』을 집어 들고 간밤의 땀으로 축축한 침대에 몸을 누였다. 그리고 몇 번씩이나 되풀이해 읽은 부분을 들여다보며 잠이 오기를 기다렸다.

"나는 힌두교도로서 본능적으로 모든 종교가 많건 적건 진실이라고 생각한다. 모든 종교는 똑같은 신에서 비롯된다. 그러나 어느 종교이건 불완전하다. 왜냐하면 그것은 불완전한 인간에 의해 우리에게 전해져 왔기 때문이다."

생쥐가 바닥 위를 총알처럼 달려 지나갔다. 하지만 이 건물에서는 보기 드문 일이 아니고, 덩치 큰 쥐가 오쓰의 침대를 뛰어넘어 방을 가로지른 적도 있다.

"다양한 종교가 있지만, 그것들은 모두 동일한 지점에 모이고 통하는 다양한 길이다. 똑같은 목적지에 도달하는 한, 우리가 제각기 상이한 길을 더듬어 간들 상관없지 않은가."

오쓰가 좋아하는 이 말. 그가 아직 이 어록을 알기 전에 이와 비슷한 마음가짐을 품은 탓에 신학교에서도 수련원에서도 윗사람의 빈축을 사고 프랑스인 동료의 반감과 경멸을 불러일으켰던 이 말.

"그렇다면 자넨 어째서 우리 세계에 머물러 있나?"

선배한테 이렇게 타박을 받은 적도 있다.

"그토록 유럽이 싫거든 냉큼 교회에서 나가면 되잖은가. 우리가 지키는 건 기독교 세계이며 기독교 교회이니까."

"나갈 수 없습니다." 오쓰는 울먹이듯 말했다. "저는 예수에게 붙잡혔습니다."

어록집은 그의 때 낀 손톱 끝에서 바닥으로 떨어졌다. 코를 골며 그는 꿈꾸고 있었다. 꿈속에서도, 리옹의 수도원에서 늘 그를 힐난하던 자크 몽주라는 수재 선배의 하얀 얼굴이 나왔다.

"신은 우리 세계에서 자라났지. 자네가 싫어하는 유럽 세계에서 말이야."

"그렇게 생각하지 않습니다. 그분은 예루살렘에서 형을 받은 뒤, 여러 나라를 방랑하셨습니다. 심지어 지금도. 여러 나라 말입니다. 이를테면 인도, 베트남, 중국, 한국, 대만."

"그만해. 자네가 그토록 이단적이라는 걸 선생님들이 아신다면."

"제가…… 이단적인가요? 그분에게 이단적인 종교라는 게 정말로 있었을까요? 그분은 다른 종교를 믿는 사마리아인마저 인정하고 사랑하셨습니다."

꿈속에서만은 그도 자크 몽주나 윗사람을 거스르고 변명도 하고 반박도 했으나, 현실에서 그는 거의 언제나 울먹이는 표정으로 그저 잠자코 있었다. 요컨대 그는 좌절한 사람이며, 겁쟁이에 불과했다. 말로나마 맞서 대들거나 싸울 만한 힘이 모자랐다.

3시 30분. 어슴푸레 서늘한 기운이 열을 품은 대기 속으로 파고드는 시각. 아직 어둠이 남은 안뜰에서 길 잃은 소가 자고 있었다. 사두 세 사람이 나무통에 우물물을 길어 그 물로 몸을 씻었다.

4시. 오쓰가 일어나 마찬가지로 우물물로 몸을 닦고 세수를 하고 나서, 자신의 방에서 혼자만의 고즈넉한 미사를 올렸다. "미사는 끝났다.(이테 미사 에스토.)" 마지막 기도를 중얼거린 뒤에도 그는 계속 무릎을 꿇고 있었다. 수도원 시절에도 그에게는 그 사람과 이야기 나눌 때만이 말로 표현할 수 없을 만치 평온과 편안함을 되찾는 시간이었다. 그 이외의 시간, 그는 자신이 누군가를 상처 입히지는 않을까, 화나게 하지 않을까 연신 불안했다.

이미 바깥은 희끄무레 밝아지기 시작했다. 문을 닫고 안뜰로 나가니, 잠이 깬 야윈 소가 감정 없는 눈으로 그를 응시하고는 앞장서 느릿느릿 나갔다. 낮에는 탑에서 울려 퍼지는 이슬람 독경 소리, 릭샤와 소용돌이치듯 사람들로 넘쳐나는 거리도 아직 그지없이 조용하고, 가게들은 페인트 칠 벗겨진 문을 꼭 닫은 게 마치 무인(無人) 촬영소 마을 같았다. 움직이는 거라고는 들개 무리와 길 한복판에서 굼뜨게 몸을 일으키는 소뿐. 어렴풋이 서늘한 기운이 대기 속에 아직 남아 있다. 이윽고 강렬한 햇볕이 내리쬘 거리를 오른쪽으로 꺾고 왼쪽으로 돌아, 습기와 오물이 질펀한 길을 오쓰는 돌아다녔다. 그가 찾는 것은, 길 한쪽 귀퉁이에서 남루처럼 웅크린 채 헐떡거리며 죽음을 기다리는 사람들이었다. 그들은 인간의 모양새를 하고서도 인간다운 시간을 한 조각도 갖지 못한 인생이며, 갠지스 강에서 죽는 것만을 마지막 소망으로 삼아 마을에 간신히 당도한 자들이다.

진디가 있는 데를 찾아내듯 오쓰는 그들이 이 마을의 어느 장소에서 쓰러져 있는지를 본능적으로 알고 있었다. 그것은 늘 사람 눈이 닿지 않는 좁다란 샛길, 조금 벌어진 벽 틈으로 바깥의 빛이 새어 들어오는 장소였다.

숨이 끊어질 때까지 인간은 그런 빛을 마지막으로 의지하듯 찾는 법이다.

오쓰가 신은 차팔은 구정물과 개똥이 달라붙은 납작 돌을 밟다 멈춰 섰다. 발치에서 벽에 기댄 노파가 오쓰를 물끄러미 쳐다보고 있었다. 조금 전 그를 바라보고 걸어 나간 소의 눈과 똑같은, 감정이 사라진 눈이었다. 어깨가 들썩인다. 쭈그려 앉은 오쓰는 어깨에 멘 자루에서 알루미늄 컵과 물병을 꺼냈다.

"파—니, 파—니.(물, 물.)"

그는 노파에게 상냥하게 말했다.

"아—푸, 메—라—, 도—스트, 헤인.(난 당신의 친구예요.)"

그녀의 작은 입에 알루미늄 컵을 갖다 대고 조금씩 물을 흘려 넣었으나, 물은 턱을 적시고 몸을 감싼 남루를 더럽힐 뿐이었다. 그녀가 힘없는 목소리로 중얼거렸다.

"강가—.(갠지스강.)"

강가—라고 말하는 그녀의 눈에 이때 애원하는 기색이 떠오르더니, 급기야 그 눈에서 눈물이 흘러내렸다.

"타비—야트, 하라—브, 헤이?(기분이 어떠세요?)" 오쓰는 크게 말하고, 끄덕였다. "코—이—, 바—트, 나힌.(걱정 마세요.)"

끈을 엮어 짜서 만든 인도풍 포대기를 자루에서 꺼내, 그걸로 그녀의 자그만 몸을 감싸고 업었다.

"강가—."

그의 어깨에 전신을 내맡기고 똑같은 단어를 울먹이듯 되풀이하는 노파에게,

"파—니, 차—히에—?(물을 마시고 싶으세요?)" 대꾸하고 오쓰는 걷기 시작했다. 이때 마침내 마을에 아침 햇살이 비쳐 들기 시작했는데, 마치 그제야 신이 인간의 괴로움을 깨달은 것만 같았다. 가게는 문을 열고, 소와 양 떼가 방울 소리를 울리며 길을 가로질렀다. 일본과 달리 여기서는 어느 한 사람, 노파를 등에 업은 오쓰를 이상스레 보는 이가 없다.

이 등에 얼마만큼의 인간이, 얼마만큼의 인간의 슬픔이 업혀 갠지스강으로 향했을까? 오쓰는 꾀죄죄한 천으로 땀을 닦고 숨을 골랐다. 그 사람들이 어떤 과거를 지녔는지, 그저 스쳐 지나는 인연밖에 없는 오쓰는 알지 못한다. 알고 있는 건 그들이 하나같이 이 나라에서는 아웃 카스트이며, 버려진 계층의 사람들이라는 사실뿐이다.

태양이 어느 정도 떠올랐는지는 목이며 등에 와 닿는 햇볕의 낌새로 금방 알 수 있다.

(당신은…….) 하고 오쓰는 기도했다. (등에 십자가를 지고 죽음의 언덕(골고다)을 올랐습니다. 지금 그 흉내를 내고 있습니다.) 화장터가 있는 마니카르니카 가트에서는 이미 연기 한 가닥이 피어오르고 있다. (당신은 등에 사람들의 슬픔을 짊어지고, 죽음의 언덕까지 올랐습니다. 지금 그 흉내를 내고 있습니다.)

12장
환생

　호텔 밖은 아직 어두운데, 잠 깬 작은 새의 지저귐이 정원 여기저기서 들려온다. 프런트가 소란스러운 건 어제 콜카타에서 도착한 서른 명 남짓의 미국인 관광객이 첫새벽의 목욕을 구경하기 위해 1층에 집합해 있기 때문이다.

　기구치와 같은 버스를 타는 미쓰코는 옆자리에 앉은 애교 넘치고 덩치 큰 미국 부인의 수다 상대가 되어야만 했다.

　"일본에 간 적이 있어요. 삼 년 전인데, 여름이어서 엄청 더웠어요. 벳푸에선 온천에 들어갔죠. 그런데 일본 호텔의 타월이 하도 작아서 불편했답니다."

　부인은 바스 타월과 수건을 혼동한 모양이었다.

　"콜카타에는 언제 도착하셨나요?"

　미쓰코가 도리 없이 묻자,

"어제. 그곳도 일본 못지않게 사람들이 많고 더웠어요." 부인은 순진하게 웃었다.

"정세는 위험하던가요?"

"별로. 군대와 전차가 요소를 지키고 있었지만, 아무 일 없었어요."

그렇다면 오늘 저녁 무렵, 에나미와 다른 일본인 손님들은 안전하게 이 도시로 돌아오겠지. 그들이 없던 이틀간은 얼마나 길었던가.

"레이디스 앤드 젠틀맨."

프런트의 남자가 점잔 빼는 목소리로 정원의 새들처럼 시끌시끌한 관광객에게 말을 걸었다.

"나우 위 셸 스타——트."

타고 갈 버스가 도착했다. 미국인들을 뒤따라 기구치와 미쓰코는 좌석을 잡고, 기구치는 자못 즐거운 듯 웃음을 터뜨리는 미국인들을 뒤돌아보며 불쑥 중얼거렸다.

"참 놀랍군요. 사십 년 전엔, 이 사람들과 우리 일본인들은 서로를 죽였더랬습니다. ……그것도 바로 얼마 전 일만 같은데. 하긴 내가 싸운 건 영국군과 인도군이었지만."

대립이나 증오는 나라와 나라뿐만 아니라, 상이한 종교 간에도 이어진다. 종교의 차이가 어제, 여성 수상의 죽음을 낳았다. 사람은 사랑보다도 증오에 의해 맺어진다. 인간의 연대는 사랑이 아니라 공통의 적을 만듦으로써 가능해진다. 어느 나라건 어느 종교건 오랫동안 그렇게 지속되어 왔다. 그 속에서 오쓰 같은 피에로가 양파의 원숭이 흉내를 내고, 결국은 쫓겨

난다.

"갠지스강에 나루세 씨는 몇 번이나 가 봤습니까?"

기구치가 물었다.

"두 번이요."

"덕분에 이제야 인도에 온 보람이 있습니다. 전 말이죠, 그 강이나 인도의 어느 절에서 죽은 전우들의 법요를 올리고 싶었는데, 이 나라에 불교도가 아주 조금밖에 없다는 사실을 몰랐지요. 석가모니가 태어난 나라이면서도, 지금은 힌두의 나라인 거죠."

"하지만 그 강만은……." 미쓰코는 희끄무레해진 풍경에 눈길을 주면서 자신의 심정을 털어놓았다. "힌두교도만을 위한 것이 아니라, 모든 사람을 위한 깊은 강이라는 느낌이 들었어요."

아직 문 연 가게가 거의 없는 거리는 께느른한 잠결인 듯하고, 사람 그림자는 안 보이는데 소만이 정처 없이 어슬렁어슬렁 걷고 있다.

다사스와메드 가트 바로 앞에서 버스 정차. 유쾌한 웃음소리를 내는 미국인들에 섞여 미쓰코와 기구치도 지저분한 길에 내려선다. 때마침 기다리고 있던 파리 떼처럼 걸인들이 우르르 몰려들어 손을 내밀었다.

미쓰코는 아이들한테 동전을 주는 아까의 사람 좋은 미국 부인 뒤를 따라 가트를 올랐다. 그리고 생각보다 훨씬 많은 인도인 남녀가 이미 목욕을 하고 있는 풍경에 놀랐다.

"이 강에서 기도하는 힌두교도는 일 년에 100만 명이나 됩니다."

안내인의 설명이 미국인 그룹이 만든 원에서 새어 나왔다.

"100만 명."

누군가가 깜짝 놀라며 큰 소리로 말했다.

"예, 100만 명입니다. 이 강에 들어가면 그때까지의 죄가 모두 씻기어, 다음 세상에 좋은 형편으로 태어날 수 있다고 힌두교도는 믿고 있습니다."

"다시 이 세상에 태어난다고? 난 됐어."

미국 부인이 웃으며 미쓰코에게 한쪽 눈을 찡긋거려 보이고는 물었다.

"당신은 불교 신자?"

"내겐……." 미쓰코가 대답했다. "종교가 없어요."

"나쁜, 나쁜 세대의 사람이군요. 난 신을 믿어요."

그녀가 농담조로 미쓰코를 놀리고는 덧붙였다.

"관광 배를 놓치겠어요."

친구들이 오르기 시작한 배를 가리켰다. 관광객들은 몇 그룹으로 나뉘어, 네다섯 명의 인도인이 젓는 거룻배를 타고 화장터 근처에서 화장을 구경한다.

"아니에요, 고마워요. 저희는 걷겠어요."

"오──케이." 하고 미국 부인이 다시 한쪽 눈을 찡긋거렸다. "오늘 밤 호텔에서 같이 맥주 마셔요."

아직 날이 밝지 않은 선창에서 파도가 물 마시는 개 혓바닥 같은 소리를 내고 있었다. 그들의 배가 서서히 움직이기 시작하자, 기구치와 미쓰코는 수많은 남녀가 움직이는 마니카르니카 가트를 향했다. 건물 대부분은 사원과 순례자가 묵는 싸구려 숙소이고, 비좁은 길에는 여기저기 개나 양의 똥이 떨어져 있다. 미쓰코는 밟았다가 미끄러질 뻔한 걸 가까스로 버텼다.

"기구치 씨, 괜찮으세요?"

"괜찮아요. 옛날, 정글 속을 도망치던 길에 비하면 아무것도 아닙니다." 기구치는 살아 있는 보람인 양 똑같은 말을 되풀이한다. "그 길은 이렇지 않았어요. 오물 말고도 도처에 병사의 썩은 시체가 나뒹굴고 있었으니까."

미쓰코는 크게 끄덕였다. 중소기업 사장 같은 이 남자의 마음속에도 강에 와야만 하는 과거가 있다. 강에 오는 사람들 한 사람 한 사람이 저마다 전갈에게 찔리고, 코브라에게 물어뜯긴 여신 차문다의 과거를 지니고 있다.

여러 개의 가트를 지났지만 어느 가트에서나 목욕을 끝낸 남녀가 몸에 두른 목욕용 천과 사리, 허리에 감은 천에서 물방울을 떨어뜨리며 몸을 닦거나 옷을 갈아입고 있다. 큼직한 양산 아래서 노란색 옷을 걸친 브라만 승려가 축복을 구하는 이들에게 한쪽 손을 올리고 신도의 이마에 표시를 찍고 있었다. 하얀 물감을 얼굴에 바른 채 앉아 있는 이는 유랑 행자이다. 힌두교도 중에는 인생의 만년에 집을 버리고 가족과 헤어져 성지를 순례하면서 행자로서 인생을 마치는 사람들이 있다. 이를 유랑이라 한다고, 미쓰코는 에나미한테 들은 이야기를 기구치에게 일러 주었다.

"그렇다면."

지쳤는지 기구치는 가트의 계단에 걸터앉아 어둑한 풍경들을 바라보며 말했다.

"이 인도 여행이 내겐 유랑 여행이로군. 언젠가 나이 들면 죽은 동료들을 애도하러 한 번 더 미얀마나 인도에 가는 것이 오래 살아남은 저의 소망이었습니다. 그러다, 나루세 씨, 일에 쫓겨 겨우 시간이 좀 생긴 게 작년이었지요. 그랬는데 인도에서 재미없게 병 따위에 걸려 가지고……."

"병도 유랑기 여행의 추억이 되겠죠."

"나루세 씨, 열에 들떠서 내가 헛소리를 했지요? 가스통, 가스통, 하고."

"잊어버렸어요. 별거 아닌걸요."

"아니, 나루세 씨, 부끄러워서 하는 말이 아닙니다. 가스통은 내가 오래전 알고 지낸 외국인의 이름입니다. 나와 가장 친했던 전우를 임종 때까지 간병해 준 외국인의 이름입니다."

점차 하늘이 장밋빛으로 갈라진다. 태양이 모습을 드러내자, 강은 갑자기 금빛으로 반짝이고, 좌우 가트에서 일제히 환성이 일었다. 한 줄로 늘어서 천으로 허리춤만 가린 남자들이 계단을 일제히 달려 내려가, 물보라를 튕기며 강으로 뛰어들었다.

"내 전우는 말이오, 미얀마의 정글에서 인육을 먹었습니다. 말라리아로 쓰러진 나를 구하려고……."

기구치는 억누르고 있던 감정을 더는 못 견디겠다는 듯이 말을 이었다.

"나루세 씨, 굶주려 본 적이 있습니까? 아니, 진짜 굶주림이 뭔지 당신은 상상도 못 할 거요. 장마철의 미얀마에서 우리 일본 병사들은 총도 버리고 먹을 것도 없이 억수로 쏟아지는 빗속을 마냥 정신없이 도망쳤습니다. 사방은 정글이고, 길 도처에, 양치식물 이파리나 수목 사이로 더는 꼼짝할 수 없는 병든 병사의 울음소리와 신음 소리가 들려왔지요. 한데 도와줄 수가 있어야 말이지. 살려 주세요, 데려가 주세요 하는 소리를 등 뒤로 들으며 발을 질질 끌며 걸었는데…… 가장 듣기 괴로웠던 건 어머니! 하는 어린 병사들의 목소리였어요. 그 녀석들의 상처에는 구더기가 들끓고…… 그런 와중에 나는 전우 덕분에 살아난 겁니다."

두 사람 바로 밑에서는 장밋빛 아침 해를 온몸에 받으며 갠지스 강물을 입에 머금고 알몸의 남녀가 나란히 합장하고 있었다. 그 한 사람 한 사람에게 인생이 있고, 타인에게 말 못 하는 비밀이 있고, 그것을 무겁게 등에 짊어지고 살아간다. 갠지스강에서 정화해야만 하는 무언가를 그들은 갖고 있다.

"도리 없었지. 그런 상태로는. 시체의 고기를 먹어도."

"많건 적건, 우린 타인을 먹고 살아가는 존재이죠."

"아니 아니, 그런 게 아니라, 나루세 씬 모를 겁니다. 내 전우는 평생 그 일로 괴로워했어요. 귀환해서 그는…… 그는…… 그 고기를 내준 병사의 아내와 자식을 만났기 때문입니다. 아무것도 모르는 아이의 천진한 눈은…… 그 친구의 마음에 아프게 박혀 평생토록 고통이 되었지요. 그는 혼자 그 눈을 견뎠어요. 절친한 나한테도 말하지 못한 채…… 술만 퍼마시고. 술로 잊으려 했던 거죠. 그러다 끝내 몇 번이나 피를 토하고, 입원한 병원에서 자원봉사자인 가스통 씨를 만났습니다."

미쓰코는 마니카르니카 가트 쪽으로 시선을 향하고 혼잣말 같은 기구치의 이야기를 들었다. 사람에게는 마음에 줄곧 담아 온 비밀을 털어놓고 싶은 장소와 때가 있는 법이다. 기구치에게 그것은 지금이며, 갠지스 강변이었다. 마니카르니카 가트에서는 하얀 연기가 수면 위로 흐르고, 하얀 연기는 인생을 모두 끝낸 자들을 태우고 있다.

"내가 헛소리를 하며 부른 가스통 씨는 그 친구가 털어놓은 이야기를 듣고 이렇게 말했지요. 비행기가 안데스 산속에 추락했을 때, 인육을 먹고 살아남은 사람들이 있었다고."

"아."

"눈 덮인 산속에서 구원을 기다리는 동안, 먹을거리가 전혀 없어지자 중상을 입은 사람들이 자신이 죽은 뒤에 내 고기를 먹어 달라고 부탁했다고 합니다. 자신의 고기를 먹고 살아남아 달라고⋯⋯. 내 전우는 울면서 그 이야기를 들었어요. 그 이야기를 듣고 그는 고통에서 조금은 해방되었을까요. 숨을 거둘 때, 의외로 마지막 표정은 편안했습니다."

"어째서 그런 얘기를, 갑자기 하시는 건가요?"

"면목 없습니다. 하지 말아야 할 얘기를 어째서 지금 털어놓게 되었는지, 저도 잘 모르겠군요."

"어쩌면 갠지스강 때문이겠죠. 이 강은 인간의 그 어떤 것도 보듬어⋯⋯ 우리에게 그럴 마음이 내키도록 이끌어 주는 걸요."

미쓰코는 진심으로 그렇게 느끼기 시작했다. 일본 어디에도 이 바라나시 같은 도시는 없다. 그녀가 조금 알고 있는 파리나 리옹과도 이곳은 다르다. 사람들이 죽은 뒤, 그곳에 뿌려지기 위해 먼 데서 모여드는 강. 숨을 거두기 위해 순례하러 오는 도시. 그리고 깊은 강은 그런 사자들을 품에 안고 묵묵히 흘러간다.

기구치는 늙은이 특유의 검버섯이 핀 얼굴을 주름투성이 손바닥으로 문질렀다. 마치 눈곱을 떼어 내듯.

"나루세 씨, 그때 이후로 난 많은 걸 생각하게 됐습니다. 불교에 관한 책을 잘 알지도 못하면서 읽기 시작했지요."

"그 가스통 씨는 지금도 일본에 계신가요?"

"모릅니다. 그 전우가 죽고 나서 병원에서 모습을 감추었다는군요. 마치 내 전우를 위해 나타났다가 전우가 죽자 그 사람이 떠난 느낌마저 듭니다. 내 전우가 인간으로서 해선 안 될 무서운 일을 저지르고 자포자기한 채 죽어 갈 때, 그 사람이 곁에 와 준 거예요. 그 사람은…… 내 전우한테는 같은 순례 길에 동행하는 또 한 사람의 순례자가 되어 주었어요."

이야기를 들으면서 미쓰코는 그때 오쓰를 연상했으나, 기구치는 미쓰코의 생각과는 전혀 딴 이야기를 중얼거렸다.

"내가 생각한 건…… 불교에서 말하는 선악불이(善惡不二)로, 인간이 하는 일에는 절대적으로 옳다고 말할 수 있는 게 없다. 거꾸로 어떤 악행에도 구원의 씨앗이 깃들어 있다. 무슨 일이건 선과 악이 서로 등을 맞대고 있어서, 그걸 칼로 베어 내듯 나누어선 안 된다. 분별해선 안 된다. 견딜 수 없는 굶주림에 져서 인육을 입에 넣어 버린 내 전우는 거기에 짓눌려 헤어 나오지 못했지만, 가스통 씨는 그런 지옥세계에도 신의 사랑을 발견할 수 있다고 얘기해 주었어요. 잘난 척하는 것 같은데, 전우가 죽고 나서 난 이 말을 곱씹고 또 곱씹으며 살아 왔습니다."

두 사람 바로 곁에서 귀여운 오렌지색 사리를 입은 부잣집 따님 같은 소녀가 커다란 검은 눈동자로 신기한 듯 일본어 대화를 듣고 있었다. 장밋빛으로 물든 수면에는 사람의 머리가 마치 강물에 띄우는 제등 행사의 불 꺼진 초롱처럼 움직이고 있다.

"나루세 씨, 인도인은 이 강에 들어가면 내세에서 보다 낫게 다시 태어난다고 생각한다더군요."

"힌두 사람들은 갠지스강을 환생의 강이라 부르는 모양이에요."

"환생이라. 한데 실은 말이오, 내가 헛소리를 하던 밤에 이런 꿈을 꾸었어요. 지금도 기억합니다. 꿈속에서 전우가 내 앞에 괴로운 듯이 나타나고, 그 괴로워하는 전우를 가스통 씨가 끌어안고 있는 꿈입니다. 가스통 씨와 전우는 서로 맞붙어 있다고 나는 생각했어요. 전우는 나를 살리기 위해 사람 고기를 먹었다, 고기를 먹은 건 무섭지만 그건 자비로운 마음인 까닭에 용서받는다, 하고 가스통 씨가 말하는 꿈입니다."

"……"

"환생이란, 이런 게 아닐까 싶은데."

도쿄 어디서나 흔히 볼 수 있는 중소기업 사장 같은 용모의 이 남자 안에 미쓰코의 상상이 미치지 못하는 인생이 있

다. 물속에서 합장하고 기도하는 사람들도 제각기 저마다의
마음의 드라마가 있다. 그리고 이곳으로 실려 오는 시신에도.
그들 모두를 감싸는 강, 오쓰가 양파의 사랑의 강이라 부른
강. 기구치는 갖고 있던 보퉁이의 매듭을 풀어 불경을 꺼냈다.

"나루세 씨, 미안하지만, 여기서 그 녀석과 전사한 전우들
을 위해 경을 읽어도 되겠습니까?"

"그럼요, 전 잠시 둘러보겠어요."

강을 응시하면서 기구치는 아미타경의 한 구절을 암송하기
시작했다.

물이 흘러간다. 완만한 커브를 그리면서 남쪽에서 북쪽으
로 갠지스강이 움직여 간다. 기구치의 눈에는 그 죽음의 거리
에서 엎어지거나 뒤로 자빠진 채 죽어 간 병사들의 얼굴이 떠
오른다.

彼國常有 種種奇妙雜色之鳥. (그 나라에는 늘 온갖 종류의
기묘한, 여러 빛깔의 새 있도다.)

白鵠, 孔雀, 鸚鵡, 舍利, 迦陵頻伽, 共命之鳥. (백곡, 공작, 앵
무, 사리, 가릉빈가, 공명의 새이니.)

是諸衆鳥, 晝夜六時, 出和雅音. (이 모든 새, 주야 여섯 시에
우아한 소리를 내도다.)

아미타경을 읊조리는 기구치 곁에서 한 소녀가 커다란 검
은 눈으로 옴짝달싹도 않고 그를 응시하며 자리를 지켰다. 아
미타경의 이 부분을 읊조릴 때, 기구치는 어김없이 미얀마의

정글에서 들은 무수한 새들의 지저귐을 떠올린다.

彼佛國土, 微風吹動, 諸寶行樹, 及寶羅網, 出微妙音. (그 불
국토에는 미풍 산들거리고, 온갖 보행수 그리고 보라망, 미묘한 소
리를 내도다.)

하루 종일 쏟아져 내리던 비가 이따금 그치는 시간이 있
고, 그 사이사이 지금껏 어디에 숨어 있었는지 정글에서는 돌
연 새들이 여기저기서 쾌활하게 지저귀기 시작한다. 땅바닥에
서는 부상당한 병사의 신음 소리와 울음소리가 들리건만, 작
은 새들은 전혀 거기에는 관심 없다는 듯 한결같이 신나게 조
잘조잘 지저귄다. 그리고 하늘 어딘가 저 멀리, 일본군의 행방
을 정찰하는 적기 소리가 희미하게 들려온다. 새들의 지저귐
이 밝고 쾌활할수록 병사들의 신음 소리는 고통으로 가득 찬
잔혹했던 나날……

바라나시에서 서쪽 알라하바드까지 가는 길은 포장도로가
더러 끊겨, 그러잖아도 고물인 택시는 심하게 요동쳤다. 운전
사는 한쪽 손으로 손잡이가 망가진 문을 붙들었다. 누마다는
그럴 때마다 곁에 놓인 새장을 그러안아야만 했다. 오늘 아침
새 가게에서 구입한 구관조가 소란을 피워 댔기 때문이다.
"괜찮아, 괜찮아."
그는 몇 번이나 새를 진정시키려 애썼다.

"괜찮아, 괜찮아."

그러자 운전사가 뒤를 돌아다보고 이 빠진 입으로 웃으며,

"괜찮아, 괜찮아."

일본어 흉내를 냈다. 그런 다음 운전사는 되게 서툰 영어로,

"그 새는 당신 거야?"

"그래."

"그 새를 먹어?" 그리고 그는 한 손으로 먹는 시늉을 했다.

"노—."

"당신은 일본인, 중국인?"

"일본인."

"당신은 이 새를 일본으로 갖고 가나?"

"노—. 난 이 새를 자유롭게 해 줄 거야."

하지만 이 마지막 단어는 운전사가 제대로 알아듣지 못한 듯하다. 그는 잠자코 핸들을 잡고 있었다.

겨우 잠잠해진 구관조의 새장을 누마다는 무릎 사이에 끼고 들여다보았다. 횃대에 두 발을 걸치고 새는 가래가 엉긴 듯한 소리를 냈다. 예전에 병원에서 들은 그 소리이다.

크기도 모양도 그 옛날 누마다가 키우던 것과 별반 다르지 않다. 차가 포장도로를 달릴 때 고개를 약간 갸웃거리는 모습도 쏙 빼닮았다.

"기억하니, 그날 밤을?"

누마다는 나직이 말을 걸었다. 운전사가 다시 뒤돌아보고 물었다.

"무슨 일인가?"

"노──."

운전사가 라디오 단추를 돌리자 아마도 유행가이지 싶은데, 여자의 높다란 음성과 므리당감이라는 북 소리가 담긴 인도 음악이 울렸다.

길 양쪽이 깊은 숲이다. 도처에 널린 오기 야자와 바니안 나무들이 밀생하고, 바니안나무는 하얀 가지를 늘어뜨려 마치 성교 중인 남녀처럼 서로 힘껏 뒤엉켜 끌어안고 있다. 이 부근부터 누마다는 와일드 라이프 생추어리의 표지판이 나와 있지 않은지 창문에 얼굴을 갖다 댔다. 와일드 라이프 생추어리란 곳곳에 있는 동물과 조류 보호지구를 일컫는다. 아그라 근처의 사리스카, 바랏푸르는 광활하고 유명한 보호지구이지만, 이 알라하바드에도 작으나마 수렵 금지 장소가 있다는 걸 누마다는 에나미의 이야기로 알고 있었다.

지도를 펼쳐 위치를 살피고 있자니, 운전사가 프런트에서 이미 얘기를 들은 모양인지 말을 걸어왔다.

"알고 있어.(아이 노 아이 노.) 노──프라블럼."

또다시 차가 심하게 요동치는 자갈길로 바뀌어 새장 속에서 겁먹은 구관조가 날개를 퍼덕이고, 이렇게 한참이나 이어지다가 겨우 차는 서행했다.

"여기."

"기다려 줘."

누마다는 시계를 보이며 삼십 분 후를 가리켰다.

허름한 사무실에는 아무도 없다. 두세 번 불렀으나 응답이 없다. 이르는 곳마다 폐원 후의 동물원처럼 온갖 새들의 지저큄이 들려온다. 숲속은 의외로 평평한 땅에 수목들도 적당히 있고, 여기저기 연못도 만들어 놓았다. 새들이 물을 마실 수 있게 한 것이다.

연못가에 걸터앉아 그는 새장을 땅바닥에 놓았다.

"기억하니, 그날 밤을?"

그는 구관조에게 말을 걸었다. 그 순간, 한밤중 병원에서의 추억이 가슴에 아프도록 되살아났다. 이 년 남짓한 입원 생활과 두 번의 수술 실패 후, 지칠 대로 지친 그가 마음을 털어놓을 수 있었던 것은 구관조뿐이었다. 다들 잠들어 고요한 깊은 밤의 병원, 작은 침대 스탠드를 켜고, 아무에게도 이야기할 수 없는(더 이상 아내한테 마음고생을 시키고 싶지 않았다.) 불안과 초조감을 이 새한테만은 혼잣말처럼 고백했다. 촉촉이 젖은 여자의 머리카락 같은 칠흑 빛깔의 구관조. 구관조는 횃대에 굽은 못처럼 발을 걸치고 고개를 갸웃거리며 "하, 하, 하." 하고 소리를 냈다. 그것은 누마다의 꿋꿋하지 못한 여린 마음을 조소하는 소리로도 들렸고, 위로로도 들렸다. "죽는 걸까?" "하, 하, 하." "어떡하지?" "하, 하, 하, 하." 그리고 2월의 눈 내린 어느 날, 세 번째 수술이 있었다. 유착된 늑막 출혈로 심전도의 선이 더는 물결치지 않게 되었을 때, 마치 그의 몸을 대신한 듯 구관조는 죽었다.

새장의 출구를 막은 나뭇조각을 들어낸다. 대나무와 철사로 만든 허술한 새장이다.

"자아, 나가렴."

손가락으로 가볍게 새장 바깥을 두드린다. 구관조는 당연한 일이라는 듯 튀어나와 풀숲을 내달리고, 날개를 펼쳐 조금 도약했다가 다시 땅바닥을 서둘러 뛰어갔다. 그 우스꽝스러운 뒷모습을 보고 누마다는, 오래도록 등을 짓누르던 무거운 짐을 내려놓은 느낌이었다. 눈 내린 날, 그를 대신해 죽은 그 구관조에게 조촐한 보답을 하게 된 것 같았다.

무더위가 얼굴이며 목을 태우는데, 거대한 빈랑나무 그늘에 들어가자 온갖 새들의 울음소리가 바로 가까이서, 그리고 멀리 숲속에서도 쉴 새 없이 들려온다. 다양한 모양과 빛깔을 지닌 그들이 나뭇가지에서 나뭇가지로 경쾌하게 즐거이 날아다니고 있다. 구관조는 어디로 갔을까.

보리수 이파리가 맞스치는 소리. 귓전에 날아드는 곤충의 날갯짓 소리. 이런 것들이 숲의 고즈넉함을 한결 부추긴다. 뭔가가 잽싸게 야자나무와 야자나무 사이를 건너는 게 있어 눈길을 주니 긴꼬리원숭이였다. 누마다는 눈을 감고 대지와 수목들이 어우러져 술처럼 빚어내는 푸릇푸릇 후끈한 내음을 빨아들였다. 생명의 노골적인 내음. 나무와 새의 지저귐, 잔잔히 잎새들을 움직이는 바람 속에서 그 생명이 교류되고 있다.

느닷없이 자신의 어리석음을 생각했다. 지금 그가 감동해 마지않는 것이 인간 세상에서는 아무 도움도 되지 않는다. 그런 것쯤 이미 충분히 알고도 남건만, 거기에 몸을 내맡기고 있는 어리석음. 바라나시 마을은 죽음의 냄새가 짙다. 그 마을뿐만 아니라 도쿄도. 그런데도 새들은 신나게 노래하고 있다. 그리고 그는 그 모순에서 도망치기 위해 동화 세계를 만들고, 귀국 후에도 다시 새와 동물이 주인공인 이야기를 쓰게 되리라.

13장
그는 아름답지도 않고 위엄도 없으니

　호텔의 텔레비전이 거듭 반복해서 인디라 간디 수상의 암살 상황을 방영하고 있다.

　그에 따르면, 당일 오전 9시 15분, 수상은 평소대로 공관을 나와 180미터 정도 떨어진 집무실까지 걷고 있었다. 집무실에서는 영국 배우 피터 유스티노프 씨가 수상과 인터뷰하려고 대기하고 있었다. 그 순간, 그는 창문 밖에서 폭죽 같은 소리를 들었다. 사람들의 비명이 이어졌다. 그때 수상의 보디가드였던 비안트 싱 경장과 최근 호위를 맡은 사트완트 싱 순경 두 사람이 돌연 여성 수상을 향해 자동소총을 난사했다. 그 자리에 쓰러진 수상은 곧바로 병원으로 옮겨졌으나 이미 사망한 뒤였다. 유해에는 오십여 군데의 총알 흔적이 있었다.

　영국인 배우 유스티노프 씨의 얼굴 사진도 화면에 나왔다.

그의 목소리가 흘러나왔다.

"모든 준비가 끝나고, 막 찻잔에 차를 따를 때, 돌연 세 발의 총성이 들렸어요. 저건 분명 폭죽 소리일 거라고 누군가가 말했죠."

식당에서 호텔 종업원들과 이소베가 화면을 주목하고 있는데, 보스턴백을 든 산조가 나타났다.

"안녕하세요, 이소베 씨, 혼자 계신가요? 다른 분들은요?"

산조의 새된 목소리. 이소베가 그에게서 시선을 돌린 채 말했다.

"다들 미국인 관광단과 같은 버스로 강을 보러 갔습니다."

"예? 갠지스강에? 나도 갔어야 했는데. 어젯밤 집사람하고 같이 호텔 타지 갠지스에 춤추러 간 바람에 늦잠을 자고 말았어요. 그 호텔은 멋지더군요. 에나미 씨는 어째서 이런 이류 호텔에 우리를 묵게 한 건지. 도쿄 오쿠라 급의 호텔이 이 도시에도 있는데 말이에요."

"부인은?"

"자고 있어요. 골치 아픈 사람이죠. 아직 어린애라 남편이 일류 카메라맨이 되고 싶어 하는 걸 이해 못 해요."

"그 보스턴백 안에도 카메라인가요?"

"정답입니다. 집사람은 정오까지 자겠다고 하니, 커피를 마시고 저도 오전 중에 갠지스강에 갔다 오려고요."

"갠지스강의 화장터는 절대 촬영 금지라고 에나미 씨가 말했지요? 특히 어제 오늘은 힌두교도들의 신경이 곤두서 있으니까. 나도 어젯밤 그들이 시크교도 사내를 피투성이가 되도록 때리는 걸 봤어요. 오늘은 카메라를 안 가져가는 게 좋을 듯싶은데."

"로버트 카파가 말했어요. 위험을 무릅쓰지 않는 카메라맨은 걸작을 찍을 수 없다고. 인도인들이 말하는 노──프라블럼입니다. 괜찮아요, 괜찮아요. 화장터는 안 찍을 거예요."

산조는 커피를 소리 내어 다 마시고 나서 프런트에 택시를 부탁하고 일단 방으로 되돌아갔다. 하늘색 잠옷을 입은 아내는 팔을 내뻗은 채 도롱이벌레처럼 옴츠리고 잠들어 있었다. 그가 그 하얀 팔을 건드리자 졸린 듯 눈을 게슴츠레 떴다.

"자고 싶어."

"나갔다 올게, 일이잖아. 안 그러면 온 보람이 없어. 룸서비스로 뭐 시켜 줄까?"

"필요 없어."

"맙소사, 간디 수상이 암살당한 마당에."

"우리한테 무슨 상관이람. 잘 거야, 가만 놔둬."

물론 그러는 편이 산조에게도 잘된 일이었다. 고급 호텔과 인도 실크, 캐시미어 숄을 파는 가게에서는 눈을 반짝거리지만, 뉴델리에서도 이 도시에서도 "불결해." "못 참겠어." "동화거리에 가고 싶었는데."를 연발하는 아내에게 솔직히 말해 산조도 절절매고 있었다.

허둥지둥 택시에 올라타고 혼자 출발한 산조의 모습을 보며 이소베는 갑자기 불안한 느낌에 사로잡혔다. 붙임성은 좋지만, 남에게 폐 끼치는 건 안중에도 없는 세대는 어느 회사에나 있다. 산조가 나쁜 녀석은 아닐지라도 무신경한 젊은이임을 이소베는 경험으로 알았다.

"다사스와메드 가트."

산조는 다소 신이 나서, 핸들을 잡고 있는 남자에게 행선지를 말했다. 그 고압적인 말투에 인도인 운전사는 정중히,

"예스 써!"

반사적으로 대답했다. 산조는 보스턴백에 든 카메라를 어루만졌다. 이 단단한 물체. 그의 삶의 보람. 그의 짝꿍.

차에서 내리자, 메뚜기 떼처럼 걸인들이 그를 에워싼다. "노——." 산조가 개를 야단치는 듯한 소리를 냈다. "노——." 손가락을 잃은 여자와 굶주린 흉내를 내는 아이들에게는 이미 처음 같은 연민이나 동정심은 일지 않았다. 한 사람에게 조금이라도 동전을 주면 사람들의 수는 더욱 불어난다.

순례자를 위해 꽃이나 성스러운 강물을 담는 병을 파는 가게가 늘어선 네거리에 두 사람 남짓 병사의 모습이 보이는 것은 암살 사건의 영향이리라. 군인들에게 보스턴백 안을 보이면 심문당할지도 모른다.

강을 따라 난 뒷골목 길을 휘파람으로 「별 그림자 블루스」를 불면서 나아간다. "잘돼 가고 있어." 그는 자신만만했다. "모든 게 요령, 요령이지." 사립대학의 예술과를 나온 뒤 유명한 카메라맨의 조수가 되어 요령 좋게 처신했다. 결혼도 그의 생활을 보증해 주는 집의 딸을 골랐다. 천문대를 지난 언저리부터 색색의 천으로 감싼 시신을 메고 걷는 두세 조의 행렬과 마주쳤다. 그들은 강변에 늘어선 숙박소에서 숨을 거둔 순례객의 시신이었다. 여자의 시체는 빨강이나 오렌지색 천으로

감싼다고 여행 안내서에 적혀 있었다.

보스턴백 위에서 카메라를 만졌다.

금지이기는 하지만 어떡하든 몰래 찍고 싶다. 일본인 사진가 어느 누구도 이러한 광경을 찍지 않았다는 것을, 신참이지만 산조는 알고 있었다. 그러니까 촬영에 성공하면 일류 사진 잡지에서 자신의 이름을 넣어 게재해 주겠지.

사진은 사상이 아닌 소재다. 그래서 인도를 신혼 여행지로 선택했다. 로버트 카파 역시 전쟁터라는 극적인 장면이 없었다면 세계에 이름을 떨치지 못했으리라.

3미터가량의 막대기 두 개에 시신을 얹고, 남자들 몇이 그걸 메고 좁은 길을 스쳐 지나간다. 한 조를 보내고 나서 산조는 재빨리 보스턴백의 지퍼를 열고 아끼는 카메라를 꺼냈다. 얼굴까지 카메라를 들어 올렸을 때, 뒤쪽 막대기를 멘 남자가 돌연 뒤돌아보며 또렷한 일본어로 말했다.

"삼가 주세요. 사진은 금지되어 있습니다."

산조는 셔터 누르는 걸 잊고 망연자실 그 남자를 보았다.

생각났다. 며칠 전 에나미를 따라 강을 구경하러 왔을 때, 화장터 근처에서 우연히 만난 그 일본인이다. 에나미가 말을 걸었으나, 남자는 자신의 초라한 행색이 창피했던지 애매한 응답을 했을 뿐 다른 인도인들과 도망치듯 모습을 감추었다.

시신과 그 운반꾼들의 뒤를 밟으면서 산조는 그 일본인을 때마침 만난 것이 오히려 잘됐다 싶었다.

"요령, 요령이야." 하고 그는 여느 때의 버릇처럼 무슨 일이건 좋은 쪽으로 보았다. "그 일본인을 어떡하든지 구슬리면 살짝 찍을 수 있지 않을까. 물론 돈을 쥐여 주면 그쪽인들 싫다고는 안 할 테지."

화장터(스마산)가 가까워지자, 다소 독특한 죽음의 냄새가 코를 찌른다. 유족이 무릎을 그러안고 가까이 주저앉아, 장작 위에 아까의 들것이 올려져 불이 붙기를 기다리고 있었다.

도처에서 증오가 확산되고, 도처에서 피가 흐르고, 도처에서 싸움이 있었다. 가트의 계단에 걸터앉아, 큰길에 난 예쁘장한 가게에서 그림엽서와 함께 산 《인디언 타임스》를 무릎에 펼치고 미쓰코는 훑어보았다. 일본에 대한 기사는 하나도 눈에 띄지 않는다. 그 대신 모레 거행되는 인디라 간디 수상의 장례식에는 각국의 수뇌들에 섞여 나카소네 총리도 참석하는 모양이었다. 증오가 들썩이고 피가 흐르는 건 인도뿐이 아니라 이란과 이라크의 전쟁도 진탕 속으로 빠지고, 아프가니스탄에서도 전쟁이 계속되고 있었다. 그런 세계 속에서 오쓰가 믿는 양파의 사랑 따위는 무력하고 비참했다. 양파가 지금 살아 있은들 이 증오의 세계에는 아무런 도움도 되지 않는다고 미쓰코는 생각한다.

그는 아름답지도 않고 위엄도 없으니, 비참하고 초라하도다
사람들은 그를 업신여겨, 버렸고
마치 멸시당하는 자인 듯, 그는 손으로 얼굴을 가리고 사람들의 조롱을 받도다

진실로 그는 우리의 병고를 짊어지고
우리의 슬픔을 떠맡았도다

우스꽝스러운 오쓰. 우스꽝스러운 양파. 미쓰코는 화장터 언저리에 움직이는 흰옷 입은 사람들 속에서 오쓰의 모습을 찾는다. 그 남자를 줄곧 바보 취급 하면서 어째서 관심을 쏟고 애를 쓰는 것일까? 흰옷을 입은 사람 수는 약간. 그 밖에는 타다 남은 시체의 살점을 노리는 붉은 개들 몇 마리가 있다. 독수리도 장작더미 근처에서 날개를 펼친 채 기회를 엿보고 있었다. 그들 또한 개가 먹다 남긴 인간의 살점을 쪼아 먹는다. 미쓰코는 코브라와 전갈에 물어뜯기는 걸 견디는 여신 차문다의 모습을 다시 떠올려 본다. 그리고 정신을 차리니, 말라빠진 소 한 마리가 옆의 돌계단에서 미쓰코와 마찬가지로 그런 광경을 촉촉한 눈으로 보고 있었다.

"기구치 씨."
불경을 읊조리고 있던 기구치는 사리 차림의 미쓰코를 처음에는 못 알아보고,
"어?" 수상쩍게 응시했으나, "아이코, 당신이군요." 하고 대답했다.
"몰라보겠군요. 사리를 입고 있으니."
"뒷골목에서 샀어요. 가게 주인한테 입는 법도 배웠어요."
"당신 옷은?"

"그 가게에서 맡아 주더군요. 외국인 목욕객을 위해."

"당신은 목욕할 건가요?"

기구치는 사리로 몸을 휘감은 미쓰코가 천천히 돌계단을 내려가는 걸 눈으로 좇았다. 그녀는 탁한 밀크 티 같은 물에 한쪽 발을 가져갔다. 물은 미지근하다. 목욕을 하던 덩치 큰 인도인 남자가 손바닥을 움직이며 연신 그녀에게 무슨 말인가를 했다.

"왜 그러세요?" 하고 되묻자, 인도인이 큰 소리로 대답했다.

"들어와요. 이 강은 기분 좋아요."

미쓰코는 끄덕이고 강물에 한쪽 발을 넣고, 또 한쪽 발을 담갔다. 죽음과 마찬가지로, 직전에는 망설였으나 몸을 전부 담그자 불쾌감이 사라졌다.

오른쪽에 두 사람, 왼쪽에 네 사람, 남녀 힌두교도들이 세수를 하고 물을 입에 머금고 합장하고 있다. 아무도 미쓰코를 이상스레 보지 않는다. 유심히 관찰하니, 남자들이 무리 지어 있는 장소와 여자들이 모이는 장소는 절로 나뉜 것 같았다.

몸을 좌우로 움직여 미쓰코는 사리 차림의 여자들 사이로 다가갔다. 여자들은 제각기 가트의 노점에서 산 꽃잎을 나뭇잎에 얹어 물에 띄워 보내고 있다. 돌계단에서는 큼직한 우산을 펼치고 노란 천을 두른 브라만 승려가 축복을 구하러 온 신혼부부를 축복하고 있었다. 멀리 남쪽에서는 이윽고 다 탄, 조금 전 시신의 재를 흰옷 입은 남자 셋이 강에 작은 삽으로 뿌리고 있었다. 죽은 이의 재를 머금은 물이 고스란히 이쪽으로 흘러드는데도, 어느 한 사람 그걸 신기하게도 언짢게도 여기지 않는다. 삶과 죽음이 이 강에서는 등을 맞대고 공존하고 있다.

축복받은 노란색 꽃과 핑크빛 꽃도 흘러간다. 그 꽃이 무언가 물 위의 하얀 널빤지 같은 것에 부딪쳐 쌓여 간다. 자세히 보니 이 하얀색 물체는 죽은 강아지 시체였다. 그럼에도 불구하고 사람들은 이런 것들에 도통 무심한 채, 물속에서 움직이고 몸을 담그고 기도하고 있다. 그녀는 눈으로 화장터를 찾았다. 화장터에서는 감빛 천에 감싸인 새 시신이 장작 위에 올려졌다. 들것을 멘 남자들이 다른 사자를 날라 온다. 오쓰는 어디에도 보이지 않는다.

미쓰코는 강이 흐르는 방향을 향했다.

"진짜 기도가 아냐. 기도 흉내를 낼 뿐이야." 그녀는 스스로도 자신이 쑥스러워져서 변명했다. "사랑의 흉내 짓과 마찬가지로, 기도를 흉내 내는 거야."

시선 저편으로 강은 완만하게 휘돌아, 그곳은 반짝반짝 빛나는 영원 그 자체인 것 같았다.

"하지만 난 인간의 강이 있다는 걸 알았어. 그 강이 흐르는 건너편에 무엇이 있는지 아직 모르지만. 그래도 과거의 많은 과오를 통해, 자신이 무얼 원했는지 이제 겨우 아주 조금 알게 된 느낌이야."

그녀는 다섯 손가락을 단단히 움켜쥐고 화장터 쪽을 바라보며 오쓰의 모습을 찾았다.

"믿을 수 있는 건, 저마다의 사람들이 저마다의 아픔을 짊어지고 깊은 강에서 기도하는 이 광경입니다." 미쓰코의 마음의 어조는 어느 틈엔가 기도풍으로 바뀌었다.

"그 사람들을 보듬으며 강이 흐른다는 것입니다. 인간의 강. 인간의 깊은 강의 슬픔. 그 안에 저도 섞여 있습니다."

그녀는 이 기도 흉내가 누구를 향한 것인지 알 수 없었다. 오쓰가 따르는 양파에게 한 것인지도 몰랐다. 아니, 굳이 양파로 한정되지 않은 무언가 거대하고 영원한 것인지도 몰랐다.

그 순간, 화장터로 내려가는 계단 부근에서 비명이 울렸다. 웅크리고 있던 힌두교도들이 일제히 벌떡 일어나, 무슨 소리를 지르며 내달리기 시작했다. 그 방향으로 동양인 한 사람이 허겁지겁 달아나고 있다. 산조다. 틀림없이 산조다. 그러자 시신을 날라 놓고 휴식을 취하던 남자들 가운데 한 사람이 뛰쳐나와 유족들 앞을 가로막고 서서 진정시키려 애썼다. 하지만 격앙된 그들은 가로막고 선 그 남자를 에워싸고, 사방에서 두들겨 패고 발로 차 댄다. 그사이에 산조는 강변 뒤쪽의 미로로 도망쳤다. 수상의 암살로 신경이 곤두선 힌두교도가 말리려 한 남자에게 분노를 퍼붓고 있다. 화물차에서 부려지는 짐짝처럼 몇 계단씩이나 가트에서 굴러 떨어진 남자는 그대로 꿈쩍도 하지 않았다.

목욕하고 있던 사람들이 몰려든다. 굴러 떨어진 남자를 둥그렇게 에워쌌다. 젖은 몸들 사이로, 미쓰코는 피투성이가 된 오쓰의 몸을 보았다.

"오쓰 씨!"

그녀의 비명에 물이 뚝뚝 떨어지는 도티와 사리로 허리를 감은 남녀들이 돌아다보며 길을 내주었다.

"이 사람이 아니에요." 미쓰코는 곁에 웅크려 앉았다. "이 사람은 아무 짓도 하지 않았어요."

오쓰는 살포시 눈을 떠 억지웃음을 지었으나, 목이 분재처럼 오른쪽으로 뒤틀려 있었다.

"부러져 버렸나…… 목이……." 그는 거칠한 목소리로 간신히 말했다. "야단났군."

"기다려요, 구급차를 부를 테니."

"시신을 찍으면 안 된다고 그토록…… 그 사람한테 일렀건만."

"저하고 같이 온 일본인 관광객이에요. 구급차를 불러 올게요."

"아웃 카스트 친구들이…… 날라 줄 겁니다."

그리고 나서 그는 일그러진 웃음을 떠었다.

"죽은 이를 태우는 물건에, 아직 살아 있는 내가 타다니……."

오쓰는 미쓰코를 웃겨 줄 참으로 이 농담을 한 모양이었다. 웅크린 그녀는 갖고 있던 타월로 오쓰의 입이며 턱에 묻은 피를 닦았다. 피범벅이 된 둥근 얼굴은 문자 그대로 피에로를 빼닮았다. 오쓰가 말한 대로 시신을 날라 온 남자들이 시체용 대나무 들것을 가져왔다. 그걸 보자, 모여들었던 남녀 구경꾼들이 도망치듯 물러났다. 들것에 태워졌을 때, 오쓰는 양처럼 고통스러운 소리를 질렀다.

"어디로 가는 건가요?"

들것을 멘 남자들에게 미쓰코는 물었다. 다들 말이 없었다.

끈질기게 묻는 그녀에게 한 남자가,

"병원."

"어느 병원? 이곳 대학 병원에 가 주세요."

"안녕히." 들것 위에서 오쓰는 마음속으로 자신을 향해 중얼거렸다. "이걸로…… 됐어. 내 인생은…… 이걸로 됐어."

"바보, 정말로 바보야! 당신은." 오쓰가 누운 들것을 배웅하면서 미쓰코는 소리쳤다. "정말로 바보야! 그 따위 양파 때문에 일생을 망치다니. 당신이 양파를 흉내 냈다고 해서 이 증오와 에고이즘밖에 없는 세상이 바뀔 턱이 없잖아요. 당신은 여기저기서 쫓겨나, 급기야 목이 부러져, 죽은 이의 들것을 타고. 당신은 결국 무력할 뿐이잖아요."

주저앉은 그녀는 주먹으로 돌계단을 허무하게 쳤다.

엄청난 사람들 무리, 엄청난 열기. 손님을 서로 빼앗는 택시 운전사들의 고함 소리. 호통치는 듯한 인도식 발음의 영어 안내 방송.

"짐을 잘 간수하세요. 콜카타에서 멍하니 있다간 슬쩍 채가 버리니까."

일본인 관광객을 한군데 모아 놓고 주의를 준 다음 전세 예약한 공항행 버스를 찾으러 갔던 에나미는 헛되이 돌아와서,

"그만큼 당부해 놓았건만, 아직 안 왔습니다. 인도 사람들은 이래서 틀렸어요."

"귀국 비행기는 놓치지 않겠죠?"

"그건 괜찮습니다. 아직 세 시간 남았으니까."

"찜통 같아요. 게다가 이 소리, 귓속까지 얼얼해요."

"그게 콜카타입니다. 하여간 인구 900만의 도시니까, 여러 국적의 사람들로 늘 북적거립니다."

에나미는 안내원으로서의 설명을 언제나 잊지 않았다. 버릇이 된 거겠지.

"나루세 씨, 정말 죄송하게 됐네요. 모처럼 인도에 오셨는데 불교 유적을 보시지도 못하고."

"괜찮아요. 불교 유적 대신 강을 본걸요."

"귀국하면 회사에 얘기해서 여비를 할인해 드리지요."

대합실에 텔레비전이 켜지고, 이곳은 유독 혼잡했다. 오늘 오후부터 거행되는 인디라 간디 수상의 장례식 실황이 방영되고 있기 때문이다. 꽃으로 장식된 유해는 수레에 태워져 자무나 강변의 화장터로 향한다. 길목이나 요소요소에 수많은 병사들이 경계에 임하고 있다. 길에 늘어선 군중 가운데 국기를 흔드는 사람들이 있다. 사리 소맷부리로 눈물을 훔치는 여자도 있다.

"열심히 애썼는데, 그녀는."

에나미는 자그맣게 보이는 그 화면을 지켜보며 혼잣말을 했다. 누마다가 물었다.

"왜 살해된 겁니까? 시크교도의 종교적인 증오인가요?"

"직접적으로는요. 하지만 결국은 언어도 종교도 상이한 7억의 인간이 사는 세계의 모순 그리고 다들 보셨다시피 가난함도 있습니다. 또한 카스트 제도. 그녀는 거기에 뭔가 조화를 부여하려 했지만, 역시 잘 안된 거죠."

에나미의 한숨 같은 이야기에 일본인들은 끄덕였으나, 아무
도 성심껏 듣지 않았다. 질문한 누마다도 알라하바드 근처 숲
의 하늘, 바람의 속삭임, 반짝이는 잎새, 그가 자유롭게 해 준
구관조를 생각하고 있었다. 부인들은 미처 사지 못한 여행 선
물을 공항에서 살 수 있을지 어떨지 나직이 이야기하고, 기구
치는 간신히 바라나시에서 구입한 작은 불상을 종이에 다시
싸고 있었다.

"저 사람, 입에서 거품이 뿜어 나와요."

여자 관광객 한 사람이 기구치를 쿡쿡 찔렀다. 노파가 벽에
기대어 얼굴을 위로 쳐들고 어깨로 숨을 쉬고 있다. 입에서 누
런 거품을 뿜고 있다. 그러나 옆을 통과하는 인도인들은 별반
놀라지도 않고 분주하게 곁을 스쳐 지날 뿐이다.

"죽어 가고 있어요, 저 사람."

여자 관광객이 에나미에게 일렀으나, 에나미는 그쪽으로 눈
길을 주고,

"길가에 쓰러진 사람은 인도 도처에 있어요. 델리에서도 보
셨지요? 바라나시에서도 보셨지요? 이 콜카타에선 매일 100명,
200명이 길에서 숨을 거둡니다."

"하지만 이렇게 가까이서 보는 건 처음이에요. 누군가가 어
떻게 안 해 줘요?"

"어떻게 해 줘야 합니까?" 에나미는 화난 듯이 말했다. "길
에 쓰러진 사람은, 이 나라에선 이 할머니 한 명이 아니에요."

그의 목소리가 너무나 거셌기 때문에, 일본인들은 거기에

짓눌린 듯 노파에게서 시선을 돌려 잠잠해지고, 먼 텔레비전 쪽으로 얼굴을 향했다. 삼단으로 벽돌을 쌓은 화장대, 유칼리나무 초록 이파리로 장식한 여성 수상 유해의 얼굴은 핑크빛 스카프로 덮여 있다. 군악대가 장중한 장송행진곡을 연주했다. 유족인 그녀의 아들이 장작에 불을 붙이려고 다가섰다. 참석자의 얼굴이 한 사람 한 사람 비친다. 영국의 대처 수상, 이멜다 부인 그리고 나카소네 수상의 옆모습도 보인다. 불꽃이 타오른다. 갠지스강 화장터에서 잇달아 천으로 감싸인 시신이 저마다의 인생과 더불어 불꽃 속에서 소멸되었듯이. 그럼에도 불구하고 살아남은 자의 세계는 앞으로도 서로 증오하고 다투리라. 이란과 이라크의 전쟁은 변함없이 계속되고, 레바논에서도 내전이 발생하고, 테러리스트들은 영국 브라이튼에서 수상의 숙소를 폭파해 서른 명 남짓이 부상 입거나 사망했다.

"지독한 더위로군요." 미쓰코가 이소베 곁으로 다가가 물었다. "피곤하시죠?"

"아니, 아니. 오길 잘했습니다."

이소베는 멋쩍게 웃었다.

"적어도 사모님은 이소베 씨 안에······." 미쓰코가 위로했다. "분명히 환생해 계실 거예요."

이소베는 눈을 깜박거리며 고개를 숙였다. 고개 숙인 등은 치미는 슬픔을 몸 전체로, 아니 인생 전체로 꾹 참고 있는 듯이 보였다.

"어떻게 된 겁니까, 버스는?"

산조가 에나미에게 물었다. 그의 아내는 녹초가 되어 트렁크에 걸터앉아 있었다. 산조는 자신의 행위가 어떤 일을 일으켰는지 생각조차 미치지 않는 듯했다.

"이런 무더위 속에서 어떻게 몇 시간을 기다린담."

"무얼 그러시나. 이것도 인도지요." 기구치가 달랬다. "한 가지 추억이 될 겁니다."

산조는 마뜩잖은 표정이었으나, 기분을 추슬러 카메라를 눈높이로 올려 피사체를 찾았다. 누런 거품을 입에서 뿜으며 벽에 상반신을 기댄 노파를 향한 셔터 소리가 몇 번이나 들렸다. 그때, 사람들이 급히 길을 열어 주었다. 들것을 든 남자 둘을 데리고, 잿빛 수녀복을 입은 백인과 인도인 젊은 수녀가 노파에게 다가갔다. 그녀들은 노파에게 힌디어로 무언가를 속삭이고, 그 넋 나간 얼굴을 물 적신 가제로 닦았다.

"마더 테레사의 수녀님들이세요."

에나미가 일본인들에게 설명했다.

"아시다시피, 콜카타에 '죽음을 기다리는 사람의 집'을 만든 수녀들입니다. 그녀들은 저렇듯 길가에 쓰러진 남녀를 찾아 임종 때까지 보살펴 줍니다."

"의미 없어." 산조가 비웃었다. "고작 그 정도로, 인도에서 가난한 자들과 걸인은 안 없어져요. 공연히 우스꽝스럽게 보이네요."

우스꽝스럽다는 단어가 미쓰코에게 오쓰의 비참한 반생을 떠올리게 했다. 산조의 말대로, 오쓰가 바라나시에서 죽어 가는 노인과 노파 들을 무료 숙박소나 강의 화장터로 옮긴다 한들 그게 얼마만 한 도움이 될 것인가. 그럼에도 이 수녀들과 오쓰는……

"전 일본인이에요."

미쓰코는 백인 수녀에게 말을 걸었다.

"무엇 때문에 그런 일을 하시는 건가요?"

"네?"

수녀는 깜짝 놀란 듯 푸른 눈을 커다랗게 뜨고 미쓰코를 응시했다.

"무엇 때문에 그런 일을 하시는 건가요?"

그러자 수녀의 눈에 놀라움이 번지더니 천천히 대답했다.

"그것밖에…… 이 세계에서 믿을 수 있는 게 없는걸요. 저희는."

그것밖에라고 한 건지, 그 사람밖에라고 말한 건지 미쓰코는 잘 알아듣지 못했다. 그 사람이라고 말한 거라면, 그건 바로 오쓰의 '양파'이다. 양파는 까마득한 옛날에 죽었지만, 그는 다른 인간 안에 환생했다. 2000년 가까운 세월이 지난 뒤에도 지금의 수녀들 안에 환생했고, 오쓰 안에 환생했다. 들것으로 병원에 실려 간 그처럼 수녀들도 인간의 강 속으로 사라져 갔다.

"에나미 씨."

미쓰코는 에나미 곁으로 달려가 부탁했다.

"바라나시 대학 병원 그 의사 선생님께 연락할 수 있나요?"

"예?" 에나미는 깜짝 놀라, "무슨 일입니까?"

"제 친구가 그제 다쳐서 입원을 했어요. 에나미 씨도 화장터에서 만나셨던 그 일본인이에요. 상태를 물어보고 싶어요."

"맙소사, 그런 일이라면 당장 연락해 보지요. 버스가 오거든 잠깐 기다리라고 하세요."

에나미는 친절하게도 혼잡한 인파 속을 뚫고 공중전화 방향으로 갔다. 그리고 삼사 분 동안 뭐라고 입술을 달싹거리다 수화기를 놓고, 버스를 기다리느라 지친 일본인들이 있는 곳으로 돌아왔다. 그는 무거운 표정으로 미쓰코를 응시하더니,

"당신의 친구, 크게 다친 일본인은……."

그는 침을 삼키고 말했다.

"위독하답니다. 한 시간쯤 전부터 상태가 급변했습니다."

보이지 않는 사랑의 손길

엔도 슈사쿠는 너무나 유명한 그의 대표작 『침묵』으로 이미 국내의 독자에게도 상당히 이름이 알려진 일본 작가라 할 수 있다. 하지만 작가 엔도의 문학적 성향이 종교적 테마에 치중되어 있다는 사실 때문인지 독자층의 폭이 극히 제한되어 있다는 인상을 받는다.

빼어난 문학이 으레 그러하듯 엔도 슈사쿠의 작품들은 작가 자신이 가톨릭 신자의 입장에서 쓴 종교소설이라는 범주에만 머물지 않는다. 그의 소설은 특정 종교의 벽에 갇히지 않고 이를 가뿐히 뛰어넘어, 보편적 삶과 내밀한 인간성의 심부를 꿰뚫는 깊은 통찰력으로 독자들을 흡입하는 힘을 지니고 있다.

엔도는 소설가로 데뷔하기 전에 프랑스 문학 전공자로서 평론을 발표했다. 게이오 대학을 졸업한 뒤 그는 전후 일본 최초의 유학생으로서 프랑스의 현대 가톨릭 문학을 연구하기 위해 프랑스로 건너갔다.

특히 모리아크의 『테레즈 데케이루』(1927)에 심취했는데, 이 소설은 엔도가 청년기 때부터 평생에 걸쳐 절실하게 아낀 애독서로 손꼽힌다. 지적이고 매력적인 테레즈. 그러나 그녀는 뚜렷한 동기도 없이, 너무 평범하고 현실적인 만족에 안주할 뿐인 남편에게 초조감을 느끼고, 마침내 남편에게 죽음에 이르는 독약을 마시게 한다. 이 소설에 엔도가 그토록 몰입한 까닭은 무엇일까. 복잡한 인간 내면의 어두운 심연에 대한 남다른 관심이 이후 작가로 성장하는 밑받침이 되었다고 볼 수 있다.

그런데 작가의 프랑스 유학 생활은 건강 문제로 오래 지속되지 못했다. 이 년여 만에 귀국한 엔도는 소설 「아덴까지」(1954)를 발표하면서 정식으로 문단에 데뷔했다. 「하얀 사람」(1955)으로 아쿠타가와 문학상 수상과 더불어 일약 신예작가로 등장한 그는 이어서 「바다와 독약」(1957)을 발표해 높은 평가를 얻는 한편 문단에서 지위를 확고히 다졌다.

* * *

엔도 슈사쿠는 열 살 무렵 독실한 가톨릭 신자였던 모친의 권유로 세례를 받았다. 신의 의미도 잘 모르는 채 자발적인 의지와는 무관한 세례였다는 이유에서, 작가는 이를 가리켜 몸에 "맞지 않는 양복"이라는 표현을 자주 사용했다.

엔도의 초기 소설에는 이렇듯 자신의 몸에 맞지 않는 데다 타인이 입혀 준 헐렁헐렁한 '양복'에 대한 거리감이 표출된다. 이 위화감에 대한 고뇌로 인해 그는 차라리 '양복'을 벗어 던지려는 생각도 해 보지만 결국 단념하고 그 대신 새로운 과제를 스스로 떠맡는다.

"자신의 키에 맞지 않는" 기독교라는 '양복'을 '키'에 맞는 '일본 옷'으로 '다시 재단하기.' 이러한 방향 정립은 엔도에게 곧 일본 사회란 무엇인가, 나아가 가톨릭 신자로서 자신의 위치를 규명하는 작업으로 직결된다. 엔도 문학 역시 이 지점에서 출발한다.

원래 기독교라는 종교적 지반이 극히 허약한 일본의 작가 엔도의 문학이 자국의 울타리를 벗어나 세계 여러 언어로 번역되어 노벨 문학상 후보로 거론되는 등 광범위한 인지도를 확보하게 된 근본적인 이유는 어디에 있을까? 이는 작가가 서구의 오랜 전통과 사고로 구축된 기독교 자체에 대한 비판적 안목을 바탕으로 일본적(혹은 동양적)인 풍토에서 기독 신앙이 갖는 의미란 무엇인가를 애초부터 진지하게 파고든 데에 있다 할 것이다.

또한 이러한 엔도의 사상적 접근은 마찬가지로 프랑스에서 신학 공부를 한 이노우에 요지 신부와의 만남을 통해 한결 견고하게 다져질 수 있었다. "팔 년에 가까운 유럽에서의 수도원 생활의 결과, 나는 유럽인 자신들이 애써 노력을 기울인 사색과 땀으로 얻어 낸 기독교를, 그게 바로 노력과 사색의 결정인 만큼 더욱더, 그대로의 형태로 일본의 정신 풍토에 뿌리 내리게 하는 것은 불가능에 가깝다고 느꼈다. 어떡하든지 일본인의 심정으로 일본인의 마음의 금선(琴線)을 울릴 수 있는 (이는 그대로 나 자신의 마음의 금선을 울리는 것이기도 하지만) 형태로 예수의 가르침을 재인식하지 않으면 일본에서 기독교는 자랄 수 없다는 점을 나는 엔도 씨에게 열심히 호소했다. 그때, 엔도 씨 또한 나와 똑같은 생각을 하고 똑같은 과제를 짊어지고 있다는 걸 알았을 때, 나는 정말로 기뻤다."

그렇다면 엔도가 제시한 그리스도상의 특징이 무엇인지 살펴볼 필요가 있다.

무엇보다 엔도의 기독교 해석은 엄격하고 벌하는 부성적 그리스도가 아니라, 조건 없이 무한한 사랑을 베풀고 용서하는 모성적 그리스도를 강조한다. 대표작 『침묵』에서 엔도는 배교하는 비참하고 나약한 인간마저 너그러이 포용하는 모성의 그리스도상을 극적으로 묘사했다. "밟으라. 네 발의 아픔을 내가 가장 잘 안다. 밟으라. 나는 너희에게 밟히기 위해 이 세상에 왔고, 너희와 아픔을 나누기 위해 십자가를 졌도다."

* * *

『깊은 강』은 작가의 마지막 장편소설이다. 1993년 출간 당시 "『침묵』을 능가하는" 역작 장편으로 소개된 이 소설은 엔도 문학의 집대성이자 최고작이라 해도 과언이 아니다. 작가의 나이 일흔에 발표한 이 작품은 병마와 싸우며 힘겹게 달성

해 낸 값진 성과라는 점에서 엔도의 저력을 느낄 수 있다.

작가의 사후에 발견된 『『깊은 강』 창작 일기』의 한 단락.

통증을 잊으려 『깊은 강』 한 구절을 떠올리고 그 부분은 이렇게 썼으면 좋았을 텐데 생각하는 것도 소설가의 습성이려니와, 이제 바라는 것은 소설의 완성이다. 어서 표지를 어루만지고 싶다. 이 소설을 위해 문자 그대로 뼈를 깎고 오늘의 아픔을 견뎌야만 했던가.

"이 소설 속에 나의 대부분이 삽입되어 있음은 분명하다."

작가 자신이 이렇게 썼듯이 『깊은 강』에는 작가 엔도 슈사쿠의 개인적, 전기적 사실들이 등장인물들 하나하나에 깃들어 있다. 만주 다롄에서 보낸 어린 시절의 추억, 투병생활 그리고 병상에 있을 때 경험한 구관조의 죽음, 『테레즈 데케이루』에 대한 심취와 랑드 지방 여행 등.

모두 13장으로 구성된 이 소설에는 주요 인물들이 제각기이름을 달고 '이소베의 경우' '미쓰코의 경우' '누마다의 경우' '기구치의 경우' '오쓰의 경우'로 나뉘어 등장한다. 오쓰를 제외한 네 사람은 모두 우연히 인도 단체 여행을 계기로 만나함께 행동하면서 차츰 서로의 사연과 속내를 조금씩 알게 된다.

극히 인상적인 이 소설의 서두는 낭창낭창한 군고구마 장수의 목소리와 함께 의사로부터 아내의 암 선고를 듣는 이소베의 이야기로 시작된다. 갑작스러운 아내의 죽음을 겪고, 반드시 환생하겠다는 말을 남긴 아내를 통해 삶과 죽음의 윤회에 대해 진지하게 생각하는 이소베.

대학 시절 가톨릭 신자인 오쓰를 유혹했다가 버린 기억에서 벗어나지 못하는 미쓰코. 그녀는 프랑스로 신혼여행을 가서 신학 공부 중인 오쓰를 만난다. 이혼 후에 그녀는 한 친구로부터 신부가 된 오쓰가 인도의 수도원에 있다는 소식을 전해 듣고 그를 찾아간다. 오쓰를 무시하면서도 내내 그의 존재에 대한 관심의 끈을 놓지 못하는 미쓰코의 복잡한 심경과 길고도 먼 심리적 여정을 거친 내면의 변화를 눈여겨볼 만하다.

누마다는 동화 작가로, 자신이 병으로 죽음의 고비를 맞고 있을 때 가장 큰 힘이 되어 준 구관조의 고마움을 잊지 못한다.

기구치는 태평양 전쟁 때 미얀마에서 살아남기 위해 죽은 동료의 인육까지 먹어야 했던 처참한 상황에 대한 기억을 안고 살아간다.

그리고 오쓰. 그는 대학 시절, 똑똑한 미모의 여학생 미쓰코에게 희롱당한 아픈 상처를 안은 채 신학도의 길을 선택한다. 어설프고 안타까울 정도로 고집스러운 그의 순진무구함과 신(神)을 향한 구도의 자세는 『깊은 강』의 여느 등장인물들보다도 독자의 마음에 깊숙이 새겨진다.

프랑스의 신학교에 유학해 신부가 되려는 오쓰의 도정은 결코 만만치 않다. 동양인으로서 일본인으로서 새로운 기독교적 입장을 구축해 나가려는 그의 태도는 서구적 사고 체계와 입장에서 볼 때 용납하기 힘든 파격적인 내용을 담고 있다.

이를테면 신부 자격을 얻기 위한 구두시험에서 오쓰는 다음과 같이 말한다. "신은 다양한 얼굴을 갖고 계십니다. 유럽의 교회나 채플뿐만 아니라, 유대교도에게도 불교도에게도 힌두교도에게도 신은 계신다고 생각합니다."(183~184쪽)

신(신이라는 단어가 거북하다면 '토마토', '양파' 같은 단어로 바꾸어도 좋다.)은 곧 사랑이며, 이 '양파'는 어떤 종교에나 존재한다고 말하는 오쓰.

이러한 오쓰의 사고는 어쩌면 당연하게도 '범신론적인 과오'로써 비판받고 위험하게 치부되어 버린다. 하지만 우리는 여기서 오쓰의 목소리에 담긴 작가 엔도의 기독교 관념을 이해할 수 있게 된다. "신이란 당신들처럼 인간 밖에 있어 우러러보는 게 아니라고 생각합니다. 그것은 인간 안에 있으며, 더구나 인간을 감싸고 수목을 감싸고 화초도 감싸는 저 거대한 생명입니다."(178~179쪽)라는 오쓰의 발언에 이르러서는 인도주의적 생명 사상으로까지 확장되는 듯하다.

소설 『깊은 강』 후반부에는 가난한 힌두교 신자를 등에 업어 갠지스 강가의 화장장으로 데려다주는 신부 오쓰의 모습이 그려진다. '양파' 또한 지금 이곳에 있다면 똑같은 일을 했으리라 믿는 그의 존재감은 다름 아닌 성자의 모습을 떠올리게 하기에 충분하다.

『깊은 강』을 읽는 독자들은 가톨릭 작가 엔도가 어떤 연유에서 인도 힌두교의 성지 바라나시를 그의 마지막 소설의 무대로 삼았는지 궁금증을 품을 것으로 짐작된다. 왜 바라나시인가. 다소 길지만 작가의 글을 인용해 보기로 한다.

나는 힌두교도가 아니다. 난해하고 심오한 그 교의의 내용도 전혀 알지 못한다. 그럼에도 불구하고 내 몸 안에는 어머니 갠지스강과 바라나시를 보고 싶다는 욕망이 어딘가에 있다. 내가 바라나시에 간 것은, 우선 그 욕망의 이유를 찾고 싶기 때문이기도 했다. (중략)

피부병 같은 벽과 벽 사이를 더듬으며 걷고 있을 때, 홀연히 마을의 출구가 열렸다. 그 출구 앞에 갠지스강이 있었다. 사막처럼 드넓은 하얀 강바닥 건너편에 야자나무가 드문드문 늘어서고, 위쪽으로는 넓고 완만하게 어머니 젖가슴처럼 풍요로운 강이 흐르고 있었다. 나는 이처럼 유유한 큰 강을 일찍이 본 적이 없다. 어디가 상류이고 하류인지 분간이 안 될 만큼 한낮의 갠지스강은 고요하고 햇살을 받아 반짝이고 있었으나, 그때 나는 햇살에 빛나는 유유한 강 저편에서 작게 아스라이 사라져가는 작은 배를 상상하고 나도 언젠가 죽을 때 그렇게 될 수 있기를 바라기까지 했다.

아마도 이때 내가 생각한 것은 인도인이나 힌두교도의 종교 관념과는 동떨어진 것이었으리라. 하지만 풍요로운 갠지스강을 모성적인 이미지로 대치해, 어머니로부터 태어난 것이 모성적인 것으로 돌아간다는 감각만은 동양인인 내게는 나 나름으로 알 수 있을 것 같았다.

모성적인 이미지를 자연의 그 무엇과 연관 짓는 것은 범신론의 한 가지 표출이기는 해도, 동시에 동양인이 지닌 종교 심리의 특징처럼 내게는 여겨진다. 모성적인 것인 이상, 그 이미지를 부여하는 자연은 엄격하고 준열하고 격렬한 것이어서는 안 된다. 그것은 부드러움과 포용력 넘치는 것이어야만 한다.

이 글은 작가가 1971년 인도를 여행하고 나서 쓴 것이지만, 엔도의 심상에는 놀랍게도 소설 『깊은 강』의 핵심적 구도가 일찌감치 자리 잡고 있었던 것 같다.

* * *

동양과 서양, 강자와 약자, 선과 악, 삶과 죽음의 경계가 만년의 엔도에게는 이미 무의미한 것이 되었는지도 모른다. 다만 이 모든 것들이 한데 혼연히 어우러진 인류의 거대한 흐름을 부드럽게 응시하는 초월적인 존재, 모성적인 신의 세계에 작가는 마침내 당도하게 되었다.

오늘도 지구 한쪽에서는 각기 다른 종교나 신의 이름으로 서로를 죽이고 죽임을 당한다. 한편 종교 간에 가로놓인 벽을 허물고 상호 이해의 물꼬를 트려는 움직임도 당연시되는 현실이다. 이러한 시대 정황 속에서 『깊은 강』은 문학의 진정성에 대한 환기와 더불어 현대인들의 정신적 공감을 이끌어 내는 가치를 한층 발휘하고 있다.

지난해 여름 초입, 나는 엔도의 흔적을 좇아 나가사키로 향했다. 그의 문학관은 탁 트인 바다가 한눈에 들어오는 소토메 지역 '석양의 언덕'에 납작이 엎드려 있었다. 늦은 오후에 들러 짧았던 첫 방문이 못내 아쉬워 다음 날 일찍 다시 일정을 잡앗는데, 운 좋게 얻어 탄 엔도 문학관 순회 관광버스는 단 한 사람의 이방인을 싣고 출발했다. 고급 리무진 버스에는 운전 사와 안내 아가씨 그리고 나.

그날은 간간이 소나기가 오락가락했다. 희뿌연 빗줄기 속에 유서 깊은 기리시탄의 역사를 품고 있는 소토메 마을은 고즈 넉하면서도 묵직한 느낌이었다. 그 한 귀퉁이 작은 돌에 새겨 진 엔도의 글귀가 한참 동안 내 발길을 붙잡았다.

인간이 이토록 슬픈데
주여, 바다가 너무도 푸르릅니다.
—침묵의 비(碑)

2007년 가을
유숙자

작가 연보

1923년   3월 27일. 일본 도쿄에서 출생했다. 당시 부친은 도쿄 대학 법과 출신으로 은행원이었고, 모친은 우에노 음악학교 바이올린과 학생이었다.

1926년   부친의 전근에 따라 만주 관동주 다롄으로 떠났다.

1929년   다롄시의 대광장 소학교에 입학했다.

1933년   부모의 이혼으로 모친을 따라 형과 함께 귀국했다. 고베시 롯코 소학교로 전학했다. 모친에 이어 형과 함께 가톨릭 세례를 받았다.

1935년   4월, 사립 나다 중학교에 입학했다.

1940년   나다 중학교를 졸업했다.

1943년   부친은 의학부 지원을 명했으나, 4월 게이오 대학 문학부 예과에 입학했다.

1945년   4월, 게이오 대학 문학부 프랑스 문학과에 진학했다. 징
         병검사를 받고 늑막염 때문에 소집이 연기되었다가 입
         대 직전에 패전을 맞이했다. 모리아크, 베르나노스 등
         프랑스의 현대 가톨릭 문학에 관심이 깊어졌다.

1947년   「가톨릭 작가의 문제」를《미타(三田)문학》에 발표. 이
         후 평론을 쓰기 시작했다.

1948년   3월, 게이오 대학 프랑스 문학과를 졸업했다.

1950년   6월 5일, 일본 전후 최초의 유학생으로서 프랑스의 현
         대 가톨릭 문학 연구를 위해 요코하마항을 출항했다.
         7월 5일, 마르세유에 도착했다. 10월, 리옹 대학에 입
         학했다.

1951년   8월, 모리아크의 소설『테레즈 데케이루』의 무대인 랑
         드 지방을 도보 여행했다.

1953년   2월, 건강 문제로 부득이 유학 생활을 마치고 귀국했다.

1954년   최초의 평론집『가톨릭 작가의 문제』를 간행. 11월, 첫
         소설「아덴까지(アデンまで)」(《미타 문학》) 발표. 모친이
         별세했다. 큰 영향을 받은 만큼 아픔이 깊었다.

1955년   7월,「하얀 사람(白い人)」으로 33회 아쿠타가와 상을 수
         상했다. 9월, 대학 후배 오카다 준코와 결혼했다. 12월,
         첫 단편집『하얀 사람·노란 사람(白い人·黃色い人)』(고
         단샤) 간행.

1956년   4월, 조치 대학 문학부 시간강사로 1년간 근무했다. 6월,
         장남이 탄생했다. 9월,「유색인종과 백색인종(有色人種
         と白色人種)」발표.

1957년	「바다와 독약(海と毒薬)」 발표. 이 작품이 높은 평가를 얻어 문단에서 지위를 확립했다.
1958년	『바다와 독약』(문예춘추신사) 간행. 이 작품으로 5회 신초샤 문학상, 12회 마이니치 출판문화상을 수상했다. 타슈켄트에서 열린 아시아 아프리카 작가회의에 참석했다.
1959년	9월, 「종군사제(從軍司祭)」 발표. 10월, 『바보(おバカさん)』 간행. 사드 연구를 위해 부인과 프랑스로 가 유럽과 예루살렘을 순례했다.
1960년	폐결핵 재발로 도쿄 대학병원에 입원했다. 12월, 『성경 속의 여성들(聖書のなかの女性たち)』 간행.
1961년	첫 번째 폐 수술 2주 후에 두 번째 수술을 받았으나 실패했다. 세 번째 대수술이 성공했다.
1963년	회복 후 첫 장편소설 『내가·버린·여자(わたしが·棄てた·女)』 연재. 새 거주지를 고리안[狐狸庵]이라 부르고 자신에게 '고리안 산인(山人)'이라는 아호를 붙였다.
1965년	4월, 장편소설 취재를 위해 나가사키, 시마바라, 히라도를 방문했다. 이후 여러 차례 나가사키를 여행하면서 나가사키는 '마음의 고향'으로 자리 잡다.
1966년	3월, 장편 『침묵(沈默)』(신초샤) 간행. 이 작품으로 2회 다니자키 준이치로 상을 수상했다.
1967년	일본 문예가협회 이사가 되었다. 8월, 포르투갈 대사의 초대로 포르투갈에서 기사 훈장을 받았다. 10월, 『나의 그림자(私の影法師)』 간행.

1968년	아마추어 극단 '수좌(樹座)'를 만들어 「로미오와 줄리엣」을 공연했다.
1971년	영화 「침묵」 개봉. 인도 갠지스강, 이스탄불, 스톡홀름, 파리 등지를 돌아보았다. 로마 교황청으로부터 기사 훈장을 받았다. 11월, 『엔도 슈사쿠 시나리오집(遠藤周作シナリオ集)』 간행.
1972년	로마를 방문해 로마 교황 바오로 6세를 알현했다. 일본 문예가협회 상임 이사로 선출되었다.
1973년	3월, 런던, 파리, 밀라노, 스페인 안달루시아 지방을 둘러보았다. 10월, 『예수의 생애(イエスの生涯)』 간행.
1974년	10월, 『마지막 순교자(最後の殉教者)』 간행.
1975년	『엔도 슈사쿠 문학전집(遠藤周作文学全集)』(전11권)을 신초샤에서 간행.
1976년	저팬 소사이어티의 초대로 미국 뉴욕에서 강연했다. 12월, 『침묵』으로 폴란드의 피에트잭 상을 수상했다. 아우슈비츠 수용소를 방문했다.
1978년	6월, 『예수의 생애』(이탈리아어 판)로 국제 다그 함마르셸드 상을 수상했다.
1979년	『그리스도의 탄생(キリストの誕生)』으로 3회 요미우리 문학상을 수상했다. 3월, 예술원상을 수상했다.
1980년	『사무라이(侍)』로 33회 노마 문예상을 수상했다.
1981년	12월, 『명화·예수 순례(名画·イエス巡礼)』 간행. 예술원 회원이 되었다. 고혈압과 당뇨병 등으로 건강이 악화되어 이후 투병생활이 이어졌다.

1982년   『여자의 일생(女の一生)』간행.

1983년   6월,『나에게 신이란(私にとって神とは)』, 11월,『예수를 만난 여자들(イエスに邂った女たち)』간행.

1985년   6월, 일본 펜클럽 제10대 회장에 선임되었다. 미국 산타 클라라 대학에서 명예박사 학위를 받았다. 10월, 『진정한 나를 찾아서(ほんとうの私を求めて)』간행.

1986년   장편『스캔들(スキャンダル)』간행. 1월, 영화「바다와 독약」개봉. 대만 후진 대학 초대로 강연했다.

1987년   미국 조지타운 대학에서 명예박사 학위를 받았다. 1월, 한국문화원의 초대로 한국을 방문했다. 11월, 소설『침묵』의 무대인 나가사키현 소토메에 '침묵의 비(碑)'가 세워졌다.

1988년   국제 펜클럽 서울대회에 일본 펜클럽 회장으로 참석했다.

1989년   일본 펜클럽 회장을 퇴임했다. 7월,『반역(反逆)』(상·하) 간행.

1990년   장편소설 취재를 위해 인도로 건너갔다. 미국의 캄피온 상을 수상했다.

1991년   미국 클리블랜드의 존 캐롤 대학에서 열린 엔도 문학 연구학회에 참석, 이 대학에서 명예박사 학위를 받았다. 10월,『남자의 일생(男の一生)』(상·하) 간행. 12월, 대만 후진 대학에서 명예박사 학위를 받았다.

1992년   9월,『깊은 강(深い河)』초고 완성.

1993년   5월, 신장병으로 복막 투석 수술을 받았다. 이후 3년

반 동안 입원과 퇴원을 반복하며 투병 생활이 이어졌다. 6월, 마지막 장편소설 『깊은 강』 간행.

1994년   『깊은 강』으로 35회 마이니치 예술상을 수상했다. 영국에서 영역 『깊은 강(Deep River)』이 간행되는 등 해외에서도 높은 평가를 받았다.

1995년   영화 「깊은 강」 개봉. 뇌내출혈을 일으켜 긴급 입원했다. 11월, 문화훈장을 받았다.

1996년   신장병 치료를 위해 게이오 대학 병원에 입원했다. 9월 29일, 폐렴에 의한 호흡부전으로 타계했다. 작가 생전의 뜻에 따라 소설 『침묵』과 『깊은 강』, 두 책이 관 속에 넣어졌다.

1997년   작가 사후에 발견된 『『깊은 강』 창작 일기』 간행.

1999년   4월, 『엔도 슈사쿠 문학전집』 (전15권) 신초샤에서 간행 시작. (이듬해 7월 완결.)

2000년   5월 13일, 엔도 슈사쿠 문학관이 나가사키현 소토메 '석양의 언덕'에 개관했다.

세계문학전집 160

깊은 강

1판 1쇄 펴냄 2007년 10월 30일
1판 35쇄 펴냄 2024년 10월 14일

지은이 엔도 슈사쿠
옮긴이 유숙자
발행인 박근섭, 박상준
펴낸곳 (주)민음사

출판등록 1966. 5. 19. (제 16-490호)
서울특별시 강남구 도산대로1길 62(신사동) 강남출판문화센터 5층 (우편번호 06027)
대표전화 02-515-2000 팩시밀리 02-515-2007
www.minumsa.com

한국어 판 ⓒ (주)민음사, 2007. Printed in Seoul, Korea

ISBN 978-89-374-6160-6 04800
ISBN 978-89-374-6000-5 (세트)

세계문학전집 목록

세계문학전집은 계속 간행됩니다.